Marciano

NONA FERNÁNDEZ

Marciano

RANDOM HOUSE

Papel certificado por el Forest Stewardship Council®

FSC
www.fsc.org
MIXTO
Papel | Apoyando la silvicultura responsable
FSC® C117695

Penguin Random House Grupo Editorial

Primera edición: octubre de 2025

Printed in Spain – Impreso en España

ISBN: 978-84-397-4405-4
Depósito legal: B-14.493-2025

Impreso en Unigraf
Móstoles (Madrid)

RH44054

A Patricia,
compañera de viaje y nave nodriza

Índice

Por eso me gustan las novelas: en lugar de héroes, contienen personas.

Ursula K. Le Guin,
La teoría de la bolsa de la ficción

Ahí están, dijo el padre, (...) señalando su reflejo en las aguas del canal. Los marcianos estaban allí.

Ray Bradbury,
«El picnic de un millón de años»

A Mauricio Hernández Norambuena, el comandante Ramiro del Frente Patriótico Manuel Rodríguez, lo conocí en la Cárcel de Alta Seguridad de Rancagua el año 2022. Mauricio había sido extraditado desde Brasil después de diecisiete años de presidio por el secuestro en São Paulo del publicista Washington Olivetto. Ahora estaba de regreso en Chile para cumplir con dos condenas pendientes. Una por el asesinato del senador e ideólogo de la dictadura, Jaime Guzmán, el año 1991. Y otra por el secuestro de Cristián Edwards, hijo del dueño del diario El Mercurio, *el año 1992.*

Yo trabajaría el guion de una serie donde él sería la principal fuente de información. Contaba con un permiso solicitado en tribunales para visitarlo en medio de su estricto régimen de aislamiento. Lo que debía escribir era una trama de acción épica, así se me solicitó, en la que relataría la historia del Frente Patriótico desde sus inicios, usando la figura de Mauricio como eje. La serie estaría dividida en tres temporadas de ocho capítulos cada una, con la coproducción internacional de Colombia, Brasil, México y Chile. Se conversaría con Amazon, Netflix y HBO, en una primera instancia. Para el rol de Mauricio se intentaría contactar a Pedro Pascal o a Santiago Cabrera, así se me dijo.

La serie nunca se realizó.

De esa experiencia heredé la posibilidad de seguir visitando a Mauricio todos los viernes entre las 10.00 y las 14.00 horas. Así lo hice.

Primer encuentro

EL MAR DEL PUERTO

M

Hubo una noche en la selva colombiana donde todo parecía tan lejos y tan cerca al mismo tiempo. Estaba de guardia, recostado en la tierra, y las cosas no eran más que eso, la inmensidad del cielo, las estrellas sobre mi cabeza, el aire caliente movilizando las copas de los árboles y, por primera vez, la convicción de ser sólo una partícula más de ese paisaje. Me sentí chiquitito. Desde entonces me siento así. Lo que te cuento no tiene la dimensión de lo que fue, pero quizá debiéramos buscar el comienzo de esta historia ahí, en las huellas que quedaron, en el espacio pequeño que dejé en la oscuridad.

Hubo una mañana, que probablemente fueron muchas, en la que estuve sentado en mi cama, sintiendo el sol del invierno en la frente y oliendo el pan tostado que salía de la cocina en una panera de mimbre que llevaba una de mis hermanas. Creo que estoy ahí, entre las manos de mis hermanas, refugiado en alguna de sus palmas. Quizá levito en el olor del pan. O en el vapor de la tetera caliente que hierve en esa cocina. O en los rayos de sol que entraban y siguen entrando por la ventana de mi pieza, en esa casa que un día tuve.

Todavía estoy ahí, mirando hacia afuera. ¿Qué veía? ¿Qué veo?

El mar del puerto. El cielo de la mañana, probablemente algunas nubes.

Sueño con ese mar. Lo sobrevuelo como si fuera una gaviota, a unos treinta metros de altura. Siento el viento en la cara, veo las olas, su espuma blanca golpeando el roquerío, y cuando me aburro aprieto los brazos contra el cuerpo para lanzarme en picada. Me sumerjo en el agua fría, buceo entre reinetas y merluzas. Luego salgo, me elevo otra vez, planeo y me lanzo al mar para volver a sumergirme. No sé de dónde saco que apretando los brazos contra el cuerpo podré ir más rápido. Supongo que lo vi en los monos animados, pero por lo menos en mis sueños funciona. De esa forma me elevo y caigo, una y otra vez.

El mar del puerto siempre está del otro lado de la ventana.

También el parrón del patio.

La higuera, el limonero, mi madre regando las rosas.

La realidad es gigante y para intentar darle un orden se la encierra en un rectángulo. ¿Será que la historia está subordinada a la geometría?

Hubo una noche de tormenta, cuando era niño, en la que limpié el barro de una población anegada. Hubo un piquero en el mar, tardes de playa, peleas con mi madre y más peleas con mi madre. Hubo muchos partidos de fútbol. Hubo cientos de pelotas y canchas y buenas y malas jugadas. Hubo un afiche del Che pegado en la pared de mi pieza. Hubo un día en que mi padre murió sin que debiera haberlo hecho y en ese error imperdonable la fecha se repite. Hay días en los que hubo otras muertes, todas incorrectas, todas imperdonables, que también se repiten y que nunca voy a dejar atrás. No sé hacerlo. Y es que la muerte no hace caso a los ángulos o a las líneas. Aquí en esta celda escasean las ventanas y quizá por eso mi mirada es circular y todo entra sin remedio.

Pero no te asustes. No es que no exista una lógica en la historia. Estoy seguro de que la hay, pero en descubrirla se nos va la vida y así, en el momento de contarnos, que es este, ya no hay orden posible. No hay clímax. Mucho menos desenlace. Si pudiera partir por ahí lo haría, pero el final está ocurriendo en un instante del que todavía no soy consciente, así es que nos vamos a ahorrar ese truco. Una vida es un todo, supongo, un devenir de pedazos sueltos que acumula el recuerdo y, sobre todo, el olvido. Hectáreas de olvido. Regiones, países completos, continentes. Quizá habría que buscar en ese agujero negro el comienzo, pero he fracasado porque me aferro a lo único que tengo que es mi memoria. Este engendro que se mueve gracias a un mecanismo que desconozco, pero que sé que está aquí, sosteniendo esta realidad sin progresión dramática en la que despierto y me duermo día tras día. Tuve una vida, pero fue en espiral. O quizá algo desordenada y caótica. Rabiosa, intensa, carente de un trazo que la dibuje. Más que una vida quizá sólo sea una mancha que enreda mis recuerdos, mis fantasmas y mis delirios.

¿Has leído sobre los fractales? No estoy seguro de haber comprendido bien, pero entendí que todo aquello que la geometría clásica dejó fuera por amorfo tiene un diseño fractal. La cara de la naturaleza es fractal. Una gota de lluvia, la hoja de un árbol, una huella digital, una flor, un río, el fuego, todo tiene un diseño irregular, lejano al cuadrado, al triángulo o al rectángulo de las ventanas. Con esas figuras angulares el ser humano ha construido el mundo y supongo que por eso nuestra percepción es lineal. El fractal en cambio es una forma rara, de otro planeta, una estructura que no calza, que no encaja, que fue denominada como monstruosa por los antiguos, pero que probablemente sea el reflejo de lo que somos. Si nos miramos a un espejo nunca veremos una línea recta. Somos una mancha en el universo de Euclides, y quizá por eso nos encontramos en esta encrucijada en el momento de elegir un comienzo para la historia.

¿Tiene forma una vida? ¿Cabe en una ventana?

Me preguntas cómo fue ser el que fui. Cómo un hombre llega a atentar contra un tirano. Cómo se fuga de una cárcel colgado a un helicóptero, cómo secuestra a un coronel, al hijo de un magnate. Me preguntas por la clandestinidad. Cómo hice para desconocer el nombre de las personas cercanas, para esconder toda pista de mí mismo, para transformarme en un fantasma. Me preguntas cómo fue perder a mis compañeros. Cómo fue trabajar en la guerrilla, refugiarme en la selva, secuestrar a un publicista millonario. Me preguntas cómo fue soportar los calabozos brasileros, vivir aislado en una cárcel por un cuarto de siglo. Me preguntas y no sé si pueda responder. Todo lo que salga de mi boca será aire.

A veces me piden firmar y dudo con qué nombre hacerlo. Si escribir comandante Ramiro o escribir Mauricio. Y es muy probable que mi vida habite esa dimensión deforme, que esa sea mi condena en este encierro y que tú, con tu mirada lineal, con tu pensamiento geométrico, puedas darle un orden. No sé cómo lo haremos, pero ese ya es problema tuyo. ¿Me construirás una ventana?

En mi celda de Brasil aprendí a jugar ajedrez mentalmente. Cerraba los ojos y dibujaba un tablero imaginario en mi cabeza. Un gran cuadrado trazado por ángulos rectos, que a la vez se conformaba de sesenta y cuatro cuadrados pequeños que hospedarían a una pieza, también imaginaria, en algún momento del juego. Pequeñas ventanas que alojaban la posibilidad de un movimiento. Un ataque, una espera, un triunfo, un retroceso. Batallas imaginarias que emprendía contra mí mismo. Me pasaba días en eso. Movía un alfil blanco, respondía con la torre negra. Avanzaba con un peón negro, lo eliminaba con un salto del caballo blanco. Me atacaba y defendía, me observaba, me estudiaba.

Quizá de eso se trate todo esto. De un tablero con sesenta y cuatro ventanas, que son los años que hoy tengo. De las posibilidades que guarda cada una. De las vidas pasadas o imaginarias. De elevarse y caer en picada al mar una y otra vez. De vencer y salir derrotado al mismo tiempo.

Alguna de esas ventanas debe contener el comienzo de esta historia.

Aquí en el encierro no hay forma de registro. Este es un módulo de máxima seguridad, estás frente a un preso que tiene régimen de completo aislamiento. Para esta exploración sólo tendremos ese cuaderno rojo que traes, el lápiz y tu mala memoria. No autorizarán el ingreso de una grabadora. Mucho menos de una cámara. ¿Cuánta distancia hay entre tu computador y esta celda? 85,9 kilómetros que distorsionan lo que sea que hayamos conversado. Más allá de la deformidad de esta historia, tendremos esta voz mía, que imagina, recuerda y piensa, y que dirá lo que tú quieres que diga porque no es real. No seré el que soy, seré el que puedas escribir. He tenido tantas vidas, he llevado tantos nombres, me he repartido en tantos lugares, que ser el recuerdo de nuestras conversaciones no es un problema. Tus palabras estarán a 85,9 kilómetros de distancia de las que yo te habré dicho. Mis escenas a una hora y media de manejo en la carretera. Mis recuerdos, a dos peajes y un café. Y en ese cruce de tiempo y espacio mis fantasmas probablemente se mezclarán con los tuyos. Mis canas, mi calvicie, mis arrugas, el dolor de mis rodillas, esta miopía que apenas me deja ver. Mis omisiones, mis mentiras, mi silencio.

El pasado me examina a diario para ver si continúo siendo el que fui.

¿Estás escribiendo para él? ¿Fue mi pasado el que te envió aquí? ¿Debo rendirle cuentas contigo? ¿Estoy hablando yo o lo estás haciendo tú?

El resultado de esta escritura será un enredo entre los dos y asumo el pacto. Eso seré en este libro. Un enredo entre tú y yo.

N

El mar se encuentra al final de una carretera de más de cien kilómetros. Un camino que a ratos es recto y otras veces dobla y se retuerce entre montañas. En dos momentos del trayecto se esconde en un par de túneles. Si las nubes lo permiten, al salir del segundo túnel se puede ver, a lo lejos, el mar. Cuando era niña y viajábamos, la primera en verlo anunciaba el hallazgo gritando. El mar, decía, y ganaba una competencia que no tenía más premio que la satisfacción de descubrirlo antes que nadie.

La Ruta 68, o el camino a Valparaíso, podría ser una hebra a seguir para comenzar este relato. Más que una hebra, sería un cordón umbilical, la cicatriz que nos lleva al origen. Perderse en ella puede ser la forma de transitar todas las rutas que fluyen simultáneamente. Pasadas, presentes y futuras. También las imaginarias. La historia se hace en detención o en movimiento, pero siempre en el camino. A veces paso a paso, otras retrocediendo e incluso girando en banda hacia ninguna parte.

Muchas veces recorrí esta carretera viendo a lo lejos el humo de los incendios. En el verano son comunes en la zona. La sequía, el descuido, la locura y hasta la ambición de algunos hacen que el fuego se expanda con rapidez entre los cerros y así se enciende la tragedia. La nube gris lo ensombrece todo, el olor a quemado se adhiere a la piel, la costa se cubre de una mezcla de hollín y niebla. Así es difícil ver el mar con claridad. La historia es tramposa como el paisaje del puerto cuando hay fuego. Se esconde entre el polvo y el humo. Nos cubre a ti y a mí, sobrepasa esta conversación, este camino al mar que ahora recorro, se desborda más allá de la costa, de la cordillera, del valle central, del país entero. Una sombra que cubre al continente y de seguro también al mundo. Sin saberlo, hace años comencé a recoger las partículas de este humo intentando despejar el relato que circula por debajo. La historia es tramposa, ya lo dije, esconde argumentos y personajes, escenarios, tramas, subtramas, parlamentos, giros dramáticos; y los pasajes que conectan las rutas que escriben sus páginas son engañosos y hasta incomprensibles.

Pienso en el tablero y en tus sesenta y cuatro ventanas. Pienso en cada una de esas casillas y me pregunto si en alguna de ellas se hospedará la bifurcación en la que nuestras vías se cruzaron. Nos separan trece años, pero hay tanto escenario común que quizá, sin saberlo, alguna vez nos topamos. Puede haber sido en el barrio Matta en el que viviste escondido, específicamente en la calle San Ignacio, donde a diario caminé cuando salía del colegio. O en la estación del Metro Parque O'Higgins. O en el parque mismo, donde se reunieron a entrenar y a planificar el atentado. ¿Los habré visto alguna vez? Quizá en las torres de Carlos Antúnez, donde a veces alojabas y yo tomaba talleres literarios. O en alguna sanguchería de ese sector, donde solían hacer puntos de contacto. Pero sé que nada de eso es probable y, pese al polvo y al humo que todo lo desenfocan, no tengo que esforzarme mucho para encontrar una ventana posible en la que de alguna forma coincidimos.

En ella cuelgas de un helicóptero una tarde calurosa del año 1996.

Fue en diciembre, cerca de las fiestas. La noticia desbordó los televisores y las radios obligándonos a poner atención. En todos los medios se hablaba de la espectacular fuga de la Cárcel de Alta Seguridad. Cuatro hombres habían sido rescatados, a plena luz del día, en un canasto blindado que se elevaba por los aires mientras los gendarmes eran incapaces de reaccionar. Nada era muy claro en ese primer momento, pero tu nombre comenzó a circular en las pantallas como uno de los cuatro protagonistas. Se hablaba de los asesinos del senador Jaime Guzmán. De los extremistas que habían atentado contra Pinochet. Todo era desconcierto y confusión en las versiones de la prensa. No encontraban lógica en lo que estaba pasando. ¿Cómo cuatro presos se escapaban volando de una cárcel de alta seguridad? ¿Cómo podía un helicóptero plantarse sobre ella y lanzar un canasto? ¿Qué clase de operación extraterrestre era esta? ¿Qué tipo de abducción? ¿Es que ya no se podía confiar en el resguardo del penal angularmente diseñado? Cada línea recta, cada barrote, cada cámara, reja, alambre de púa, cada compuerta, cada pesado portón, habían sido desafiados por ese extraño suceso que ocurría frente a la vista de todos, poniendo en jaque las reglas euclidianas del tiempo, las formas y la seguridad.

¿Cuántas piezas de un tablero deben movilizarse para una jugada así?

Ese día esperaste en el patio de la cárcel junto a tus tres compañeros de encierro, así me dijiste. Desde temprano se instalaron ahí con papeles y fingieron estar en una reunión. Permanecieron esperando por horas. Dijiste que el tiempo parecía no pasar, que cada minuto duraba siglos y que ninguno quería moverse, ni siquiera para ir al baño. Tenían un plan repasado una y mil veces. Tú estabas a cargo dentro de la cárcel, habían transcurrido meses preparándolo minuciosamente en coordinación con el afuera. Tu mamá les había ayudado. Todos los martes, durante los tres años que estuviste preso ahí, ella te visitó. Le entregabas materiales y afuera tus compañeros la contactaban. Doña Laura Norambuena, la mujer con la que peleabas en esa casa que un día tuviste, tomaba muchas micros siguiendo los recorridos trazados por tus compañeros para recoger o entregar información. No sabía lo que ustedes planeaban, nunca preguntó, pero lo sospechaba.

En cuanto escucharon el sonido del helicóptero, pusieron un balde amarillo en el centro del patio para señalar donde se encontraban, así me dijiste. En relación al canasto, no tenían claridad de cómo sería, pero sabían que la clave para volar en él era distribuir el peso de cada uno en un lugar estratégico. Si no lo hacían perderían el equilibrio. Lo ensayaron incluso los días anteriores. Pero nada de eso sirvió, porque no pasaron ni un par de segundos desde la caída del canasto al patio, cuando comenzó a elevarse tan rápido que apenas alcanzaron a subir. Tú quedaste colgando, agarrado de un brazo, con todo el cuerpo expuesto a los disparos de gendarmería, que nunca llegaron. El canasto se movía de un lado a otro y tú abajo con él. Antes de que el helicóptero abandonara la cárcel, tu cuerpo se azotó contra las paredes. Tu brazo apenas podía sostenerte.

¿Cuánto tiempo estuviste así, intentando no caer?

¿Lograste mirar hacia abajo? ¿Cómo se veía todo desde ahí?

Pensaste que no ibas a lograrlo. Incluso se lo gritaste a tus compañeros. No puedo más, dijiste, me voy a soltar.

Pero desde el canasto uno de ellos pudo alcanzarte y te afirmó esos dos o tres minutos eternos que duró el vuelo antes de llegar al parque donde el helicóptero comenzó a aterrizar. Te soltaste a unos tres metros del suelo y a cerca de sesenta kilómetros por hora de velocidad.

La fuga ocurrió tan rápido que en ese tiempo sin celulares no hubo registro en imágenes. Lo que transmitieron en televisión fue sólo los minutos posteriores. Recreaciones, los desconcertados comentarios de las autoridades, las entrevistas a la gente que se encontraba en las cercanías, a los gendarmes. Muchos estaban indignados, otros sorprendidos, algunos felices. Recuerdo el audio de un hombre que grabó el sonido del momento. Lo repitieron muchas veces en la televisión y en la radio. En la grabación se escuchaban los balazos desde el helicóptero, las aspas girando con un ruido infernal y la voz del hombre narrándole a su polola lo que veía.

Mira, mi amor, se están fugando. Qué lindo, qué lindo. Escucha a la gente cómo aplaude.

Te han preguntado tanto por ese día. Piensan que cuando saliste colgando del helicóptero tuviste algún tipo de iluminación, de vivencia mística. Que desde la altura experimentaste la libertad en toda su magnitud y que tu vida se transformó después de ese vuelo. Me dijiste que no querías decepcionar a nadie, pero que la verdad es que en ese momento sólo sentiste dolor y terror, porque tenías un brazo agarrotado y de ese brazo, del que colgabas, dependía tu vida. Lo único que te aliviaba era pensar que de caer y morir lo harías fuera de la cárcel, en libertad. No hubo epifanías. No dijiste nada inteligente o glorioso. Nada que pueda cumplir la expectativa épica que tantos buscan en esta escena o en otras. Pero ocurrió. Volaste como una gaviota a más de cien metros de altura y no caíste. Por lo menos entonces, no caíste.

Quizá ese casillero en el que se cruzaron nuestros caminos estimuló la fantasía de emprender mi propio escape. ¿De qué? ¿A dónde? Aún no lo sé, pero poco importa. Como ajedrecista soy mediocre, desconozco las buenas jugadas. Mis movimientos obedecen a lógicas fuera de toda estrategia. Nunca tengo un plan. Sólo sé que quiero jugar, pero desconozco qué pieza soy en el tablero.

Quizá desde entonces comencé a recoger las partículas de ese humo que nos confunde, y ahora, después de tantos años, ellas me traen aquí, a la Ruta 68.

Recorro esta carretera con la esperanza de encontrar en su trayecto un hilo que conecte tiempos, ideas, imágenes que nos ayuden a contar la historia escondida que debo organizar. Un hilo que enrede, vagabundee, se pierda y teja una red donde vayan a caer recuerdos como moscas en una telaraña. O mejor, un hilo del que cuelguen canastos en los que emprender la fuga al mar que comienzo a ver a lo lejos, después del túnel Zapata.

Ahí está, grandioso y nítido porque hoy no hay fuego.

El mar, grito. El mar.

Pero nadie me escucha.

Me preguntas: ¿Me construirás una ventana?

FICHA N° 235600

Título: Tristano muere
Autor: Antonio Tabucchi
Fecha de lectura: Diciembre, 2022.
Lugar de lectura: Cárcel de Alta Seguridad de Rancagua, Chile.

Reseña: Tristano es un combatiente que trabajó por la libertad de su país. Cuando el libro parte, se encuentra moribundo en una casa de la Toscana. Tiene una enfermedad, pero no se entiende bien cuál es, tampoco importa mucho. En ese estado terminal, ha invitado a un escritor para que registre su vida en una especie de biografía. Pero todo lo que Tristano cuenta es un poco confuso, yo no lo comprendo del todo. Muchas escenas parecen sacadas de un sueño. Supongo que no es fácil narrar una vida. Y menos en ese estado tan cercano a la muerte. El relato de Tristano está lleno de contradicciones, de preguntas, de deseos incumplidos, de recuerdos mentirosos, de escenas imaginadas. Lo interesante es que Tristano recompone su pasado con el escritor y al hacerlo también cuenta casi sesenta años de la historia de Italia.

Frase a destacar: «Has venido aquí para recolectar una vida. Pero ¿sabes lo que estás recolectando? Palabras. Mejor dicho, aire, amigo mío. Las palabras son sonidos hechos de aire».

Segundo encuentro

CERRO ESPERANZA

N

Estoy en el #218 de esta calle angosta y encaramada. Estoy frente a la casa que un día tuviste.

M

¿Qué ves?

N

Un enrejado de fierro y madera que no deja mirar hacia dentro. A mi izquierda, la puerta de entrada donde cuelga una cerámica que contiene la dirección. #218, puedo leer. Y junto al número, el timbre de la casa. Lo toco y tu hermano Patricio sale a abrir. Se parece mucho a ti. Lo mismo que tus hermanas Laura y Cecilia, que me acompañan. A mi derecha, antes de entrar, veo un portón grande que sirve de ingreso para los autos.

M

El muro era bajo y permitía ver el antejardín donde estaban las rosas que mi mamá regaba todos los días. Ella conversaba con las vecinas y con la gente que pasaba. Y ahí donde ves el portón de la entrada de autos, había una única puerta por donde cruzábamos derecho de la calle al parrón y del parrón a la entrada de la cocina, que estaba por el patio de atrás. Casi nunca usábamos la puerta principal. Sólo las visitas lo hacían.

N

Ya no hay rosas en el antejardín. Y el parrón no existe, tu hermano extendió la casa y en su lugar hay un comedor.

M

Había una higuera en el patio de atrás. Y un limonero.

N

Veo una piscina que ocupa casi todo el patio. Y un naranjo. La higuera ya no está.

M

La casucha del fondo del patio era nuestro centro de operaciones. Originalmente fue una pieza de madera que armaron los maestros que construyeron la casa. Guardaban herramientas y materiales. Creo que hasta dormían ahí a veces. Cuando terminaron, mi papá les pidió que no la desarmaran y se transformó en nuestro lugar de reunión. Nos juntábamos ahí, conversábamos, guitarreábamos. Yo entré muy chico a militar a las Juventudes Comunistas, a los trece o catorce años. Pero mis hermanos eran más grandes y llevaban a sus amigos y se discutía de alta política. Leíamos a Trotski, a Lenin, había mucho intercambio de ideas. Eran los tiempos de Allende, de la Unidad Popular, y todo era muy festivo, muy fraternal. Ayudábamos en las poblaciones, recogíamos naranjas en los campos, pintábamos murales. Hacíamos mucho trabajo voluntario.

N

Hubo una noche de lluvia y una población anegada.

M

Llovía mucho, era un temporal horrible y el viento y el frío asustaban. Alguien nos había llamado en medio de la noche para que fuéramos a una población que se estaba anegando. Necesitaban manos, palas y carretillas para sacar el barro y rescatar lo que se pudiera de las casas. Con mis hermanos nos abrigamos y partimos apurados. Al llegar todo estaba oscuro, se había cortado la luz, nos movíamos con linternas. Nos dieron instrucciones y comenzamos a movilizarnos con el resto de los estudiantes. Yo tenía trece años, hacía lo que podía, que en realidad no era mucho. De hecho, no recuerdo bien en qué ayudaba, creo que me tocó trasladar planchas de zinc o madera. Estuvimos mucho rato bajo la lluvia.

En un momento de la noche una de las pobladoras nos invitó a pasar a su casa para descansar y capear un rato el frío. Adentro estaba oscuro, un par de velas iluminaban un poco. Mis compañeros más grandes conversaron con la dueña de casa. Yo sólo escuchaba y miraba lo que podía. El suelo estaba lleno de barro, unos diez centímetros de barro. Hacía un frío horrible y los niños de ahí, de dos, tres, cuatro años, todos a pata pelada, mojados, con ropa delgada, se arrimaban a las piernas de su madre como buscando calor. Ella encendió un brasero. Yo, con mi parka y mis bototos, tiritaba, no podía disimularlo. Alguien tiró unas ramitas de romero que se tostaron rápidamente en esas brasas que no calentaban nada. Un vapor caliente salía de las bocas de los niños, humito blanco con el que jugaban mientras se reían agarrados a la falda húmeda de su madre. La imagen me hizo recordar esos cuentos de ánimas que nos contaban en el campo, donde los muertos no saben que han muerto y se pasean ignorantes de su condición. Me asustaban esas historias. A veces soñaba con ánimas que nunca vi, las veía llegar a mi pieza rodeadas de ese humo blanco, de ese vapor caliente que no sé por qué mi cabeza asociaba a la muerte. Esa noche, mientras veía a los niños, pensaba que en unas horas me iba a devolver a mi casa, me iba a quitar toda esa ropa mojada y me iba a bañar con agua caliente. Después mi papá nos iba a dar una leche tibia y nos íbamos a acostar protegidos del frío, del barro, de la lluvia, del viento.

He visto a esos niños fantasma mil veces. Se repiten, vuelven una y otra vez en distintas situaciones, en distintos escenarios. Hablar de ellos es un lugar común, lo sé, pero eso no hace que desaparezcan. No importa el año, tampoco el lugar, ahora mismo, en alguna parte o, más bien, en muchas, los niños siguen en la oscuridad de esa casa con los pies metidos en el barro. El humo blanco borronea sus caras, su historia, es tan difícil enfocarlos y verlos con claridad. El tiempo corroe su imagen, pero no la transforma, más bien la multiplica.

Esa noche me fui callado. Mis hermanos me molestaban, creían que estaba cansado, harto del frío, no entendían lo que me pasaba. Yo tampoco. Sólo pensaba que tenía que hacer algo. Que esos niños debían sacar los pies del barro alguna vez. Y llegué a la casa, ahí donde estás ahora, y subí la escalera sin hablar con nadie y me acosté mojado, con la parka y los bototos empapados, porque no quería sentirme bien.

Creo que amanecí enfermo. Tenía rabia y pena.

Y como que nunca se me quitó esa rabia y esa pena.

N

La casucha de atrás tiene termitas, dice tu hermano. La madera se deteriora, parece que es un problema sin solución.

M

Si ya entraste a la casa, debes estar frente a la escalera. ¿La ves? Bajo la escalera, en el pasillo, hay una puerta. Ábrela.

N

Es una pequeña bodega. Contiene ollas, platos, tazas, artículos de aseo, un grupo de sartenes.

M

Antes era una despensa. De ahí me robaba las leches condensadas y los tarros de durazno al jugo. Mis hermanas chicas me acompañaban. Teníamos siete años de diferencia con la Laura y nueve con la Ceci, pero me gustaba estar con ellas. Las entrenaba. Les hacía unos circuitos de preparación física. Tenían que salir de la casa por la ventana del baño del segundo piso y saltar al techo de la casucha de atrás. Una vez ahí, corrían por el tejado, bajaban por la higuera al patio y seguían corriendo al antejardín para entrar por la puerta principal y subir a toda velocidad la escalera, y entonces volvían a entrar al baño y a lanzarse por la ventana al techo y así unas diez veces. Yo les tomaba el tiempo con un cronómetro. La idea era que rompieran su propio récord.

N

Estoy subiendo la escalera. Pero no me lanzaré al techo por la ventana del baño.

M

Cuando llegues al segundo piso verás la pieza donde dormían mis hermanas. Y si caminas un par de pasos por el pasillo llegarás a la que compartíamos con mi hermano Iván. Yo dormía junto a la ventana mirando el mar. Por las noches escuchaba a lo lejos el ruido de la marea.

N

Estoy en tu pieza. Y el mar sigue allí, del otro lado de la ventana.

M

Todas las mañanas despertaba con esa vista. Probablemente ha cambiado, debe haber construcciones nuevas, edificios que no imagino, cableados que interrumpen el paisaje, pero en lo general tus ojos están mirando lo que los míos vieron alguna vez.

N

La madrugada del once de septiembre de 1973 viste a los barcos de la armada ordenarse en la bahía.

M

Sus luces se movilizaron en la oscuridad hasta disponerse amenazantes frente al puerto. Luego supimos que los marinos estaban en las calles, tomándose los cerros. Desde Valparaíso llamaron a Allende avisando del movimiento de la armada. El golpe partió ahí, del otro lado de esa ventana.

N

Hay otra pieza junto a la tuya. Tu hermano me dice que acá dormían tus padres.

M

Ahí mi papá escuchó el último discurso de Allende en la radio Magallanes. Yo quise entrar a oírlo con él, pero cuando me asomé no pude. Parecía tan afectado que sentí que no debía interrumpir, que ese momento era sólo de él. Ellos se conocían, militaban en el mismo partido, esas palabras eran como una despedida personal para mi papá, que entendía muy bien lo que estaba pasando. Me quedé en el pasillo sin hablar, mirándolo escuchar la voz de Allende.

Después se fue con mis hermanos a la casucha y sacaron papeles que luego quemaron en el patio. No recuerdo bien qué eran. Quizá afiches, panfletos, revistas o documentos de esas conversaciones que teníamos ahí. Todo se encendió en una pequeña fogata que rápidamente transformó esos materiales en ceniza y humo. Mucho humo. Vi ese humo desde mi ventana.

N

El humo no deja ver el mar con claridad.

M

Terminaron los trabajos voluntarios, los murales, las reuniones, los paseos al campo, los guitarreos. Tuvimos que encerrarnos porque todo se puso muy peligroso en los cerros. A mi hermano Pato, que era más grande, lo fueron a buscar a la casa. Llegaron en un camión y, metralleta en mano, los milicos gritaron su nombre y se lo llevaron. Pasamos muchos días sin saber de él, nos imaginábamos lo peor. Estuvo cerca de tres meses en la Cárcel de Valparaíso. Mis papás dieron vuelta el puerto hasta que averiguaron dónde lo tenían. Cuando salió estuvo un año yendo a firmar. Nunca hablamos mucho sobre lo que le pasó allá dentro. Yo no me atreví a preguntarle.

Nos juntábamos con un grupo grande de amigos en la Lord Cochrane, esa población que está a una cuadra y media de la casa. Si miras por la ventana hacia el mar la puedes ver. Ahí allanaron los departamentos, rompieron muebles, llevaron detenidos a los papás de mis amigos. Después se empezó a decir que estaban torturando a los presos. Luego vino el rumor de las desapariciones y las muertes. Todo se volvió muy confuso, era difícil entender o enterarse bien de lo que estaba pasando. Mucha gente estaba desconcertada, tenía miedo. Otras empezaron a delatar a las familias de los vecinos. Ya no sabías en quién confiar. No sé si esto habrá deteriorado la salud de mi papá, pero un par de años después, en esa misma pieza donde estás, nos despedimos de él. Era enfermo del corazón, había sufrido algunos infartos y el último fue fulminante.

Teníamos una relación especial. Cuando murió yo tenía dieciséis años y pensé que la vida se acababa. Me recuerdo vestido con un terno negro, que no sé de dónde salió, llorando como cabro chico en el banco de una iglesia. La gente se sentaba a mi lado y me decía cosas amables, me abrazaban cariñosos, pero yo no podía dejar de llorar. Lloré en mi pieza, frente a la ventana, en el baño del segundo piso, en el parrón, en la casucha de atrás, en la bodega.

A veces todavía lo lloro.

Creo que nunca me he sentido más solo.

N

¿Ni siquiera en tu celda?

M

Ahora soy viejo y tengo mis trucos para resistir.

N

¿Cuáles?

M

Preferiría no decirlos. Los pueden usar en mi contra.

N

¿Quiénes? ¿Yo los puedo usar en tu contra?

M

...

N

¿Cuáles trucos?

M

Mantengo conversaciones imaginarias con gente que no está.

N

Me dices: Tus ojos están mirando lo que los míos vieron alguna vez.

Tercer encuentro

GENTE QUE NO ESTÁ

El Lobo

Cuando llegó a la cárcel, una plaga de baratas voladoras llenó su celda. Me dijo que eran miles y que andaban por todas partes, chocaban entre ellas, caían al suelo o se estacionaban sobre las paredes y el techo. Eran grandes, de unos cinco centímetros aproximadamente. El zumbido de su aleteo era enloquecedor y parecía intensificarse a medida que pasaban los minutos, como el ruido blanco de un televisor imposible de apagar. Ni en la selva había visto algo así. Lo único que atinó a hacer fue ejercicio. Intentaba no verlas, no pensar en ellas, poner su mente en otra parte mientras hacía flexiones o trotaba en el puesto con los ojos cerrados, escuchando cómo morían aplastadas bajo sus pies. Primero el crujir de los caparazones y luego un sonido viscoso difícil de precisar. Al parecer son comunes en Brasil, pero eso no las vuelve menos horribles. Fue como una pesadilla, me dijo. Así partió su vida en cautiverio.

La primera en ir a verlo fue la Flaca. Entiendo que ocurrió en esos días, en el comienzo del encierro. Allá en Brasil el Mauri estaba en un régimen de castigo, las celdas eran muy chicas, sin ventanas, no había luz natural. Tenía prohibición de comunicarse con el exterior y en el penal no veía a nadie, sólo a los gendarmes que le llevaban la comida. Recibía la visita de sus hermanas, que viajaban desde Chile cada seis meses, engrillado y a través de un vidrio. Sostener la vida en esas condiciones no era fácil y aunque trataba, se le hacía cada vez más imposible. A menudo se le venía a la cabeza la imagen de esas baratas que le habían dado la bienvenida. Soñaba o alucinaba con ellas, temía que le hablaran, que le entraran al cuerpo por la boca o las orejas y que terminara poseído o convertido en una de ellas.

Una noche, cuando la angustia le estaba tomando el pecho y la intuición de una nueva pesadilla poblada de insectos le perturbaba el ánimo, sintió olor a tabaco en la celda. Tabaco y algo más. Una mezcla de aromas familiares que le era imposible de reconocer. A ratos le pasaba, el recuerdo le traía olores deseados, como el de una cazuela o un chicle de menta. A veces el de la playa, el de la arena húmeda, el del mar. Pero el de esa noche era un aroma con tanta personalidad que no parecía venir sólo de su deseo. ¿De dónde venía entonces?

Estaba tirado en el piso con los ojos cerrados. Su cuerpo enrollado sobre sí mismo, como un feto viejo y cansado. Quiso levantarse para ver desde qué rendija de la celda entraba ese olor conocido, pero no alcanzó a hacerlo cuando vio a la Flaca.

Estaba sentada en el suelo, fumando en una esquina.

Llevaba el pelo suelto y ese collar de perlitas que a veces ocupaba.

Era ella, la Tamara.

¿Cómo había llegado ahí? ¿Un recuerdo? ¿Un fantasma? ¿Un espejismo del encierro? ¿Una alucinación de su propio deseo? Qué mierda importaba, su presencia valía más que cien explicaciones.

¿Qué estás haciendo ahí tirado?, dice que le dijo sin decirlo, porque no le vio mover los labios. ¿De verdad te vas a quedar así?

El Mauri la miró un buen rato antes de atreverse a responder. Le costó mucho reaccionar, tenía miedo de que al pronunciar alguna palabra ella desapareciera. Finalmente lo hizo, se arriesgó y habló sin hacerlo, porque tampoco movió los labios. Creo que mencionó a las baratas. La escena que había vivido y su terror a tragarse alguna. La Flaca se rio, le pareció chistoso el miedo del comandante y le leyó algo sobre baratas. Un texto que sacó de alguna parte o que quizá sabía de memoria, que decía que eran los bichos más resistentes del planeta. Que pueden vivir meses sin comer y que son capaces de ahorrar el uso del aire y hasta de ralentizar los latidos de su corazón. Que existe la creencia popular de que las baratas serían los únicos seres vivos que sobrevivirían a una hecatombe nuclear porque son resistentes incluso a la radiación.

El Mauri no entendió mucho lo que Flaca le había querido decir con eso. La resistencia de las baratas lo perturbó más aún, pero se guardó esas ideas para comprenderlas después porque siempre lo que la Flaca dijo fue importante para él. No sólo en el trabajo, también en esa vida que habían tenido y que por un tiempo compartieron.

Ese texto de las baratas fue el comienzo de un diálogo que duró toda la noche. Podría pensarse que no ocurrió porque no se oyó palabra alguna en esa celda. El silencio envolvió toda frase, toda pregunta y toda respuesta. Y así estuvieron hasta que amaneció, hablando sin hablar, diciéndose sin decir lo que tanto necesitaban conversar.

El detalle del diálogo lo desconozco, pero sé que se fumaron el cigarrillo y la cajetilla entera juntos, y que ella lo acompañó esa noche y otras para que el miedo a las baratas se espantara. Para que todo el llanto atorado saliera y se transformara en otra cosa. En un alivio, quizá. En algo parecido a energía para enfrentar el día siguiente. O en una dura y resistente caparazón.

El Loco

El Orompello está en el cerro Esperanza. Es un club social y deportivo que siempre tuvo un equipo de fútbol amateur. El equipo no tenía mucho brillo hasta que llegamos nosotros con el Mauri. Nos conocíamos del barrio, de cabros chicos, jugando a la pelota. Éramos apasionados en los partidos y cuando llegaron los milicos nos refugiamos en el peloteo porque al comienzo no era mucho lo que se podía hacer, la repre era tremenda. Nos pasábamos las tardes enteras dándole a la pelota obsesivamente. Era mucho más que un pasatiempo, era una forma de desquitarnos, creo yo, de darle patadas al mundo por la media cagada que estaba quedando.

El Mauri siempre fue bueno. Le ponía color, se le iba la vida en cada partido y eso a mí me gustaba, le tenía respeto. Jugaba de lateral volante y yo de arquero. El Lobo también entró al equipo, pero después. Claro que en otra división más penca, es que tenía muchas gracias, pero para la pelota era más bien sobrio. Es feo que yo lo diga, pero la verdad es que la formación del equipo con nosotros fue estelar y el club tuvo su momento de gloria.

De ahí en adelante peloteamos toda la vida. O más bien, la que nos tocó compartir. Por eso cuando fui a verlo a la cárcel llevé la pelota. Estaba lloviendo, como sólo puede llover en Brasil, con un escándalo de truenos y relámpagos que no te imaginas. Al Mauri le tocaba su hora diaria de patio. Esa salida era a un horario distinto del resto de los presos. Como estaba aislado, no podía tener contacto con nadie, salía estrictamente solo. La lluvia era torrencial y el gendarme de turno le indicó burlonamente que ya era su momento para ir a tomar aire al patio. El hombre imaginaba que con ese clima el Mauri no iba a salir porque era realmente una locura. Pero el Marciano, que es tan loco como yo, no se iba a perder la oportunidad de ver la luz del día, mucho menos de sentir la lluvia en el cuerpo o de mirar el relampagueo que sacudía el cielo. Y así lo hizo. Salió decidido y se instaló en medio del patio.

Lo vi ahí. Solo. Empapado de lluvia.

La cabeza inclinada hacia arriba, intentando enfocar el cielo en ese cuadrado de cemento que formaban las cuatro paredes altas del penal. Una especie de ventana a las nubes y a esa ópera que ocurría sobre todos nosotros.

En eso estaba cuando recibió la pelota. Suavecito llegó a sus pies y la miró sin comprender de dónde había salido. Los gendarmes eran los únicos que estaban allí, resguardados en los pasillos, pero conversaban entre ellos, no le prestaban atención. El Marciano se descolocó. Comenzó a buscar en cada una de las cuatro esquinas del patio la explicación a la pelota.

¿Se le habría quedado a los otros presos?

¿El viento la habría empujado hacia él?

Sus pensamientos buscaban inquietamente una respuesta cuando me vio. Ahí estaba, tan empapado como él, en el otro extremo del patio, listo para empezar el juego. El Marciano se rio bajo la lluvia. Lo hacía a mandíbula batiente, no podía creer que estuviera frente a sus ojos. Algo me dijo, pero con el escándalo del agua no escuché. Le grité que se callara, que no era momento de conversaciones, que estaba ahí para atajar todos los tiros que quisiera y que partiéramos luego, porque no había tiempo que perder. Todavía riéndose, el Marciano ubicó la pelota en el suelo, dio unos buenos pasos hacia atrás y luego corrió para patear con fuerza.

Quién sabe cuánto tiempo llevaba sin chutear. La pelota cruzó la lluvia con la velocidad de esas ganas acumuladas. Yo la atajé para lanzársela de vuelta y que él volviera a patearla una, dos, tres veces y más. Y así estuvimos con el Marciano en ese primer encuentro, igual que a los quince, peloteando obsesivamente, como los enfermos de la cabeza que fuimos y que somos. Par de maniáticos, enajenados mentales, dándole patadas al mundo con furia para desquitarnos de lo que era y lo que sería.

Sí, al Mauricio le decíamos Marciano.

No me acuerdo por qué. Parece que por las orejas grandes.

El Lobo

Mantenemos conversaciones estúpidas y también trascendentales. A veces sólo nos sentamos en silencio a escuchar música o lo vemos leer durante horas en su celda. Ocupa mucho tiempo en eso. Hubo un período en que hacía fichas de cada lectura, ¿te las ha mostrado? De vez en cuando jugamos ajedrez o chuteamos la pelota allá en el patio. Otras nos asomamos a su celda sólo un momento, ni siquiera se entera de que estamos aquí, y luego nos vamos.

La mayor parte del tiempo la dedicamos a repasar la historia. Nos gusta, lo hacemos rabiosamente, de manera insana diría yo. Los recuerdos se desbandan, salen atarantados, a borbotones, se vuelve difícil controlarlos. Un hecho, otro, quince más de una sola embestida. Y como nos enredamos en las fechas, decidimos hacer listas. Enumeramos los acontecimientos, vamos hito por hito ordenando la memoria como en una línea de tiempo. Lo que no recuerda uno, lo recuerda el otro. Confrontamos relatos e intentamos ponernos de acuerdo en una versión, pero fracasamos porque cada uno tiene la suya.

El Loco, por ejemplo, dice que yo era penca para la pelota. Eso no es cierto. Lo que pasa es que el equipo era brillante. Esa formación del Orompello fue histórica, y para uno, que tenía sus talentos limitados, era difícil estar a la altura. Pero si yo era bueno o malo peloteando no es importante. Si nos pusimos a hablar de fútbol y del club es porque queríamos proponer un comienzo y ese comienzo da vueltas en el Orompello. En las actividades culturales que hacíamos ahí, a fines de los setenta, que eran la pantalla para organizar nuestras jugadas contra los milicos. Resguardados en las peñas, en las tocatas, en las obras de teatro, en los campeonatos de ajedrez, en las jornadas solidarias, volvimos a reunirnos, como antes del golpe, y empezamos a conversar, a intercambiar ideas y finalmente a complotar.

Lo que más hicimos en ese tiempo fue rayados. *No a la dictadura* en los muros de las casas, *Abajo Pinochet* en el frontis de los edificios, *Milicos culiaos* en los puentes, en los túneles, hasta en el pavimento de las calles que pisábamos. Salíamos por las noches, muy tarde, en medio de los toques de queda, bien escondidos, cuidándonos de que los pacos no nos vieran. Pintábamos con spray o brocha. *No a la dictadura, Abajo Pinochet, Milicos culiaos.* A veces nos seguía el Cribaldo, el perro del barrio. Le encantaba jugar mientras trabajábamos y al otro día nos delataba el huevón, porque amanecía manchado de pintura y se acercaba a saludarnos feliz, como preguntando cuándo íbamos a rayar de nuevo. Llegamos a hacer cuarenta rayados en una noche. *No a Pinochet, Abajo la dictadura, Milicos culiaos, Dictadura abajo, No milicos, No Pinochet, Dictadura culiá, Pinochet culiao.* Teníamos el cerro lleno de consignas. Lo mismo que la pelota, lo mismo que ahora cuando recordamos, rayamos furiosa y obsesivamente. En el día íbamos a clases a la universidad, en las tardes entrenábamos en el club y por las noches conspirábamos y hacíamos rayados como si el mundo dependiera de eso.

Años después vimos un documental que se llamaba *La ofensiva final*. Quedamos locos. Ahí mostraban los últimos días de la dictadura de Somoza en Nicaragua el año 79. La avanzada del Frente Sandinista contra la Guardia Nacional, que era la policía del régimen. Ahí el Mauri empezó a tener un sueño recurrente. Yo creo que también lo tuve, pero sólo un par de veces. Quizá tres. En el sueño pasaba lo mismo que en la escena final de la película, ¿la has visto? Ahí toda la gente asiste en masa al frontis del palacio de gobierno a festejar la caída de Somoza. Es una verdadera fiesta. Y eso mismo soñaba el Mauri, pero en Chile. Y lo soñaba yo también, pero un par de veces nomás, quizá tres. Y probablemente lo soñábamos todos, porque no hablábamos de otra cosa.

Hace rato que leíamos al Che. Nos declarábamos profundamente guevaristas. Teníamos sus afiches, habríamos ocupado boina y uniforme verde si eso no nos hubiera delatado frente a los milicos. Nos acordábamos con vergüenza del momento anterior al golpe, de todos los llamados que se hicieron a no caer en una guerra civil, y de nosotros, cabros chicos ordenados y obedientes, bien ahuevonados, la verdad, marchando en las calles en contra del enfrentamiento armado, en vez de haber defendido con todo al gobierno de Allende. Repasábamos su discurso también. Teníamos mucha admiración por el Allende del once que fue capaz de inmolarse.

Como sabíamos que algunos chilenos habían peleado en Nicaragua, estábamos convencidos de que esa experiencia se podía aprovechar y replicar en Chile. Pinochet había hecho el show del plebiscito con su constitución del 80 y con eso se aseguraba el mando por ocho años más. Ocho años más. Eso era un océano de tiempo. Pensábamos que frente a eso lo único que nos quedaba era dejar la cagada. O por lo menos intentarlo.

No a Pinochet, Abajo la dictadura, Milicos culiaos, Dictadura abajo, No milicos, No Pinochet, Dictadura culiá, Pinochet culiao.

Si trabajábamos organizados, si perdíamos el miedo y lo dábamos todo, quizá podríamos lograrlo y terminar en esa fiesta multitudinaria en el frontis de La Moneda celebrando la caída de Pinochet. Lo soñábamos y lo creíamos.

Teníamos veinte años y todavía no sabíamos que el sueño de la revolución no era inocente. Eso lo vinimos a entender después. Un poco después.

Claudia

Yo nunca escuché que le dijeran Marciano. A lo mejor los amigos del barrio lo hacían, pero en la universidad no supe de ese apodo. Yo le decía Mauricio, ni siquiera Mauri. Nos conocimos en la escuela de Educación Física el año 77, cuando yo recién había llegado de Santiago. Ese año me eligieron candidata a reina en las fiestas. Entre medio de los carros alegóricos y el paseo callejero, nos vimos por primera vez.

Él andaba con su grupo de amigos de la U. Los Peineta, les decían. Puros hombres de segundo año buenos para reírse y fumar hierba en la playa. A mí Mauricio me gustó en cuanto lo vi. Me di cuenta de que a él le pasó lo mismo. No nos dijimos nada, cruzamos miradas e inmediatamente hubo una descarga eléctrica en el aire. Se me encendió la piel, el pelo, la punta de la lengua, esas cosas que pasan cuando uno es joven y tiene el cuerpo tan vivo. Los días siguientes sólo fue mirarlo de lejos en los patios de la U. Yo era muy tímida en ese tiempo, tenía diecisiete años y todo era nuevo para mí, la ciudad, la gente, la escuela, no me atrevía a abordarlo.

Unas semanas después, en una fiesta, me lo topé de nuevo. Fue en una casona grande. Había mucha gente y los babosos de la escuela me sacaban a bailar, pero yo no quería bailar con nadie, quería que él me invitara y no lo hacía. Las costumbres de esa época, mira que tener que esperar que alguien te saque a bailar. Pero a lo mejor ni siquiera era costumbre y era yo nomás la que no me atrevía a acercarme, porque todo me daba vergüenza. A él también le costó. Se daba vueltas, me miraba, nos sonreíamos. Volvía a darse vueltas, volvíamos a sonreír. Hasta que después de un rato de estar en eso, lo hizo, por fin se animó.

No recuerdo si nos presentamos. No recuerdo si cruzamos algunas palabras o si sólo nos pusimos a bailar. Tampoco recuerdo si conversamos en medio del baile o si nos movíamos en silencio. Lo único que sé es que llevábamos un rato bailando cuando de pronto sonó Peter Frampton, esa canción *Show me the way*, ¿la conoces? Creo que había estado de moda o lo estaba en ese tiempo, no sé, el asunto es que comenzó a escucharse y algo pasó, no sabría explicar bien qué. Algo entre los dos, quiero decir. Fue como un crujido, como el sonido previo a un terremoto. Y luego una grieta que se abrió en algún lugar de la noche y a través de ella pudimos escapar hacia otro espacio, que no sé decirte cuál era, pero era bueno y lo habitaríamos juntos.

Cruzamos algo así como un umbral mientras escuchábamos a Frampton.

¿Has oído esa canción? Es tremenda. O así me lo pareció en ese momento y desde entonces, cada vez que la escucho.

Estuvimos dos años juntos. No era un pololeo convencional porque nunca me pidió pololeo ni hablamos de eso. Tampoco fui nunca a su casa, ni conocí a su familia, ni a sus amigos del barrio. Podría decir que me mantenía escondida de esos circuitos, pero yo hice lo mismo con él. Nunca lo llevé a mi casa, nunca conoció a mis papás ni a mis amigas de Santiago. Lo nuestro era sólo de a dos. Vernos en el patio, salir a caminar, tomarnos de la mano y besuquearnos en las plazas, en la playa. De hecho, tampoco tuvimos tanto sexo, podría contar con los dedos de una mano las veces que estuvimos juntos así. Y la verdad es que no fue lo mejor de la relación. No sé qué fue lo mejor de la relación, pero para mí era importante lo que teníamos y sé que para él también.

Cuando terminé mi segundo año de escuela partí a Santiago a ver a mi familia. Era el verano del 79 y yo en marzo volvería a Valparaíso para seguir estudiando. Pero las cosas se complicaron en mi casa, por temas familiares que no vale la pena contar. No volví en marzo, ni en abril, ni en mayo, ni en junio. No volví más.

Nunca nos despedimos, ¿sabes? Nunca terminamos lo que fuera que teníamos.

Podríamos habernos escrito o hablado por teléfono, pero no lo hicimos. Yo nunca le expliqué por qué no había vuelto y él nunca me lo preguntó. No creo que hubiéramos podido sostener un pololeo a distancia, no teníamos plata para viajar seguido a vernos, tampoco auto, pero ni siquiera lo discutimos. Nunca conversamos para darle un cierre a lo nuestro. Ahora no sabría darte una razón de por qué fue así, simplemente ocurrió. Éramos muy jóvenes. También éramos muy torpes.

Tiempo después, unos diez años más o menos, nos volvimos a ver. Aunque lo de volvernos a ver es un decir porque él nunca supo que lo había visto. Yo andaba comprando en Providencia, no recuerdo qué, quizá algo para mi guagua porque estaba embarazada de unos siete meses o más, se me notaba harto la guata. Me detuve en un semáforo a esperar que diera la luz verde cuando lo vi al otro lado de la calle.

Estaba de pie en una esquina, como esperando a alguien.

Fumaba y miraba hacia todas partes.

Era él, Mauricio, mi pinche de la U. Se veía distinto, claro, ya no era el estudiante de Educación Física, era un hombre. El cuerpo le había cambiado, la cara también, tenía otro corte de pelo y ahora ocupaba bigote. En muchos sentidos parecía otro. Pero cualquier duda que mi mente tuviera, mi cuerpo la disipó. Fue verlo y volví a sentir lo mismo que la primera vez, una descarga eléctrica en el aire y mi piel encendida a través de cada una de sus terminaciones nerviosas. Claro que era él. Millones de pensamientos cruzaron mi cabeza en ese momento.

Me vi acercándome, abordándolo en plena calle, invitándolo a tomar un café.

Luego tomándonos el café, intercambiando números de teléfono, contándole sobre mi vida, sobre mi guagua, explicándole por qué no le avisé que no volvería a estudiar al puerto. Me imaginé tomándole una mano, la mejilla, peinándole el bigote con la yema de los dedos. Me vi abrazándole, besándole, mordiéndole el cuello, y luego aforrándole una cachetada, un combo, una patada en el estómago, en los testículos, en el culo por no haberme buscado. Tenía diecisiete años, era una niña y estaba pasando un momento difícil en ese tiempo, por eso no volví. ¿Cómo no se le ocurrió llamarme? ¿Escribirme? ¿Irme a ver? Lo necesitaba. Si me hubiera querido como decía, lo habría hecho, estúpido, huevón, cerdo, egoísta, nos debimos haber pegado un buen polvo alguna vez, me lo debe, era lo mínimo que yo merecía.

En eso divagaba mi mente cuando noté que miraría hacia el frente, justamente donde yo me encontraba. Mientras él giró la cabeza, yo corrí mi vista con rapidez, no podíamos cruzar miradas, no podía permitirme verlo a los ojos. El semáforo dio la luz verde y atravesé hacia mi auto, que estaba estacionado del otro lado de la calle. Me concentré en eso, en llegar a mi auto y abrir la puerta lo más rápido posible para no caer en la tentación de mirarlo, para no convertirme en una estatua de sal.

Tuve miedo. Pensé que él podría acercarse, tocarme el hombro, pronunciar mi nombre, invitarme un café, intercambiar teléfonos, contarme de su vida, explicarme por qué no me echó de menos, por qué nunca me llamó, me escribió o me fue a ver, por qué nunca nos pegamos un buen polvo. Pero no lo hizo. Se quedó ahí, en la esquina, observándome. Sentí el peso de sus ojos en mi espalda y ese escalofrío conocido que recorría mi columna entera como si otra vez tuviera diecisiete años. Sé que me miraba. Sé que dudó si era yo a quien estaba viendo y que fue su cuerpo el que desbarató cualquier duda. Sé que sintió lo mismo que yo estaba sintiendo y que por alguna razón, quizá mi embarazo, quizá el hecho de que su vida había cambiado por completo, quizá porque su nombre ya no era su nombre, quizá porque estaba a la espera de un contacto del que no tenía cómo explicarme, tampoco se atrevió a hacer de esa escena un rencuentro.

Encendí el motor de mi auto y me fui. No miré hacia atrás.

Cuando cayó preso en Brasil, bastante tiempo después, no tenía acceso ni a radio ni a televisión, mucho menos a computadores. Pasó varios años sin escuchar música. Se me hace difícil imaginar lo que puede ser eso. Y más para alguien al que le gusta la música, porque a Mauricio le gustaba. Y mucho. En una de las cárceles en las que estuvo, no sé en cuál, porque estuvo en varias, lo trasladaron de una celda a otra por algún motivo que también desconozco. La celda nueva estaba muy cerca de una garita donde los gendarmes que hacían el turno de noche se quedaban. Una vez en su nueva celda, acomodó las pocas cosas que había reunido en esos primeros años de encierro, hizo algo de ejercicio y se durmió. En la rutina carcelaria se habría despertado temprano para el desayuno, pero algo lo sacó de su sueño en plena madrugada.

A lo lejos, muy lejos, se escuchaba una melodía.

Había pasado tanto tiempo sin oír algo así que creyó que estaba soñando.

Pensó que esas notas eran una alucinación sonora, un espejismo musical.

La melodía se mezcló con la voz de un gendarme. Mauricio comprendió que no era un delirio o un recuerdo, que lo que escuchaba venía de una radio de la garita, y que esa canción en específico, que le devolvía la música a su vida después de años, era real. Muy real.

Fue como un crujido. Como el sonido previo a un terremoto. Una grieta que se abrió en algún lugar de la noche y a través de ella pudo escapar hacía otro espacio, que no sabría decirte cual fue, pero era bueno. Seguro ya sabes qué canción era. Cruzó algo así como un umbral mientras la escuchaba y del otro lado, estoy segura, estaba yo.

I'm kneeling on the floor / There has to be a force / Who do I phone? / The stars are out and shining / But all I really want to know / Oh won't you show me the way, every day.

El Loco,
ahora conocido como Salomón

Teníamos que cambiar de nombre. Si queríamos seguir trabajando contra los milicos, por seguridad, no podíamos ser los mismos. El Mauri era práctico y sin darle muchas vueltas dijo que él sería Pepe, un nombre sencillo que se pronunciaba con rapidez. Pepe. El Lobo siempre le buscaba la vuelta a todo y después de pensarlo dijo que él sería Joaquín, en homenaje a Joaquín Murieta, el bandolero inmortalizado por Neruda. Yo quise ser Salomón, por el rey Salomón, del que no sabía nada, salvo que aparecía en una canción de Silvio Rodríguez. De ahí en adelante paramos con la tontera de los sobrenombres. Chao con eso de Loco, Lobo, Mauri o Marciano, y comenzamos a ser estrictamente: Pepe, Joaquín y Salomón. Y no era sólo para el resto. Entre nosotros nos decíamos así. De hecho, ahora yo te hablo del Mauri o el Marciano para que no se enrede la conversación, pero cuando lo hago estoy pensando en el Pepe o en Ramiro, ¿me entiendes? Pero Ramiro vino después, no lo metamos en esto todavía. El Mauri es la prehistoria del Pepe. Y el Pepe la prehistoria de Ramiro. Y entre medio hubo otros antes de Ramiro. Pero dijimos que a Ramiro no lo íbamos a tocar aún. Todo a su tiempo y este, que te estoy contando, es el tiempo de Pepe. Entonces, de ahora en adelante el Mauri va a ser Pepe.

Cuando yo diga Pepe, piensa en el Mauri.

Y cuando diga Joaquín, piensa en el Lobo.

Y cuando diga Salomón, piensa en el Loco. O sea, en mí.

En esos años fue cuando se formó el Frente 0, una especie de preámbulo del Frente Patriótico. Su prehistoria. Así como los nombres y las personas, toda historia tiene también su prehistoria. Ahí se armó un grupo de trabajo donde estábamos los tres, Pepe, Joaquín y yo. En ese grupo nos turnábamos la jefatura para cada cosa que ejecutábamos. Acciones sencillas como derribar postes de luz, montar barricadas o hacer cadenazos durante las protestas.

El primer trabajo importante que hicimos fue el asalto a la panadería del viejo facho. Un viejo que no soportábamos por pinochetista y loco. Pero no loco como yo, loco malvado, siniestro, perverso al nivel de soplonear a sus propios clientes a los milicos. Pero no nos olvidemos de que yo ya no soy el Loco aquí, soy Salomón. El viejo era el loco. Y facho. Y soplón. El encargado del asalto era Pepe, o sea el Mauri.

Salomón: yo. Pepe: el Mauri. Joaquín: el Lobo.

Pepe era bien obsesivo con la planificación de las cosas. Nos preparamos con harto tiempo, un mes más o menos. Íbamos a la panadería. Nos dábamos unas vueltas por fuera, entrábamos haciéndonos los lesos, comprábamos unos kilos de hallullas y las comíamos calientitas, recién horneadas. Chequeábamos a qué hora abría el viejo, a qué hora cerraba, quiénes entraban, quiénes pasaban por fuera. Así nos íbamos haciendo una idea de cuál era el movimiento del local y cuándo iba ser el mejor momento para hacer el robo. Todo se pensaba, se estudiaba. Incluso el tiempo que demorarían los pacos en aparecer.

Cuando por fin llegó el día nos juntamos temprano. La idea era asaltar la panadería apenas el viejo facho abriera. Pepe, Joaquín, yo y tres compañeros más, cuyos nombres nunca supe, sólo sus chapas, pero no los voy a nombrar aquí para no confundirte. Entonces éramos seis los que esperábamos ansiosos el momento de lanzarnos.

Pero pasaban los minutos y el viejo no llegaba. La panadería no abría. Empezamos a ponernos nerviosos. Un par partió con la paranoia. Decían que de seguro nos habían cachado, que el viejo había soplado a los pacos y que estaban esperando que apareciéramos para caernos encima. Joaquín bajaba las revoluciones. Joaquín, que ya no era el Lobo, era Joaquín. Por Murieta, ¿te acuerdas? Él decía que pensáramos con la cabeza. Cómo el viejo iba a cachar que íbamos a asaltarlo ese día y a esa hora. No tenía forma de saberlo. Salvo que alguno de nosotros hubiera hociconeado. Pero eso era imposible porque ninguno era un soplón de la conchadesumadre.

Parece que en ese último punto hubo ciertas dudas. Se produjo un silencio y luego una discusión. Algunos querían irse a la casa y abortar el plan, mientras otros queríamos seguir adelante. Entonces Pepe, el Mauri, ¿cierto?, fue inflexible. Vinimos a asaltar al viejo facho, dijo, y no nos vamos a ir de aquí sin hacerlo.

Con media hora de retraso, abrieron el local. Entramos cuatro. Todos cubiertos con pasamontañas y armados con unos revólveres chicos, enfermos de ordinarios, lo único que teníamos en esos tiempos. Esto es un asalto, no queremos hacerle daño a nadie, así es que mientras más rápido nos pasen la plata de la caja, más rápido nos vamos, dijo Pepe o Joaquín o yo. Como estábamos enmascarados ya no sé quién era quién. El griterío de las viejas fue un tema aparte, chillaban con un vozarrón que asustaba. Esto es un asalto, no queremos hacerle daño a nadie, así es que mientras más rápido nos pasen la plata de la caja, más rápido nos vamos, repitió Pepe o Joaquín o yo, para intentar ordenar la situación.

Ahí fue que una de las viejas tendió a reconocernos la voz. Valparaíso es un pañuelo, casi todos se conocen, esa posibilidad siempre estaba abierta en cualquier cosa que hacíamos. ¿Mauri, mijito, eres tú?, dijo la vieja. O quizá nombró al Lobo o a mí. Nos aterró la idea de que nos identificara y entonces yo mismo le tapé la boca con la mano y la encañoné. O a lo mejor fue Pepe o Joaquín. Lo hicimos con cada vieja que quiso hablar. Por mientras, el otro compañero sacaba la plata de la caja.

Íbamos de maravilla, tal como estaba planeado. Pero cuando ya no lo esperábamos, el viejo facho sacó de alguna parte una escopeta de doble cañón y nos apuntó. Salgan de aquí, mierdas, dijo. Obvio que el viejo iba a tener armas, cómo no lo imaginamos si era cercano a los milicos. Y ahí estábamos, con nuestros revólveres pencas, enfrentados a la súper escopeta del viejo que, si se ponía a disparar, iba a dejar una cagada más grande que la que ya estábamos dejando nosotros.

Yo miré a Joaquín. Joaquín miró a Pepe. Pepe me miró a mí. Cada uno miró al otro compañero, en ese orden o en otro, ya te dije que con los pasamontañas a duras penas sabía que yo era yo. Y mientras nos mirábamos, con cara de qué hacemos con este viejo, o más bien supongo que con esa cara porque como no veía las caras no lo sabía, alguno le soltó un disparo en una pierna para inmovilizarlo.

El viejo dio un grito que cortó el aire.

Le salió del estómago, era puro dolor.

Saltó un chorro de sangre al suelo, fue bien impresionante.

Los revólveres eran chicos, igual que nosotros que estábamos partiendo, pero no inofensivos. Tampoco nosotros lo éramos. La revolución nunca es inocente, ya te lo dijo Joaquín. O quizá te lo dijo Pepe. O tal vez te lo dije yo.

Las viejas pararon el griterío. Se hizo un silencio sepulcral.

Yo miré a Joaquín. Joaquín miró a Pepe. Pepe me miró a mí.

Cada uno miró al otro compañero, en ese orden o en otro. Pepe, Joaquín, Salomón. Salomón, Pepe, Joaquín. Joaquín, Salomón, Pepe. Y el otro compañero también, en medio de todas las combinaciones posibles. Después de mirarnos, sin saber quién cresta estaba detrás de cada pasamontaña, el viejo herido soltó la escopeta y en cuanto cayó al suelo salimos corriendo. Joaquín, Salomón, Pepe y los otros tres compañeros nos subimos a un auto que nos habíamos conseguido, cargando las cien lucas que le sacamos al viejo facho, que en ese tiempo eran una fortuna.

Lo hacíamos porque necesitábamos plata.

Muchos éramos estudiantes o pobladores. No nos daba para financiar las acciones que nos encargaban, por sencillas que fueran. Teníamos en contra a un ejército con todo el financiamiento del estado, mientras nosotros nos conseguíamos autos, pedíamos prestadas armas o las fabricábamos. Si hasta plata para la micro nos faltaba. Llegábamos a algunas acciones pidiéndole a los choferes que nos llevaran gratis. Entonces íbamos sacando un poquito de aquí, un poquito de allá y así se podía ir construyendo la revolución.

Hay que decirlo, las revoluciones son caras, cuestan plata. Y de alguna parte hay que sacarla.

La Flaca,
conocida como Tamara

Es cierto que esa primera noche en su celda hablamos de baratas. Estaba obsesionado con el tema, le daban asco y pánico. Yo no sabía cómo ayudarlo y recordé que en alguna revista había leído eso de la resistencia de las baratas, del caparazón tan duro que tienen, de las habilidades que desarrollan para sobrevivir en cualquier condición y de su atracción por la luz. Son como las polillas, ¿sabías? Por eso aparecen de noche, porque no les gusta estar escondidas en la oscuridad, le temen. Todo esto se lo dije, por supuesto, con la idea de mostrarle un lado distinto de esos bichos. Esperaba que los decibeles de angustia le bajaran, pero creo que empeoré las cosas porque Pepe siguió semanas perseguido con el tema. Años quizá. Probablemente todavía piensa en ellas.

No sé cuánto estuvo encerrado en Brasil. Se me enreda el tiempo cuando lo pienso. En esa celda, que fueron varias en realidad, los minutos no corrían, avanzaban al revés, y quizá por eso nuestras conversaciones se sentían largas e iban siembre hacia atrás, visitando escenas ocurridas, recordando momentos que vivimos juntos o separados. Muchas veces repetíamos historias sin darnos cuenta. Partíamos, íbamos construyendo cada paso y en la mitad caíamos en cuenta de que ya nos la habíamos contado en algún otro momento. Incluso repitiendo palabras y frases exactas. Hasta olvidos. Recorríamos una y otra vez la misma trama, como si en vez de avanzar estuviéramos dando vueltas en ella, buscando algo que no sabíamos qué era.

También hablábamos sobre nuestra vida fuera del Frente. Todo lo que durante tantos años no pudimos contarnos porque era peligroso, ahora que lo visitaba era el tema favorito. Nuestras familias de origen, el colegio, la infancia, los amigos del barrio, el primer beso, esos momentos inaugurales que configuran gran parte de lo que somos, es lo que teníamos urgencia de contar.

¿Dónde naciste, Flaca?, me preguntaba.

En Santiago, le respondía.

¿Y por qué hablas así, Flaca?

¿Así cómo, Pepe?

Así como cuica, Flaca.

Porque soy cuica, nací en el barrio alto, en una familia pinochetista.

Eso no es cierto, Flaca, cuando naciste Pinochet no existía.

Sí existía, Pepe, pero era un prototirano, ni él sabía lo que le esperaba.

Antes vivíamos sólo en el presente. Nos escondíamos en un nombre y una vida de mentira que no tenían pasado porque el real no podíamos revelarlo. Ese era nuestro mejor secreto y de él dependía la vida de muchos. Pero en el encierro de Pepe, tristemente liberados de ese peligro, estuvimos poniéndonos al día de las otras vidas que tuvimos. Nos tirábamos a fumar en el suelo de su celda y mientras mirábamos el techo yo respondía todas las preguntas que me hacía. O casi todas. Siempre hay cosas que una se guarda con los amigos. O con los hermanos, porque lo nuestro es eso, una hermandad. En esta familia que armamos, huérfanos de las reales, fuimos padres, madres, esposas, amantes, tías, novias, a ratos hijas e hijos, pero, sobre todo, hermanos.

¿Cuándo fue que nos conocimos, Flaca?, me preguntó muchas veces.

En Valparaíso, cuando llegué a hacer clases a la universidad, Pepe.

No me acuerdo del momento exacto, Flaca.

Yo tampoco, Pepe, sólo sé que un día me llevaron a trabajar con ustedes, con Joaquín, con Salomón, contigo, porque necesitaban refuerzos, así me dijeron.

Y nos sorprendiste, Flaca, porque eras buenísima planificando, manejando, disparando, riéndote.

¿Y por qué tanta sorpresa, Pepe? ¿No podían creer que una mujer trabajara bien?

Él me preguntaba mucho por mi familia. Siempre quiso saber cómo era la relación que tenía con mis hermanas, sobre todo con la menor, a la que me arrancaba a ver cada tanto. Ella me contaba sobre mi familia, yo necesitaba saber de todos. También me gustaba comer rico cuando nos juntábamos, porque en general en ese tiempo comíamos pésimo, hay que decirlo. Y otra cosa que me volvía loca de felicidad era conversar con ella de cualquier tontera mientras nos echábamos cremas o perfumes. Pepe entendía mis escapadas porque él también las hacía.

Una vez, cuando ya había dejado la casa del cerro Esperanza y andaba medio fondeado, se juntó a almorzar con su mamá. Hicieron una cita en un restaurante del puerto donde vendían unas empanadas de marisco que les gustaban mucho a los dos. Doña Laura llegó feliz, hace tiempo que no sabía de su hijo. Ella no tenía claridad de qué estaba haciendo, ni de dónde andaba, pero como era una mujer inteligente lo intuía y no preguntaba más de la cuenta. Ese día conversaron y se pusieron al día, igual como yo lo hacía con mi hermana. Repasaron a la familia completa, hablaron de sus hermanas chicas, que parece que todavía estaban en el colegio. Él no era mucho lo que contaba, más bien preguntaba y disfrutaba de ese presente con su mamá. Cuando llegó el momento de pagar, doña Laura quiso hacerlo porque estaba acostumbrada. Era la matriarca, la que se hacía cargo de sus hijos, nunca dejaba que ellos tomaran la cuenta, pero Pepe la detuvo y le dijo que esta vez él invitaba. Tenía algo más de veinte años. Era importante para él y ella lo supo, así es que aceptó. Pepe se abrió un poco la chaqueta para sacar la billetera y cuando lo hizo, doña Laura pudo verle un revólver dispuesto en el cinturón.

Era un arma pequeña. Nada muy sofisticado.

Algo más bien rasca diría yo, pero un arma, al fin y al cabo.

Se encontraba escondida cerca de la espalda de Pepe. Con el movimiento de la chaqueta quedó a la vista, sin que él se diera cuenta. Pagó con relajo mientras doña Laura miraba al mozo y al resto de los comensales, esperando que nadie viera lo que ella tenía en frente. Ahí estaban los dos, un día cualquiera en el Valparaíso de la dictadura, a plena luz del día, en medio de un local bastante concurrido, amparados por la normalidad de un almuerzo entre madre e hijo, pero con un revólver asomándose entre el límite del cinturón y la chaqueta de Pepe.

Doña Laura se puso blanca. Sintió que le bajaba la presión, que se desmayaba, que se derretía en la silla y en la alfombra y luego en el suelo. Intentó con disimulo apurar el pago, pero ni Pepe ni el mozo, que seguían ignorantes de todo, veían razón alguna para acelerarse. Cuando el trámite terminó y se pusieron de pie, doña Laura acomodó la chaqueta de su hijo y salió con él lo más rápido que pudo. Afuera tomó aire como si le hubiera faltado durante meses e inmediatamente encendió, nerviosa y apurada, el décimo cigarro del día, mientras vigilaba cada ángulo de la calle asegurándose que estaban a salvo. Niño, si no escondes mejor ese fierro que andas trayendo, la próxima vez pago yo, dijo y le dio un beso en la frente para despedirse hasta quién sabe cuándo.

¿Qué edad tenía tu hija cuando la dejaste de ver, Flaca?

Nunca la dejé de ver, Pepe. Me las arreglaba para estar con ella, aunque siempre era poco. En los tiempos más difíciles me iba a mirarla a la salida del colegio o cuando iba a jugar a alguna plaza.

¿Y te acercabas, Flaca?

Algunas veces, Pepe.

¿Ahora puedo saber su nombre, Flaca?

Se llama Camila.

Qué lindo nombre, Flaca.

Más linda es ella, Pepe. Mi hija fue una niña preciosa y hoy es una mujer brillante.

¿Y cuándo se fue a vivir con su papá, Flaca?

Cuando tenía dos años, Pepe, justo cuando comencé a trabajar con ustedes.

¿Y nunca te arrepentiste de tu decisión, Flaca?

Mi hija con su padre lo tenía todo, Pepe, salvo a mí. No podía arrepentirme por la necesidad de una niña, cuando veía que otros tantos no tenían derecho a nada.

¿La echabas de menos, Flaca?

Todos los días y en cada minuto, Pepe.

¿Y cómo vivías así, Flaca?

Con pena, Pepe, igual como vivían todos los compañeros hombres que no podían ver a sus hijos.

No es lo mismo, Flaca.

¿Por qué no es lo mismo, Pepe? ¿Porque soy mujer?

Recuerdo una noche de lluvia. Era un temporal horrible y el viento y el frío asustaban. Alguien nos había llamado para que fuéramos a ayudar a una población que se estaba anegando. Necesitaban manos, palas y carretillas para sacar el barro y rescatar lo que se pudiera de las casas. Al llegar todo estaba oscuro, se había cortado la luz, nos movíamos con linternas. Nos dieron instrucciones y comenzamos a ayudar. En un momento de la noche una de las pobladoras nos invitó a pasar a su casa para descansar y capear un rato el frío y la lluvia. Adentro estaba oscuro, un par de velas iluminaban un poco. El suelo estaba lleno de barro, unos diez centímetros de barro. Hacía un frío horrible y los niños de ahí, de dos, tres, cuatro años, todos a pata pelada, mojados, con ropa delgada, se arrimaban a las piernas de su madre como buscando calor. Ella encendió un bracero. Yo estaba muy abrigada, pero tiritaba, no podía disimularlo. Alguien tiró unas ramitas de romero que se tostaron rápidamente en esas brasas que no calentaban nada. El vapor caliente salía de las bocas de los niños, humito blanco con el que jugaban mientras se reían agarrados a la falda húmeda de su madre. Esa noche, mientras veía a los niños, pensaba que en unas horas me iba a devolver a mi casa del barrio alto, me iba a quitar toda esa ropa mojada que tenía puesta y me iba a bañar con agua caliente. Cuando terminamos me fui callada pensando que tenía que hacer algo. Que esos niños debían sacar los pies del barro alguna vez. Y llegué a la casa y me acosté con la ropa mojada porque no quería sentirme bien. Creo que amanecí enferma. Tenía rabia y pena. Y como que nunca se me quitó esa rabia y esa pena.

Ese recuerdo es mío, Flaca, creo que te lo conté alguna vez. Esos niños fantasma son de Valparaíso, me dijo, y estuvo a punto de confundirme.

No, Pepe, esos niños fantasma son de Santiago.

No, Flaca, son míos, siempre se me aparecen. Lo hacían antes cuando estaba libre, lo hacen ahora que estoy aquí. Incluso de noche, cuando me duermo, a veces también puedo verlos.

Me pasa lo mismo, Pepe, se me aparecen seguido, sobre todo cuando echo de menos a la Camila.

Entonces te los regalo, Flaca, seguro que a ti te hacen más falta.

¿Me regalas a los niños, Pepe?

Te regalo su recuerdo, Flaca.

¿Se pueden regalar los recuerdos, Pepe?

No lo sé, Flaca, sólo sé que se comparten o se olvidan.

Entonces los acepto, Pepe, no quiero que se olviden.

Los recuerdos y las baratas se parecen, Flaca.

¿Qué tienen que ver las baratas con los recuerdos, Pepe?

Dijiste que son unos bichitos muy resistentes. Y que no les gusta estar escondidos en la oscuridad porque le tienen miedo.

Así es, Pepe. Lo leí en una revista.

A eso me refería, Flaca, las baratas buscan la luz y resisten, como el recuerdo de los niños fantasma.

Es cierto, Pepe, buscan la luz y resisten, como el recuerdo de esos niños.

Y como el tuyo, Flaca, me dijo. También como el tuyo.

Emilia

Mauricio, Mauri, Marciano, Pepe, Ramiro, los conocí a todos. Primero en la U, cuando estudiábamos Educación Física, y años después en mi departamento, donde venía a esconder cosas y a tener reuniones. Yo vivía con su primo, que en realidad no era su primo, era hijo de un muy buen amigo de don Moisés, su papá, entonces ellos se conocían desde chicos y eran muy cercanos, por eso se decían primos sin serlo, ¿se entiende? Se sentían familia y de alguna manera lo eran. Por eso el Mauri le pedía el departamento para sus juntas secretas y no había ningún problema, porque la confianza era absoluta.

El primo del Mauri, cuyo nombre no te lo voy a decir, porque encuentro que no hay para qué, vivía conmigo. Y cuando te digo que vivía conmigo, no es que compartiéramos departamento, no, nosotros éramos pareja. Nos habíamos enamorado y nos habíamos ido fuera de Chile, buscando una vida mejor. Incluso él había dejado a su esposa y a sus hijos por mí, porque era casado. Y todo, matrimonio, hijos, casas, familias, amigos, primos falsos y reales, lo habíamos dejado el uno por la otra y la otra por el uno. Pero la vida en el extranjero no fue tanto mejor y después de un tiempo nos devolvimos a un departamentito en la calle Agua Santa.

Ahí fue que el Mauri empezó a pedir espacio para guardar revólveres o pistolas, porque empezaron a llegarles armas para potenciar las cosas que hacían, de las que en ese momento yo no sabía mucho. Como el primo del Mauri, mi pareja, trabajaba todo el día, era yo la que estaba en el departamento y recibía al Mauri. Cuando llegaba, acomodábamos en algún rincón los paquetes que traía y conversábamos, porque como nos conocíamos de antes, nos acordábamos de los años de la U, cuando yo me iba a fumar hierba a la playa con los Peineta, el grupo de hombres con los que él se juntaba. En ese tiempo yo trataba de meterle conversa, pero poca bola me prestaba porque andaba enamorado de una cabra más chica. De eso nos reíamos. De eso y de mil cosas más. También recibía a sus compañeros cuando se reunían en el departamento. A veces conversaba con ellos, nos tomábamos un té o un café mientras esperábamos que llegaran todos, y después me encerraba a ver tele en mi pieza cuando comenzaban con sus cosas. Desde ahí les escuchaba. Decían que el panorama era desolador. Que todo era una mierda. Que los milicos eran unos conchasdesumadre, que nos tenían arrinconados, que nos obligaban a tomar una actitud radical porque no había posibilidad de diálogo. Decían que lo único que nos quedaba para sobrevivir era defendernos y que para eso había que tomar las armas y actuar. Que era nuestro legítimo derecho en la situación extrema en la que nos tenían.

Yo los oía y pensaba que si todo iba a ocurrir con las armas que guardábamos en el departamento la cosa no iba a resultar mucho porque, aunque yo no tenía idea de armas, me daba cuenta de que no eran ni tantas ni tan buenas. Pero, independiente de eso, me fui identificando con las ideas que escuchaba desde mi pieza y un día apagué la tele y comencé a participar de las reuniones. Ahí nuestras conversas con el Mauri se pusieron más densas. Ya no fueron sólo recordar el pasado y reírnos de ese tiempo universitario, sino que comenzamos a hablar de política, de historia, de filosofía. Desmenuzábamos el escenario de esa época, que ya te dije, era desolador. Y entre debates e intercambios partió algo así como una conexión o, mejor dicho, un coqueteo. Es que a mí siempre me había gustado el Mauri, entonces de tanto relacionarnos en el departamento, las cosas, sin querer, te juro que sin querer, se fueron dando.

Una tarde, cuando él había ido a dejar o a buscar alguno de sus paquetes, le dije que se quedara a tomar once. No tenía ganas de estar sola, andaba bien tristona por temas con el primo del Mauri que no vale la pena detallar. Él aceptó y me ayudó a poner la mesa y a preparar las cosas. Quisimos hacer panqueques. El Mauri es re goloso, le gusta lo dulce, entonces rompimos un par de huevos, dispuse la harina y el azúcar en un pocillo, armé el batido y, mientras freía, algo pasó que nos quedamos callados. Pero muy callados. Tan buenos para hablar que éramos cuando estábamos juntos y ahora parecía como si alguien nos hubiera puesto un stop. Todo en nosotros se enmudeció. El ruido del aceite chirreando en el sartén fue lo único que se escuchó por mucho rato. Nos hundimos en un silencio raro, espeso como la mezcla de los panqueques que mirábamos cocinarse con una concentración metafísica, como si en esa mezcla viéramos lo que se venía, como si contuviera el futuro y estuviéramos decidiendo, cada uno en su cerebro, si habitar o no esa escena que nos develaba el sartén. Y supongo que lo que decidimos fue coincidente porque yo apagué el hornillo de golpe, interrumpiendo toda la cocinería, y no tuve que decir nada. Él tampoco lo hizo. De ahí en adelante no hubo palabras que pronunciar, el lenguaje entre los dos sería otro.

No recuerdo bien el detalle de lo que siguió. Sólo tengo algunas imágenes sin un orden muy claro. Sé que le mordí los labios y lo hice sangrar, pero no se quejó. Sé que me tomó de la cintura y me subió al mueble de la cocina. Sé que el batido de los panqueques cayó al suelo. Sé que lo pisamos y nuestras huellas quedaron marcadas desde la cocina hasta mi pieza. Sé que en el linóleo del piso quedó un rastro dulce y pegajoso que acompañaba la ropa que fuimos sacándonos. Sé que en mi cama, que no era sólo mía, estuvimos mucho rato, más de lo que debimos. Sé que el tiempo se detuvo o se alargó, y que en esa imprecisión nos perdimos. Lo volví a morder y lo volví a hacer sangrar, y probablemente él a mí, y de esa forma, desangrándonos el uno a la otra estábamos cuando el primo del Mauri, mi pareja hasta entonces, cuyo nombre, ya te dije, no te lo voy a decir porque encuentro que no hay para qué, apareció en la puerta del dormitorio.

Ahí estaba, con los pies sucios de harina, mirándonos fijamente.

Esa era la escena que habíamos visto cocinarse en el sartén.

Lo que siguió tampoco vale la pena comentarlo. Prefiero saltarme los pormenores, pero la cosa es que dejé el departamento y desde entonces con el Mauri comenzamos a ser pareja. Antes de irme, tuve que limpiar el linóleo.

Salomón,
antes conocido como el Loco

Es importante hablar de Cuba, por aburrida que te parezca la instrucción militar. Si queríamos defendernos ocupando las armas, teníamos que aprender a usarlas. De a poco habíamos empezado a hacer acciones más grandes, ya no era sólo asaltar negocios de barrio o hacer barricadas. Nos estábamos transformando, sin tener mucha conciencia, en guerrilleros urbanos. Cuando el año 82 se abrieron esos cupos para viajar y nos propusieron ir a la escuela de Cuba, no lo pensamos dos veces. La revolución no es inocente, ya te dije, y además de ser cara, demanda conocimiento y profesionalismo.

Para llegar a Cuba tuvimos que darnos varias vueltas. Santiago-París, París-Varsovia, Varsovia-La Habana. También podía ser Santiago-Buenos Aires, Buenos Aires-Madrid, Madrid-Varsovia, Varsovia-La Habana. O Santiago-Buenos Aires, Buenos Aires-París, París-Berlín del Este, Berlín del Este-La Habana. No todos hicimos el mismo itinerario, pero era similar. Algunos se dieron una vuelta por Bulgaria, otros por la Unión Soviética. Pepe se fue vía Praga. O sea, Santiago-París, París-Praga, Praga-La Habana. Pobre, andaba neurótico esos días previos. No sólo por la importancia del viaje, sino porque le tiene miedo a los aviones, ¿te ha contado? Este fue su primer vuelo, pero luego, si lo enviaban a alguna parte y podía ahorrarse el avión, pasando días y noches en una carretera para trasladarse, lo hacía. Imagínate lo que debe haber sido ese rescate en helicóptero años después. Es cierto que ya estaba más viejo, más recorrido, pero esos terrores no se quitan nunca.

Pero estábamos en el primer viaje de Pepe a Cuba. Entiendo que le dijo a su mamá que se iba a mochilear a Europa y que doña Laura, como era una mujer inteligente, intuía que el viaje se trataba de otra cosa, pero no preguntó más de la cuenta. Creo que hasta lo fue a dejar al aeropuerto y de seguro le debe haber dado algunos dólares para que se diera sus gustitos, doña Laura era así. Después de vencer sus miedos y despegar y aterrizar un par de veces, Pepe se estacionó un rato en Praga. Parece que estuvo ahí más de una semana, en un hotel increíble donde había de todo y comían exquisito. Hablo en plural porque no viajábamos solos, íbamos en grupos chicos con instrucciones claras para hacer conexiones en cada lugar. Conexiones que a veces funcionaban y, la mayor parte de las veces, no. Quizá algo de eso pasó en Praga, o no sé cuál fue la razón por la que estuvieron retenidos tanto tiempo, pero Pepe aprovechó esos días para recorrer un poco. Todos lo hicimos cuando nos tocó. Es que imagínate lo que era para nosotros, que a duras penas habíamos salido de Valparaíso, pegarnos un viaje así. Ver la Torre Eiffel, caminar por la Gran Vía, conocer la Plaza Roja, cruzar el Puente de Carlos en Praga. No sabíamos inglés, no sabíamos francés, mucho menos polaco o búlgaro o ruso o checo, éramos unos completos marcianos en Europa, pero nos arreglábamos igual.

Yo fui en el primer grupo que mandaron a Cuba y estuve un año en la escuela de instrucción. Había gente de todas partes, de El Salvador, Colombia, Nicaragua,

Argentina, Guatemala. Teníamos clases con profesores que habían estado en Vietnam y en Angola, fue toda una apertura de cabeza porque comenzamos a entender que la revolución, además de ser cara y de implicar profesionalismo, era ambiciosa. Sobrepasaba nuestro problema con la dictadura, iba mucho más lejos, buscaba un cambio global y ahí estábamos, con guerrilleros de todo el mundo, preparándonos para hacer ese cambio.

Teníamos cursos de Táctica teórica y práctica. De Topografía, de Explosivos, de Primeros Auxilios, de Conspiración. Se estudiaba todo el día, teníamos muy poco tiempo libre. Aprendimos a usar fusiles, nunca habíamos tomado uno hasta entonces. Trabajábamos mucho con los M16, ¿los ubicas? En la guerra de Vietnam, los soldados gringos vieron que los vietnamitas nunca abandonaban a sus compañeros heridos. Por lo menos dos se dedicaban a evacuar al que había sido herido, entonces por un herido, tres quedaban fuera de combate. O sea, era mejor herir que matar. Por eso crearon el M16, un arma de pequeño calibre. Sus efectos son menos letales, más que nada hieren, y eso era ideal para nosotros.

¿Te aburre hablar de armas?

Es que esta historia no se entiende si no hablamos de armas.

Tampoco si nos saltamos Cuba y la instrucción militar.

El viaje de Pepe fue después, cuando yo ya estaba de vuelta en Chile. Él estuvo menos tiempo allá, ocho meses, creo, pero no sé bien por qué. Quizá por la Emilia. Era su polola nueva y no habían alcanzado a estar mucho tiempo juntos cuando él se tuvo que ir a la escuela. Además, ella estaba trabajando con nosotros. De hecho, en pleno Festival de Viña, con todas las visitas internacionales y los periodistas faranduleros y la tontera televisiva, había participado de la toma de una radio. Esas cosas le llegaban a Pepe allá y lo ponían nervioso porque ella era novata y él se sentía responsable de haberla involucrado. También la debe haber echado de menos. De seguro por eso su estancia allá fue más breve o quizá el curso era más corto, no sé, pero la cosa es que cuando llegó de vuelta (y aquí me salto sus ocho meses de instrucción militar para no aburrirte), todo había cambiado. Yo ya no vivía en Valparaíso, me habían trasladado a Santiago. Joaquín, la Flaca y los cabros del puerto tenían muchas más acciones en el cuerpo. Estaban confiados, más audaces, con mejor armamento. Y lo principal, en diciembre del 83, mientras Pepe estaba en la isla, comenzó a existir oficialmente el Frente Patriótico Manuel Rodríguez, un grupo que dependía del PC, pero que se organizaba aparte. Los que habían estado peleando en Nicaragua ya estaban de vuelta en Chile y Rodrigo, un oficial muy joven que venía de allá, había sido elegido como encargado de esta nueva agrupación armada que éramos nosotros.

O sea, cuando Pepe volvió, todo se había puesto más serio.

Él me contó que allá en Cuba le tocó estar en un acto con toda una comitiva de viejos del PC chileno que fue de visita. Era un día especial, se había preparado hace semanas el evento y los cuadros armados se formaron en el patio, con sus uniformes y sus M16, los fusiles de los que te hablé. Hubo discursos de la dirección de la escuela y de los viejos. Todo muy solemne y militar, te habrías quedado dormida de aburrimiento. En un momento se invitó a los viejos a que vieran el desempeño de los combatientes. Sin duda a eso iban, a ver cómo estaba resultando nuestra preparación.

Alrededor del patio había compañeros camuflados. Eran muchos y se acercaban de a poco, sin que los viejos se dieran cuenta. Estaban por todas partes, rodeando el acto y avanzando en silencio. Los viejos esperaron un rato, uno o dos minutos, pero no veían ningún despliegue, ningún movimiento. Parecían algo desconcertados, como si les hubieran estado tomando el pelo. Pepe y el resto se mantenían en formación, viendo cómo los jóvenes se aproximaban sin que los viejos se percataran. Incluso, cuando ya era muy evidente su presencia y ninguna táctica de camuflaje podía seguir invisibilizándolos, los viejos no los vieron.

Pepe tuvo ganas de reírse, pero se habría visto pésimo. Seguro que muchos quisieron hacerlo. Fue el silbato de un instructor el que anunció la presencia de los invisibles y recién entonces, cuando estaban realmente encima, los viejos cayeron en cuenta de que había un ejército entero de jóvenes ahí, junto a ellos, rodeándolos. Obviamente quedaron locos. Pepe me dijo que nunca supo si los viejos disfrutaron de lo que vieron o, mejor dicho, no vieron, o si estaban asustados, como en presencia de una creación fantasmal. No parecían muy convencidos. Ellos tenían claro que la revolución no era inocente ni barata. Y que su pretensión de transformaciones los excedía y asustaba.

A veces creo que los viejos nunca nos vieron. Ni entonces ni después.

Joaquín,
antes conocido como el Lobo

A la semana de su regreso de Cuba lo puse a trabajar. Era la noche más larga, la de San Juan, la noche del diablo, según Pepe, que le gustan esos cuentos que escuchaba en el campo cuando era chico. Lo que íbamos a hacer era un corte de tránsito en la Avenida España, una de las principales avenidas de Valparaíso, a las siete de la tarde, cuando se arman unos tacos enormes. El plan era atravesar dos buses, uno a cada lado de la avenida, bloqueando las cuatro pistas, para luego quemarlos, porque el fuego es poderoso simbólicamente, tú sabes. Junto a los buses íbamos a dejar un lienzo con consignas contra la dictadura. *No a Pinochet, Abajo la dictadura, Milicos culiaos, Dictadura abajo, No milicos, No Pinochet, Dictadura culiá, Pinochet culiao.*

Era invierno, ya se había puesto el sol cuando nos subimos a uno de los buses como pasajeros. Pagamos el pasaje e hicimos el trayecto con toda normalidad, algunos mirando por la ventana, otros leyendo o haciéndose los dormidos. Cuando llegamos al punto señalado, Pepe se acercó al chofer, como quien se acerca a pedir un paradero para bajar, y le dijo con disimulo que pusiera los intermitentes y se atravesara en la avenida. Qué locura me estás pidiendo, tonto huevón, respondió el chofer y ahí fue que Pepe sacó la pistola y lo amenazó. Siempre pasaba eso. Partíamos la conversación en buenos términos, pero la gente se resistía y había que sacar los fierros y asustarlos. Y claro, eso pasó, se asustaron los pasajeros de la micro y partió el griterío.

El chofer tenía miedo porque venían muchos autos en sentido contrario. Pepe le repitió las instrucciones, esta vez con la pistola en la mano y al chofer no le quedó más que hacer caso. Puso los intermitentes y se lanzó contra el tránsito para quedar atravesado en medio de la Avenida España. Tal como queríamos, los autos tuvieron que frenar bruscamente. Bocinazos, gritos, garabatos, choques leves. Todo el tráfico de la hora del taco quedó interrumpido. Hicimos bajar con rapidez a la gente y nos pusimos los pasamontañas antes de sacar nuestras pistolas. En este trámite no pasaron más de dos minutos. Afuera otro grupo nos esperaba con un par de bolsos deportivos. Al ver que todo iba bien, de los bolsos sacaron subametralladoras para hacer dos puntos de contención por si llegaban los pacos. Se escuchaban más gritos a nuestro alrededor, más bocinazos, más choques leves. Mientras oíamos el escándalo colocamos los lienzos.

Yo miraba a Pepe de reojo mientras hacíamos todo. Mi amigo se veía feliz. Era su primera acción oficial dentro del Frente. Casi una semana atrás había estado en un campo de tiro cubano practicando, entonces su disposición era tremenda. Se sentía otro, mucho más confiado, si hasta se veía distinto, más grande, más mino. Cuando tuvimos los lienzos estirados y bien exhibidos, él mismo encendió el fuego.

Como que uno se hipnotiza un poco con las llamas, ¿no?

Es que el fuego es poderoso simbólicamente, ya te lo dije.

Y ahí nos quedamos cerca de un minuto, que es un universo, mirando cómo la micro se envolvía en llamas. El rojo anaranjado iba tomando los neumáticos, las latas, chamuscaba los asientos, subía más allá de nosotros y de la calle, para llegar al cielo de esa noche que era la más oscura, la más larga. No escuchábamos nada, sólo el chirriar del fuego. Por un momento los bocinazos, los gritos, los garabatos, se detuvieron y únicamente la voz del fuego nos habló. *No a Pinochet, Abajo la dictadura, Milicos culiaos, Dictadura abajo, No milicos, No Pinochet, Dictadura culiá, Pinochet culiao.*

Eso nos decía el fuego. Nos gritaba, la verdad.

Aunque yo estaba a cargo, fue Pepe el que dio la orden de desaparecer. Su voz me despertó del embrujo de las llamas. Cada uno sabía hacia dónde debía movilizarse, todos comenzamos a correr a lugares distintos. Pero no logramos alejarnos mucho cuando partieron los balazos. Habían llegado los pacos y disparaban desde una esquina. Nos acercamos y respondimos con nuestras pistolas, pero nunca logramos ver a quien disparábamos. Detrás de un bus salían fogonazos y hacia allá apuntábamos. Pepe se hizo cargo de una de las subametralladoras que habían llevado los compañeros para contener, pero cuando quiso disparar no le salió el tiro, tenía el seguro puesto. Pepe comenzó a putear, decía que cómo no le habían sacado el seguro, que cómo eran tan giles, que para qué teníamos subametralladoras si no sabíamos ocuparlas. Después siguió con que no estaba amartillada, que cómo era posible, que eran todos unos ineptos. Y yo, que apenas tenía idea de subametralladoras en ese momento, ninguno del grupo la tenía, la verdad, porque aún no hacíamos la instrucción en Cuba, sólo Pepe sabía del tema, lo miré como jefe de la operación y le dije que se callara y que nos fuéramos. Cállate. Vámonos. Y así lo hicimos. Agarramos las armas y salimos corriendo.

Correr con una subametralladora no es nada fácil, te digo.

Una cuadra más arriba escuchamos otra ráfaga de tiros. Con Pepe nos escondimos rápidamente para protegernos. Todo era extraño esa noche, el fuego a lo lejos, el olor a humo, el cansancio, la adrenalina, los focos de algunos autos iluminando la oscuridad, y de pronto, ahí, en la calle, a media cuadra nuestra, una presencia que, al pasar bajo el poste de la luz, se develó como el mismísimo Manuel Rodríguez.

No me mires con esa cara.

Sé que suena extraño o más bien lunático, pero era él.

O eso fue lo que creímos. O quisimos creer.

Llevaba un poncho y disparaba al aire, como queriendo espantar algo, quizá el ruido de las sirenas de los pacos que se acercaban. No te rías, era Manuel Rodríguez, por desquiciado que parezca. El héroe de la Independencia, el que batalló contra el Ejército realista de la corona española, el hombre de las mil caras, el que atentó contra el tirano, el que fue asesinado en Til Til hace más de doscientos años, estaba ahí, en medio de la noche porteña, la noche más larga, la más oscura, disparando al aire.

No, no habíamos fumado ni tomado. Todo eso lo dejamos hace mucho, no era compatible con la vida que teníamos, que nos obligaba a estar siempre alerta. Además, antes de una acción era inconcebible, entonces lo que te cuento no era un desvarío de volados o borrachos, era otro tipo de aparición. Quizá una propia de la noche de San Juan, de esas que narran en los cuentos que escuchaba

Pepe en el campo cuando era chico sobre demonios fantasmales a los que se les hacen ofrendas para confiarles el presente o el futuro. Espectros furibundos venidos de algún lugar de la historia que para mantenerse a raya exigen canciones junto a una higuera, papas peladas bajo una cama o conversaciones a medianoche a través de un espejo. Quizá la calle era eso, el espejo a través del cual nos podíamos comunicar pese al tiempo y la distancia. O quizá era pura adrenalina. Un delirio más de nuestras cabezas frenéticas que se creían capaces de todo, hasta de levantar a los muertos. Aunque lo que vimos podía ser alguno de los compañeros que se había arrancado y había ido a dar allá, en nuestro arrebato místico psicótico eso nos pareció bastante menos probable que la idea de tener al prócer frente a nosotros.

Manuel Rodríguez, o quien fuera, nos miró un segundo. Nos vio parapetados detrás de un auto y estoy seguro de que quiso decirnos algo. Nos indicó con su índice hacia el frente, por sobre nuestras cabezas, detrás nuestro, más allá de la calle y de la noche, pero no supimos qué era lo que nos mostraba. Luego trató de hablarnos. Abrió la boca. Un humito blanco salió de ella, vapor caliente de su cuerpo fantasmal, pero no hubo tiempo para escucharlo. Otra ráfaga irrumpió desde alguna parte y con Pepe corrimos. Lo hicimos a toda velocidad, sin mirar hacia atrás, espantados por los balazos, por las sirenas, por la muerte o quizá por lo que acabábamos de ver.

Tres días después los servicios de inteligencia llegaron a mi casa.

Caí detenido por primera vez.

Emilia

A medianoche aparecieron en la pensión. Yo estaba sola en la pieza, el Mauri no sé dónde andaba, en Santiago creo, ya no me acuerdo. Desde que había vuelto de Cuba nos habíamos ido a vivir juntos a la pensión de María, su hermanastra, hija del matrimonio anterior de don Moisés. Yo trabajaba de secretaria bilingüe en una empresa, estaba casi todo el día fuera, y en las noches nos reencontrábamos y nos desquitábamos de todos los meses que habíamos estado separados. Fue difícil ese tiempo sin vernos, así es que esos pocos días que llevábamos juntos otra vez, los estrujábamos.

Pero esa noche estaba sola cuando María apareció en la pieza. Tenía la cara desencajada. Me dijo que los chanchos golpeaban la puerta, que querían entrar, que me fuera a su dormitorio y me metiera en su cama, con sus hijos chicos, que ella se encargaba. María tenía un carácter fuerte y un genio endemoniado. Yo estaba en pijama, toda chascona, medio dormida, apenas comprendía lo que pasaba, pero el miedo me espantó el sueño y me fui a su pieza con los niños, tal como ella me ordenó. Desde ahí la escuché hablar con los chanchos. Eran cerca de diez, después los vi, preguntaban por el Mauri. María les dijo que él no estaba, que hace días que no iba, que no tenía idea dónde andaba, que se fueran de una vez porque era muy tarde, que sus pasajeros estaban durmiendo y al día siguiente todos se levantaban temprano a trabajar. Pero los chanchos estaban inquietos. Dijeron que ellos no dormían, trabajaban las veinticuatro horas gracias a gallos como el Mauri, así es que ella iba a tener que cooperar y llevarlos a su pieza. María los guio por el pasillo reclamando, ya te dije que tenía un genio endemoniado y ni los chanchos la amilanaban. Cuando abrió la puerta de la pieza vieron que el lugar estaba vacío, no había nadie. Entraron como tromba, vaciaron el clóset, los cajones del velador, de la cómoda, sacaron la ropa y todo lo que pillaron, pero no encontraron nada porque el Mauri no dejaba huellas. Además, yo tenía todo ordenado, si hasta había hecho la cama a la rápida antes de arrancarme. No había rastro de nadie, todo calzaba con la versión que María estaba dando. O eso es lo que yo creí mientras escuchaba desde la otra pieza.

Cuando los chanchos se estaban yendo, uno de ellos se sentó en nuestra cama. Estaría cansado, a lo mejor, los chanchos también se cansan. Al tocar las colchas las sintió tibias. Este huevón estaba recién aquí, dijo. Yo lo escuché y sentí que me hacía pipí. Quizá me hice porque ahí todos se volvieron locos. Comenzaron a entrar a las piezas. A los gritos sacaban a los pensionistas, les preguntaban por Mauricio, si lo conocían, si lo habían visto, si lo tenían escondido en alguna parte. En la cocina descubrieron que había una ventana por donde se podía saltar a un patio interior, entonces algunos partieron al patio y del patio a los alrededores pensando que el Mauri se había escapado por allí. Otros agarraron a la María, que seguía reclamando, y la metieron a empujones a su pieza para interrogarla. Yo los vi entrar y creí que me desmayaba. No me moví de la cama. Estaba tapada por completo, asomaba sólo la cara, pero bajo las sábanas el cuerpo entero me tiritaba. Cuando preguntaron quién era, saqué la voz como pude y respondí que era una amiga de María que estaba ahí de visita. Como me vieron con los niños, que dormitaban al lado mío, no me hicieron más caso y se concentraron en hacerle preguntas a ella. Que cuándo había visto por última vez al Mauri, que si sabía que guardaba armamento, que si sabía en qué andaba metido su pensionista.

El tema de la quema de la micro había salido en todos los canales de televisión. Lo habían comentado en las radios, reporteado en los diarios y la gente lo rumoreaba. Los chanchos fueron muy minuciosos en la búsqueda de los responsables, porque esto de que hubiera un Frente Patriótico adjudicándose cagadas como esa les picó el amor propio. A Joaquín lo habían detenido esa mañana, después lo supimos, y esa misma noche fueron a la casa de la familia del Mauri, en cerro Esperanza, y se llevaron detenido a su hermano Patricio para que le llevara un mensaje al Mauri. No le hicieron nada, pero le dijeron que como hermano mayor tenía que convencer a Mauricio de que no hiciera tonteras, que podían salir todos perjudicados por sus andanzas, que este era un aviso y que no habría más.

Pero nada de eso yo lo sabía en ese momento. Es que entonces yo no sabía nada de nada. Estaba en blanco, aterrada bajo las sábanas, con el cuerpo acalambrado, incapaz de pensar, incapaz de moverme, de hablar, si apenas respiraba. Con Joaquín y Salomón yo había hecho un par de cosas mientras el Mauri estaba de viaje. Siempre muy temerosa yo, pero lograba vencer mis miedos y colaborar, y hasta terminaba creyendo que para la próxima vez podría hacerlo mejor. Es decir, siempre pensaba que habría algo nuevo para mí y me envalentonaba. Pero nunca había tenido a los chanchos en frente, nunca, nunca, entonces esto fue como una caída brutal a la realidad. La María me dijo que pasó media hora antes de que se fueran y nos dejaran tranquilas. Yo sentí que fueron siglos. El cuerpo me quedó doliendo semanas enteras.

Al día siguiente el Mauri se comunicó. Ya estaba al tanto de todo. No podía seguir viviendo en Valparaíso, me dijo, estaba identificado y eso era peligroso para él, para mí y para todos, entonces lo iban a trasladar a Santiago. Yo no quería separarme otra vez. No podía. En menos de una semana dejé mi trabajo, la pensión, mi familia, mis amigas, todo, para irme a vivir clandestina con Mauricio a Santiago.

Y sí, tenía miedo. Desde entonces siempre tuve mucho miedo.

Tamara,
también conocida como La Flaca

La serie se llamaba *Los Profesionales*. Era inglesa y se trataba del CI5, un servicio de inteligencia ficticio a cargo de George Cowley, un oficial que vivía sus aventuras con los agentes Doyle y Bodie. Para cumplir con sus objetivos usaban métodos poco convencionales, autorizados por un confuso organismo superior, que llamaban ministerio, con el que siempre tenían problemas por las implicancias políticas de las acciones del CI5. Pepe y Salomón, cuando llegaron a Santiago y comenzaron a trabajar directamente con Rodrigo, se creían Los Profesionales. Ellos eran los agentes Doyle y Bodie. No sé cuál era cuál, pero se cagaban de la risa con el tema. Y eran tan ridículos que a Rodrigo le decían Cowley, ¿te das cuenta? Pero sin que él supiera, por supuesto. Era su jefe, no podían tomarlo para el chiste. Que Cowley me dijo esto, que Cowley dijo lo otro, que hoy día tengo junta con Cowley, que Cowley está de acuerdo, que hay que preguntarle a Cowley. Pero todo ese tonteo no era una burla, era una manera de relajar la situación porque a Rodrigo lo respetaban demasiado, entonces los primeros encuentros con él estuvieron cargados de tensión y nerviosismo.

Rodrigo era un guerrillero real. Había estado en Nicaragua, había peleado contra una dictadura y había ganado.

Ninguno de nosotros tenía esos méritos. Rodrigo regresó a Chile con una especie de aura que le otorgamos sin que lo pidiera. Era lo más parecido que teníamos a un superhéroe, nuestro propio Batman, nuestro propio Spiderman. O mejor dicho, nuestro propio Cowley. Antes de conocerlo lo admirábamos y respetábamos. Pero después de trabajar juntos nuestra admiración no fue sólo por su experiencia en Nicaragua. A lo mejor es poco creíble que yo lo diga, pero era un jefe excepcional. Se preocupaba de todo, nunca nos ordenó algo que no hubiera estado dispuesto a hacer. Era el comandante José Miguel, estaba a la cabeza del Frente Patriótico, pero no le gustaba que le dijéramos comandante, decía que éramos todos iguales y pedía que lo llamaran así, Rodrigo, a secas.

¿Cómo fue que te enamoraste de Cowley, Flaca?, me preguntó mil veces.

Ya hemos hablado de eso, Pepe.

No, Flaca, nunca me has dicho nada.

Lo que te he dicho, Pepe, es que no te diré nada.

¿Por qué, Flaca?

Porque esa es una historia de a dos, Pepe, no de a tres.

¿Cuándo fue la primera vez que viste a Cowley, Flaca?

No te voy a contar, Pepe.

Entonces lo viste y te enamoraste, Flaca, ese primer encuentro fue el comienzo de su relación.

No seas copuchento, Pepe.

¿Yo te he contado mi primera vez con Cowley, Flaca?

Muchas veces, Pepe.

¿Te la puedo volver a contar, Flaca?

¿Para qué me lo preguntas si lo vas a hacer igual, Pepe?

Fue una tarde en Providencia, teníamos una cita cerca de Los Leones. Yo llegué con Salomón, él nos iba a hacer el enlace porque ellos ya se conocían. Así es que ahí estábamos, Salomón y yo, los agentes Doyle y Bodie, a la espera de Cowley, comiéndonos una hamburguesa en un Burger Inn. Yo estaba medio nervioso. Conocer a Rodrigo era algo importante, no todos tenían esa oportunidad. Cuando llegó, Salomón y él se abrazaron. Había familiaridad entre ellos, cierto cariño, diría. Luego Salomón nos presentó. Era chiquitito Cowley, Flaca.

¿Flaca? ¿Flaca?

Sí, Pepe, Rodrigo era bajito.

Y esos ojos que tenía, Flaca, bien azules, impresionantes.

Ojitos de piscina, Pepe.

Andaba vestido como un ejecutivo. Llevaba chaqueta, camisa polo, corbata y un maletín. Se veía súper bien. Un verdadero Cowley. Me di cuenta que cuando me saludó me echó una mirada a la ropa, Flaca, de arriba abajo, pero no dijo nada. Yo vestía igual que siempre, con mi chaqueta de jeans, con una polera, con mis zapatillas deportivas. Me veía bien peliento en relación a él.

Salomón se fue y cuando nos quedamos solos, Rodrigo me pidió que camináramos para conversar. Así lo hicimos. Nos pusimos a andar entre medio de la gente. Vendedores ambulantes, oficinistas, cabros chicos, cuidadores de auto, secretarias, estudiantes, todos pasaban por nuestro lado sin imaginar quiénes éramos ni de qué estábamos hablando. Rodrigo me preguntó hasta qué punto estaba dispuesto a tomar grandes responsabilidades y yo le respondí que hasta el punto en que él confiara en mí. Yo creo que mi respuesta le gustó porque se rio e inmediatamente comenzamos a hablar cosas serias. Nos dimos unas buenas vueltas conversando. Cruzamos calles, doblamos esquinas, avanzamos cuadras completas, caminamos kilómetros.

Me dijo que cambiara mi nombre. No podía seguir siendo Pepe, esa chapa ya estaba quemada. También me dijo que me iba a pasar plata para que me comprara ropa. No podía verme como un estudiante revolucionario, tenía que cambiar mi pinta radicalmente, como una forma de cuidarme y de cuidarnos. Tan inteligente que me pareció, tan preparado. Había estudiado mucho, sus reflexiones eran agudas, llenas de sentido. No sólo era un militar entrenado, era un hombre sensible y juicioso. Todo lo que vino después con él, ya se asomaba en ese primer encuentro. No sé explicarlo bien, pero esa conversación fue un preámbulo de lo que Rodrigo sería. Una vez nos dijo que si alguien caía herido no podía abandonarse. Que si alguien caía preso había que rescatarlo. Que si alguien moría, porque la revolución no es inocente, ese hermano tenía un nombre y un apellido y familiares a los que teníamos que atender y cuidar. Para él éramos una familia. Hasta entonces no nos habíamos pensado en esa dimensión. Por supuesto que había complicidad entre nosotros, pero él nos entregó una mirada más profunda sobre los lazos que teníamos. Marcó una gran diferencia su llegada. Muchos decían que éramos rodriguistas por Rodrigo, no por el Frente y Manuel Rodríguez. Yo creo que todas y todos estábamos un poco enamorados de él, Flaca.

¿Flaca? ¿Flaca? ¿Estás ahí?

¿Cómo te nombraste después de esa conversación, Pepe?

Ramiro. Desde entonces todos me dijeron así.

Salomón

Nos juntamos en el Tirolés, un local que queda o quedaba en Irarrázaval. La cita era de a cuatro. Ramiro, la Emilia, la Mónica y yo. La Mónica es mi señora. Se había ido a Santiago conmigo, pero por precaución no vivíamos juntos. Ramiro y la Emilia creo que sí lo hacían en ese momento, pero no sé dónde. Es que es difícil recordar todos los lugares en los que vivimos. Pensiones, departamentos, piezas traseras de alguna casa, a ratos en un hotel. Nos instalábamos en un barrio, después en otro. Siempre por períodos cortos, guardando lo mínimo, sin acumular cosas, sin dejar rastros. Donde estábamos nos relacionábamos poco. Ocupábamos un nombre y una historia falsa que nos servía para escondernos. Yo fui profesor de matemáticas, contador, chofer, panadero. Tuve varios carnés con nombres que ya ni recuerdo. Nombres que no eran mi chapa sino mi leyenda. ¿Se entiende? O sea, Fernando, que era mi nombre real, ya no era Fernando, era Salomón, eso ya lo sabes. Pero Salomón tuvo diversos nombres según los carnés que ocupara y cada uno de esos nombres tenía una historia con la que debía ser coherente en mi hacer y en mi parecer. Es raro, pero uno se acostumbra. Empiezas a irte muy de a poco, la persona que eres se disuelve o se destiñe, como esas fotografías que se quedan al sol por mucho tiempo. No sé bien cómo explicarlo.

Pero esa noche de la que te hablo, todavía nos aferrábamos a quienes éramos. Ramiro y la Emilia no conocían a nadie en Santiago, llevaban unos pocos meses, y nosotros, que ya teníamos un tiempo en la ciudad, quisimos juntarnos con ellos para hacerles las cosas más llevaderas. Nos conocíamos de cabros chicos. La Mónica también porque era vecina de allá del cerro Esperanza, entonces contra toda norma de seguridad nos reunimos a comer y a conversar.

La Mónica y la Emilia estaban felices. Todos lo estábamos. Cuando el mozo llegó a tomar la orden, la Emilia pidió cerveza para los cuatro para celebrar la reunión. Con Ramiro y la Mónica nos pusimos nerviosos porque ya no tomábamos, lo habíamos dejado hace rato. Vivir como lo hacíamos necesitaba de un estado de alerta constante, no se debía bajar la guardia, en cualquier momento podía pasar algo y había que tener los reflejos y los sentidos en perfecto estado. Puede sonar paranoico ahora, pero te juro que en ese momento no lo era. Entonces Ramiro le dijo a la Emilia que no, que mejor nos sirviéramos otra cosa. El mozo comenzó a ofrecer jugos y bebidas, pero Emilia le tomó la mano a Ramiro y con una voz que nos desarmó a todos, le pidió que por favor nos tomáramos una cerveza, que el mundo no se iba a acabar si lo hacíamos, que sería sólo una y que nunca más lo iba a proponer. Ramiro nos miró a la Mónica y a mí, todos nos miramos un momento, y la verdad es que ya habíamos hecho una vista gorda tan grande al juntarnos, que nos pareció que una cerveza daba lo mismo.

Yo me comí una hamburguesa completa esa noche. La Mónica un chacarero. Ramiro y la Emilia una hamburguesa italiana cada uno. Pedimos papas fritas también y la cerveza llegó en su punto, fresca, fría, necesaria. Estaba exquisita. Nos reímos mucho, hablamos sobre nosotros, sobre quienes habíamos sido, sobre el puerto, sobre el Orompello, sobre la U, sobre nuestros padres, sobre nuestras familias. Hicimos recuerdos y nos contamos anécdotas de esos años en los que nos habíamos conocido, cuando éramos el Loco y el Marciano. Sólo hablamos del pasado, de ese espacio que podíamos compartir entre nosotros, porque el presente de cada uno, más allá de esa mesa, no era bueno que lo conociéramos. Del futuro, nada sabíamos todavía. Fumábamos, comíamos, tomábamos, nos reíamos, parecíamos gente perfectamente normal. Es que lo éramos, ¿sabes? Lo éramos, pero a uno se le olvida.

La clandestinidad es un estado muy extraño, una especie de realidad paralela. Desde ahí miras la vida a través de un velo. Lo que pasa afuera es algo lejano. Una película que se desarrolla frente a tus ojos, pero en la que tú no participas. Ya no hay papel para ti. Lo perdiste. O más bien lo dejaste ir. Con el tiempo comienzas a desconocer los códigos de esa realidad. No ves la teleserie que todos ven, no escuchas la música de moda, no tienes vida social que actualice los chismes del momento. Te asomas a un pedazo de la vida que antes vivías sólo cuando es necesario para el trabajo. Aparentas ser el pololo de una compañera con la que te vas a tomar un café. Ahí te ríes con ella, conversan con el mozo, mientras están observando el movimiento del lugar donde en el futuro se hará una acción. Una acción que quizá ni sepas de qué se trata porque probablemente no participarás. Y luego de explorar con detalle, sales del café y con tu compañera toman una micro. Y luego otra y quizá otra más. Y en algún momento se despiden para volver a esa vida que sí tienen, la del escondite, y les das un beso en la mejilla a esa compañera de la que no sabes ni sabrás nunca su verdadero nombre. El resto del tiempo es vivir oculto, reuniones en el encierro, planificaciones secretas. Sales lo estrictamente necesario, y si lo haces cargas con el terror de ser descubierto y apresado en cualquier esquina. Por eso no tomas. Por eso no fumas hierba. Por eso no te drogas. Que me agarraran era mi peor pesadilla. Dormía con miedo porque los chanchos podían llegar en la noche. También podían hacerlo en la mañana mientras me duchaba o a medio día o después de almuerzo. Siempre podían aparecer y esa posibilidad constante era una especie de cárcel.

En esa cárcel vivíamos, mirando la vida real pasar por afuera.

Antes de medianoche pagamos la cuenta. Nos fumamos un par de cigarrillos más y nos despedimos en la puerta del local. Había luna llena, todavía algunas personas caminaban por la calle. Uno que otro auto, no muchos. Ramiro abrazó a la Emilia y se fueron caminando por Irarrázaval hacia abajo. La Mónica me abrazó y nos fuimos caminando por Irarrázaval hacia arriba.

Estábamos despidiéndonos de la vida real, pero no lo sabíamos.

Tamara

Lo de Manuel Rodríguez yo también lo supe. Creo que Joaquín se lo contó a Salomón y Salomón se lo contó a Rodrigo y Rodrigo me lo contó a mí. Esa supuesta aparición es una chifladura digna de esos años de delirio épico. Ahora me rio contigo, pero en ese tiempo a lo mejor yo también habría visto al prócer de la Independencia en medio de la calle. Es que el entusiasmo es como una droga, ¿sabes? Uno ve lo que quiere ver.

¿Es cierto que una vez estuviste con Manuel Rodríguez, Ramiro?, se lo pregunté en alguna de sus celdas.

¿Te vas a reír de mí, Flaca?

Puede ser, pero sólo un poquito.

Lo vi, Flaca, fue en la noche más larga, la más oscura.

¿Y es cierto que te dijo algo, Ramiro?

Estuvo a punto, Flaca, pero no pudo.

¿Y qué habrá querido decirte, Ramiro?

Yo creo que el futuro, Flaca, porque indicaba hacia delante con su dedo índice.

¿Cuál futuro, Ramiro?

El que ya fue, Flaca, el que pasó.

¿Y cómo se dice ese futuro que pasó?

Esa noche oscura y larga, allá en Valparaíso, no lo entendimos, Flaca. Lo vinimos a aprender después.

Emilia

Fueron cuatro los abortos que me hice. Los dos primeros, antes de que el Mauri se fuera a Cuba a estudiar. Llevábamos poco tiempo juntos y quedé embarazada. No sabíamos cuánto estaríamos separados, no sabíamos qué iba a pasar después, no sabíamos nada, sólo que en esas condiciones yo no quería ser mamá. Había un doctor en Valparaíso que contactamos y con él lo hice. Todo era muy precario, muy sórdido, preferiría no entrar en detalles. Mauricio me esperaba afuera y después de un par de horas yo salía y él me llevaba al departamento. Dormía días enteros, me costaba mucho reponerme. Quedaba con un dolor muy fuerte en el abdomen y mucho cansancio.

El tercer aborto fue un año más tarde, el 84, cuando Mauricio llegó de Cuba. Me di cuenta de mi embarazo en Santiago, cuando estábamos recién instalándonos en la ciudad. No teníamos un lugar fijo para vivir, creo que dormíamos de allegados en una pieza o en una pensión, no recuerdo bien, estuvimos en muchos lugares en ese tiempo, juntos y separados. Pero después de haber tenido a los chanchos metidos en mi pieza en Valparaíso, sentados en mi propia cama, me sentía segura en cualquier parte que estuviera lejos de todo eso. Hasta un poco envalentonada, te diría. Pensé que un hijo nos podría ayudar en esta nueva etapa. Si habíamos resistido tanto tiempo separados, si hasta nos habíamos escapado de los chanchos, ya no había más pruebas que pasar, valía la pena apostar al futuro.

Te cuento todo esto y me da entre pena y rabia. Éramos tan jóvenes y la palabra futuro ya se estaba quedando fuera de nuestro vocabulario. Mauricio tenía muy claro que un hijo no era compatible con lo que se nos venía. Él estaba tomando responsabilidades grandes, tenía a cargo gente, trabajaba directamente con Rodrigo, era uno de sus hombres de confianza. Había que cuidar cada paso que dábamos con mucho resguardo. Todo se estaba volviendo extremadamente severo y difícil, ni una cerveza nos podíamos tomar cuando queríamos relajarnos. Es que ya no había posibilidad de relajo ni de normalidad, menos de ser padres.

Partimos a Valparaíso a ver al mismo doctor y otra vez pasé por toda esa mierda. Mi cuerpo se resintió más, mi psiquis también. Cuando salí Mauricio estaba igual que siempre, esperándome en la calle, fumando un cigarrillo. Me vio y fue a abrazarme, como lo había hecho las veces anteriores, pero no quise que me tocara. Me resistía a vivir esa escena una y otra vez de la misma forma, como si no hubiera escapatoria posible. Quise quebrar el molde y me fui a la casa de mi mamá para recuperarme ahí. Era mi torpe estrategia para intentar tomar las riendas de mí misma. Estuve un par de semanas en Valparaíso, pero cuando me sentí bien volví a Santiago a esa vida extraña que estábamos teniendo. Mauricio era como un imán para mí

De ahí en adelante todo se aceleró. O así es como lo recuerdo. Las escenas se sobreponen unas con otras velozmente, como si no hubiera alcanzado a vivirlas del todo o como si ellas se hubieran estado escapando de alguien. De mí, probablemente.

Un día apareció en las noticias la caída de un extremista. El locutor decía que en medio de un tiroteo le había llegado un balazo en la cabeza. Herido y moribundo, la policía lo había llevado detenido al hospital. Cuando vi la noticia pensé que se trataba de Mauricio. Cada vez que anunciaban la muerte o detención de un extremista, así decían siempre en la prensa, yo pensaba que hablaban de él. Me volví loca intentando ubicarlo. Puede haber sido un par de horas o un par de semanas, no sé cuánto tiempo pasó hasta que logramos encontrarnos, pero cuando lo vi lo abracé y me aferré a él tanto como pude, sin darle respiro. Mauricio no estaba bien, parecía afectado con la noticia, pero a mí sólo me importaba que estuviera vivo. Lo escuché hablar por debajo de mi respiración agitada, de los latidos de mi corazón que estaba a punto de estallar. Me decía que ya tenían más información, que le habían dado un tiro de fusil en la cabeza. Que lo habían hecho a menos de medio metro de distancia y que lo habían dejado ahí, botado en la calle. Tuvo pérdida de masa encefálica y por milagro no murió en el pavimento. Mauricio también se había enterado por las noticias al día siguiente. No mencionaban en la televisión el nombre del detenido, pero él había reconocido el auto que aparecía en la pantalla y el barrio donde fue el supuesto tiroteo. Pocos sabíamos dónde vivía Salomón y de esos pocos, alguno lo había soplado. Hasta ahí llegaron los chanchos y lo emboscaron. Mauricio estaba seguro de que no había sido un tiroteo, el disparo a medio metro parecía un intento de ejecución más que una disputa a tiros. Como fuera, Salomón había caído y se estaba muriendo.

Cuando supe que era él quien estaba preso en el hospital, con un muy mal diagnóstico, tuve la certeza de que el próximo sería Mauricio. El cerco se estaba estrechando, así lo pensaba, y se apoderó de mí una lógica angustiosa. Cada vez que lo veía sentía que sería la última. Lo abrazaba, me costaba separarme de él, me costaba dormir, descansar, estaba en un estado de alerta permanente, esperando enterarme de lo peor en cualquier momento. Me cuesta describir el sentimiento abismal de esa época. Me dolía el cuerpo entero, lo tenía agarrotado, tal como lo había sentido cuando los chanchos habían entrado a la pensión de Valparaíso.

Mauricio me comunicó que iban a rescatar a Salomón. Que Rodrigo recibía informes diarios del hospital donde lo tenían y que, si se estabilizaba, irían por él. Mauricio estaba a cargo de la operación y pasaron mucho tiempo preparándose. A mí la sola idea me asustaba. Por supuesto que quería que sacaran a Salomón, pensaba mucho en la Mónica, su pareja, en lo importante que era para ella y para todos. Salomón era un hombre muy querido, fundamental, pero que Mauricio fuera el responsable de su rescate me enloquecía.

El año 85 hubo un terremoto, ¿te acuerdas? Fue como si en esa sacudida toda la mierda se hubiera removido más aún. Cada día pasaba una cosa peor que la otra. Recuerdo que en una sola noche degollaron a tres profesores comunistas, balearon a dos jóvenes de la Villa Francia y mataron en una emboscada a una estudiante en El Arrayán. En ese contexto me entere de que estaba embarazada otra vez.

Compré una cerveza y esperé a Mauricio para contarle. Por supuesto él no quiso tomar y yo me serví un vaso entero y luego otro y quizá otro más. Estaba cansada, mi cuerpo no resistía tanta tensión, todos mis músculos estaban rígidos. El miedo se había apoderado de cada espacio de mí misma. Se lo dije, le dije que no podía soportar tanto, que iba a explotar, así lo sentía. Y que en ese cuerpo nervioso y doliente se estaba tramando un nuevo embarazo. El cuarto en menos de dos años.

Mauricio se quedó en silencio un buen rato. A veces hacía eso, se callaba para pensar y no decir cualquier estupidez. Yo supongo que seguí tomando mi cerveza. Sé que no lloraba, mi cansancio era tal que ni para eso tenía energía. Debo haber estado mirándolo. Él de seguro encendió un cigarrillo y esperó que la colilla se consumiera entera antes de hablar.

Tengámoslo, me dijo. No te voy a hacer pasar otra vez por esa mierda.

Esa mierda era el horror de la consulta infecta del puerto. Mauricio me dijo que si la vida se imponía de esa manera entre nosotros había que escucharla. Que quizá yo había tenido razón y un hijo podía ser nuestra propia apuesta por el futuro. El rescate de Salomón sería muy pronto, lo habían trasladado a una clínica pequeña de un barrio residencial. Ya estaba mejor, más estable, no quedaba nada para sacarlo. Me pidió que esperara hasta que eso ocurriera, que después él tendría más tiempo y disposición.

Yo no respondí en ese momento, pero mi decisión ya estaba tomada.

Joaquín

Salomón ya no era Salomón. Tampoco era el Loco, Fernando, Braulio o ninguno de los nombres que alguna vez tuvo. Lo que había quedado de él después de ese disparo en la cabeza era una persona distinta. Chanchos de mierda, lo habían dejado con un daño cerebral tremendo, una semi parálisis en un lado de su cuerpo y parte de sus facultades perdidas. Salomón necesitaba de cuidados y de un tratamiento contundente para volver a ser el que era. O para intentarlo, por lo menos. Preso en una clínica de barrio, que no era más que un hogar de ancianos, vulnerable ante los gendarmes y los chanchos, que insistían en interrogarlo, no iba a lograr una mejoría, eso era un hecho, entonces el rescate era algo incuestionable. No íbamos a abandonarlo, había que sacarlo de ahí. Y quién mejor que Ramiro para tomar a cargo esa responsabilidad.

Una noche de invierno fue la operación.

A las 21.30, Mónica se despidió de Salomón con un beso luego de haber estado con él todo el día en la clínica. A las 21.35, una enfermera le abrió el candado de la reja del antejardín para que pudiera salir, como todos los días. A las 21.36, antes de que saliera, aparecieron tres inspectores de Investigaciones en la clínica. Buenas noches, señora Mónica, dijo uno de ellos. Cómo está, inspector, respondió. Venimos a interrogar a su marido, necesitamos conversar con él. ¿A esta hora, inspector? Él está dormido, dijo Mónica. Nosotros no sabemos de hora, señora. Le prometo que será corto. Mónica miró a la enfermera. Parece que no voy a poder irme todavía, le dijo, e hizo pasar a los inspectores a la clínica.

Una vez dentro, dos de ellos subieron con Mónica al segundo piso donde se encontraba Salomón para el interrogatorio. El tercer inspector se quedó abajo, en el living del lugar, con la enfermera. ¿Hay alguien más en la casa?, preguntó el hombre. Sí, dos compañeras en la cocina tomando tecito, respondió la enfermera y lo llevó hasta allá. A las 21.40 el inspector llegó a la cocina y les solicitó a las mujeres que tomaban tecito que lo acompañaran al living. Las tres lo siguieron, lamentando en silencio la interrupción y preguntándose, también en silencio, qué querría de ellas este policía. A las 21.41, cuando ya estaban en el living, el inspector sacó una subametralladora de bajo su abrigo y apuntándolas les ordenó que se tiraran al suelo y se quedaran allí. Probablemente a la misma hora, las mujeres comprendieron que los inspectores de Investigaciones no eran tales.

Paralelamente, a las 21.40, Mónica saludó al gendarme que se encontraba de guardia en una de las habitaciones del segundo piso. Cómo está, señor, volví, le dijo al extrañado gendarme que no comprendía este regreso. Pero el hombre no alcanzó a preguntar nada porque un inspector, que en realidad era Ramiro, entró pistola en mano y lo redujo en el suelo. Quédate quieto, esto es un secuestro. A las 21.41, mientras Ramiro le quitaba el revolver al gendarme y lo esposaba, Mónica entraba a la pieza de Salomón con el otro supuesto inspector. El gendarme que resguardaba a Salomón miró a Mónica extrañado. ¿Por qué vuelve, señora? Tengo que conversar algo con mi marido, respondió ella, pero el hombre vio el arma del inspector que no era inspector y quiso tomar la suya de servicio. En cuanto su mano se acercó al cinto le llegó un disparo.

A las 21.42 Salomón miraba esto con la cara más loca que alguna vez había tenido. No entendía nada. Mónica nunca le contó del plan de rescate porque como andaba desregulado, con la cabeza medio corrida, quizá qué cagada se podía mandar de haberlo sabido. Vístete, vienen tus amigos a buscarte, le dijo Mónica justito en el momento en que Ramiro, disfrazado de inspector, entró a la pieza. A las 21.42 Salomón se reía al verlo. A las 21.43 Salomón seguía riéndose y Ramiro también. Y seguro que la Mónica y todos. Era una risa extraña, claro, porque mientras les salían las carcajadas tenían que seguir con el rescate. Y la Mónica vistió a Salomón. Y los dos salieron de la pieza custodiados por Ramiro. Y todos llegaron a la planta baja. Y ahí se despidieron de las mujeres que habían estado tomando tecito y de la enfermera, que seguía boca abajo junto a las otras. Y a las tres les dijeron que podían ponerse de pie en cinco minutos más, no antes, porque volaría una granada y debían estar en el suelo si no querían que les hiciera daño.

A las 21.44 todo el lote salió de la clínica a subirse al auto donde dos compañeros los esperaban. A las 21.45 estaban arriba, eran siete, todos achoclonados, unos sobre otros, abrazando y besando a Salomón que estaba ahí, entre ellos, apretujado en ese auto que avanzaba por la calle, en medio del estado de sitio de esa fría noche de invierno.

Lo que vino después no lo sé muy bien.

Me lo han contado, pero se me olvida.

Sé que esa noche no hubo ninguna granada. Las enfermeras de la clínica se pusieron de pie y atendieron al gendarme herido. Sé que el auto donde iba Salomón dio muchas vueltas y algunos se bajaron. Sé que esa noche Salomón y la Mónica llegaron a salvo a su primera casa de seguridad. Sé que estuvieron escondidos en varias otras. Sé que hubo doctores que lo visitaban y le administraban sus remedios porque sufría de ataques de epilepsia. Sé que después de unos meses lo sacaron del país y se encontró con la Mónica afuera. Sé que no lo volví a ver nunca más, sólo tuve noticias de él a través de otros compañeros. También sé que Salomón no volvió a ser el mismo. Nadie lo es, todos nos vamos transformando, pero tú me entiendes, tú sabes lo que te quiero decir. Imposible recuperarse de un disparo en la cabeza. Es como que el hombre que había sido, el Loco, Salomón, se había disuelto o desteñido, como esas fotografías que se quedan al sol por mucho tiempo. La imagen está ahí, la reconoces, pero ya no es lo mismo. Algo se perdió, se fue. No sé bien cómo explicarlo.

Emilia

Cuando llegó el momento de sacar a Salomón del país yo me ofrecí a colaborar. Mi misión sería viajar con él en bus desde Santiago hasta Osorno aparentando ser una pareja de pololos. Allá, otros compañeros lo tomarían para cruzar la frontera más al sur. Todo estaba muy bien preparado. Había mucha gente trabajando para que las cosas salieran bien. Es que Salomón era muy querido. Yo misma estaba ahí por eso, porque le tenía un gran afecto y porque había decretado, secretamente, que esa sería mi última colaboración.

Cuando llegó el momento del viaje Salomón y yo nos subimos al bus y nos sentamos uno junto al otro. Le habían teñido el pelo y vestido de manera tan particular, que realmente parecía otra persona. La idea era que su apariencia fuera coherente con la leyenda que tenía y también con el nombre que llevaba en su identificación falsa, que no recuerdo cuál era. Yo estaba al tanto de todo, pero cuando lo vi me desconcerté con la transformación y me dio risa. Una risa nerviosa, claro, que de vez en cuando se me salía de puro mirarlo ahí, sentado con esa pinta, al lado mío. Nos fuimos tomados de la mano, como la pareja que se suponía que éramos, y conversando todo lo que el nerviosismo nos permitía. Salomón ya no era Salomón, después del balazo en la cabeza no había quedado bien y yo tenía que estar preparada para cualquier eventualidad que ocurriera. Atrás, muy cerca del bus, viajaba Mauricio en un auto con dos compañeros más. Iban resguardando nuestro viaje, pero si a Salomón le daba algún ataque de epilepsia tenía que hacerme cargo sola.

Durante la primera parte del trayecto estuvimos muy bien. Como te dije, nos fuimos conversando. O más bien yo le conversaba, porque a él le costaba mucho hablar, nunca pudo recuperarse del todo. Le hablé puras tonteras, pero de tanto decir una y otra cosa, fui tomando vuelo y no sé cómo le conté de mi embarazo. Estoy esperando guagua, le dije. Salomón me miró con su cara de loco y no abrió la boca. Yo me acerqué y seguí bajito, muy cerca de su oído, para que nadie escuchara. Es mi cuarto embarazo desde que estoy con Mauricio. Y esta vez él quiere que sigamos adelante, le dije. El pobre, desbordado con mi confesión, no supo bien qué hacer, me di cuenta. No era el momento ni el lugar, y ahí estaba yo otra vez transgrediendo todas las normas de seguridad y poniéndolo en problemas. Pero no fue por eso que se desconcertó. No estaba acostumbrado a conversaciones de ese tipo, por lo menos no conmigo ni con Mauricio. Creo que entre ellos nunca hablaban cosas así, les incomodaba quizá, no lo sé. Salomón, por decir algo, me preguntó con mucho esfuerzo cómo me sentía y le dije que bien. Tenía cerca de dos meses y estaban comenzando las náuseas, pero la adrenalina del momento me tenía sin ninguna molestia, sólo pendiente de lo que pasaba en el bus. ¿Han pensado algún nombre?, me preguntó, y entonces fui yo la que se quedó en silencio.

Pensé en todos los nombres que había tenido que aprenderme en esos dos años. Los nombres reales y los de seguridad. Los que yo misma me había puesto, los que circulaban en los carnés de Mauricio y del mismo Salomón o Braulio, también se llamó Braulio alguna vez. Pensé en quién era esa persona que tenía al lado mío en ese momento. En quién se había transformado Salomón y en qué nombre llevarían él y la Mónica cuando lograran salir de Chile. Pensé en Ramiro, ese nombre de mierda que nunca me gustó para Mauricio. Pensé en mí misma. En quién era esa persona que estaba ahí, sentada en un bus rumbo a Osorno, ni siquiera me acuerdo cómo me habían bautizado para la operación. Y de tanto pensar en nombres, me cansé.

No he pensado en eso porque no nacerá, le respondí a Salomón que todavía esperaba una respuesta. Ahí ya no hablamos más. Nos quedamos los dos callados durante un rato largo.

Me quedé dormida. No fue más de media hora, pero cuando desperté Salomón no estaba a mi lado. Sentí que el corazón se me salía por la boca. No quise levantarme para disimular mi preocupación y desde mi asiento miré hacia el pasillo. Estaría estirando las piernas, pensé. O quizá sentado en otro asiento o, en el peor de los casos, tirado en el suelo con un ataque de epilepsia. Confirmé que ninguna de estas posibilidades era la correcta, pero vi que la puerta del baño estaba cerrada y que había dos personas esperando fuera con cierta impaciencia. Lo más probable era que Salomón estuviera dentro. ¿Pero hace cuánto?

Una de las señoras que esperaba golpeó la puerta del baño, intentando agilizar la salida, pero nadie respondió. Luego lo hizo un caballero que también esperaba. Y luego otra señora que se sumó a la fila. Las manos comenzaron a sudarme, la espalda también. Salomón estaba encerrado en el baño del bus quién sabe hace cuánto rato y no respondía. ¿Tendría una crisis? ¿Estaría en el suelo, inconsciente? ¿Habría visto a alguien y se estaría escondiendo? La cantidad de posibilidades que manejé era infinita y todas me inmovilizaban. Mientras intentaba pensar qué hacer, la fila del baño se iba alargando y la molestia de los que esperaban crecía proporcionalmente al tiempo que pasaba. El auxiliar del bus llegó a ver qué ocurría. Las quejas de todo el mundo lo sacudieron. Después de intentar en vano que Salomón reaccionara, el hombre comenzó a forzar la puerta.

No sé cómo empecé a avanzar por el pasillo. Mientras lo hacía, pedí que me hicieran un espacio porque el caballero del baño era mi pareja. Me tiritaba todo, pero supongo que no se me notaba. Dije que mi pololo estaba un poco indispuesto, que se mareaba en los viajes. Toqué la puerta y nadie respondió. Pensé lo peor y mientras lo pensaba volví a golpear.

Gordo, ¿estás bien? ¿Necesitas algo? Silencio, nadie respondía. Gordito, soy yo, ¿quieres que entre? Silencio. Hay mucha gente aquí afuera pendiente de lo que te pasa. Silencio. ¿Gordito? ¿Gordito?

En ese momento sentí que el cerrojo del baño se movía desde el otro lado. Todos lo sentimos. Luego la puerta se abrió lentamente. Salomón apareció con la cara y el pelo mojados. Estaba pálido, casi verde, sin duda algo le había pasado. ¿Estás bien?, le pregunté. Él asintió en silencio. Lo tomé del brazo y lo llevé al asiento, en mi papel de polola amorosa, mientras la gente seguía reclamando y yo me disculpaba una y otra vez. Nos sentamos, me aseguré de que estuviera bien y no hablamos más hasta llegar.

En Osorno dormimos en una casa de seguridad. Mauricio no se separó de Salomón en toda la noche. Repasaban el plan de salida, pero también se estaban despidiendo a su manera. Mauricio tenía claro que pasaría mucho tiempo antes de ver a su amigo otra vez. Aunque no sé si eso llegó a ocurrir, ¿tú lo sabes? Quizá nunca más se vieron. A la mañana siguiente se abrazaron largo. Muy largo. Luego Salomón se fue en un auto con otros compañeros aparentando ser un grupo de esquiadores en busca de canchas sureñas.

¿Qué nombre llevaba en su identificación? No lo recuerdo.

Con Mauricio nos devolvimos en auto a Santiago. Cuando estábamos llegando le dije que siguiéramos a Valparaíso, que tenía una hora tomada con el doctor del puerto para hacer mi cuarto aborto. Mauricio me preguntó si estaba segura y yo le respondí que sí. No hubo más debate. El resto no te lo cuento porque ya te lo imaginarás. La misma escena, el mismo escenario. Cuando salí de la consulta le dije que lo de Salomón había sido el fin de mis colaboraciones y que ese diálogo que estábamos teniendo sería el último entre los dos. Sin despedirme, partí a la casa de mi mamá. Con una tijera corté la identificación falsa con la que había viajado. Usaba lentes y peluca para esa representación. Así me veía en la fotografía tijereteada. Tiré los pedacitos por el wáter.

Salomón,

alguna vez conocido como el Loco,
o Braulio, o Fernando.
O todas las anteriores y más

A mí también me ha hablado de las baratas, aunque últimamente menos. Es que sabe que esos bichos voladores tan grandes que lo visitaban en Brasil no pueden aparecer en su celda chilena. Aquí no hay ese tipo de insectos. Pero de todas formas los ve de vez en cuando. Son resistentes al olvido y aunque no existan, dice, siguen presente. Yo lo escucho nomás, no digo nada. Qué le voy a decir si el loco de esta historia se supone que soy yo. Pero a veces me preocupa, ¿sabes? Lo voy a ver y me mira con una cara extraña, como si me desconociera, como si yo no fuera el que soy. Como si fuera otro. No sé quién. Un invento de su cabeza, quizá. Todos lo somos de alguna manera, ¿no? Voces intercambiables inventadas por alguna mente alucinada. Un enredo de voces, caras irreconocibles, rostros cubiertos por un pasamontaña.

Supongo que Ramiro es parte de lo mismo.

Cuando estoy con él y me mira de esa forma desconfío de todo. Me pregunto si realmente soy el que soy o si soy el que él quiere que sea. El que él necesita que sea. Si es así, no lo culpo. Yo también estuve encerrado y uno tiene sus estrategias para resistir.

Quizá sea él y no yo el que te ha estado hablando todo este tiempo.

No lo sé. Me confunde pensarlo tanto.

N

El Loco dice: Era una forma de desquitarnos, creo yo, de darle patadas al mundo por la media cagada que estaba quedando.

Cuarto encuentro

CÁRCEL DE ALTA SEGURIDAD

FICHA N° 749

Título: La metamorfosis
Autor: Franz Kafka
Fecha de lectura: Mayo, 2008.
Lugar de lectura: Presidio Federal Catanduvas, Paraná, Brasil.

Reseña: Gregorio Samsa es un joven comerciante que una mañana amanece convertido en insecto. Es curioso porque ocurre sin ninguna explicación. Ni el narrador ni los personajes tienen idea de por qué pasa. Tampoco se lo preguntan. Lo lamentan, pero no lo cuestionan. Pasan los días y el pobre Gregorio no se acostumbra. Es que no sabe cómo manejar su nuevo cuerpo de bicho porque no se siente uno. Su vida y la de su familia se ven completamente alteradas por esta insólita transformación. El nuevo ser en el que Gregorio se ha convertido despierta el desprecio de todo el mundo. Por eso Gregorio se esconde bajo el sillón. Es difícil verlo, es como que ya no existiera. Su dormitorio y su nuevo cuerpo se han convertido en una jaula de la que el pobre no encontrará forma de salir.

Frase a destacar: «A veces el cambio es la única solución».

M

Mis días aquí son muy parecidos. A las nueve de la mañana me despierto. Tengo un par de ventanas muy estrechas, entonces lo primero que hago es mirar hacia fuera.

N

¿Qué ves?

M

El patio vacío, los alambres de púa por sobre los muros de la cárcel, algunos pares de zapatillas colgando de esos alambres. A veces, algún pájaro revoloteando medio despistado.

N

Tomas desayuno en tu celda hasta las diez y media.

M

Después comienzo con la caminata en el pasillo. Soy el único que puede hacerlo. Tengo problemas en las rodillas y debo ejercitarlas, así es que tengo autorización para ir de un extremo al otro durante cuarenta minutos. Mientras lo hago los presos me piden que lleve cigarros de una celda a otra. También revistas, chicles o cualquier tontera. Me ocupan de correo.

N

Algunos te dicen Mauricio, otros Ramiro o Leyenda. Pero la mayoría habla del Padre o del Abuelo, supongo que es porque eres el más viejo aquí.

M

Se meten poco conmigo y lo agradezco. Las dinámicas entre ellos son muy violentas, viven peleando y gritándose. Con cualquier cosa hacen un arma y se atacan y corre sangre. Casi todos han llegado aquí por narcotráfico. Se dividen por castas, están los vivos y los perros. Los vivos son los jefes y los perros sus esclavos. Y no exagero cuando hablo de esclavos. Les obligan a hacer cosas que prefiero no contarte. Las relaciones en la cárcel siempre han sido intensas, difíciles de entender desde fuera. Pero lo que veo hoy es mucho más crudo que antes.

N

Y está el reguetón.

M

Si el infierno suena de alguna forma, debe ser al ritmo de un reguetón.

N

¿Cómo siguen tus días?

M

Paso la mañana haciendo ejercicio. Flexiones, abdominales, un poco de bicicleta estática. Después almuerzo y hago el aseo de la celda hasta que viene la salida al patio. Tengo dos horas de patio diarias. A veces juego pimpón con alguien o camino o peloteo. A las cinco vuelvo al encierro. Juego un poco de ajedrez. Lo hago conmigo mismo. Practico yoga un buen rato. Medito. Después estudio y leo un par de horas hasta la cena. Como algo ligero y luego sigo leyendo. A veces veo un poco de televisión. Me gusta poner las noticias, las teleseries o una película. A medianoche ya estoy durmiendo. Así todos los días.

N

¿Y la gente que no está? ¿En qué horario tienen lugar en tu día?

M

No tienen horario. Están siempre conmigo.

N

¿En este momento?

M

En una de las paredes de mi celda tengo una fotografía de cada uno de ellos. Ahora mismo los estoy mirando y ellos me miran a mí.

N

¿Qué más hay en los muros de tu celda?

M

Post it con anotaciones. Es algo que heredé de la Flaca, ella nos inició en el arte de los ayudamemoria. Ahí escribo frases que leo en libros y no quiero olvidar. Poemas. Versos de canciones que me gusta tener a mano. También los días en que alguien vendrá a verme. Anoto su nombre y la fecha. Aquí estoy viendo el tuyo para el próximo viernes.

N

¿Me esperas?

M

Preparo el bolso con los libros que te quiero comentar. Agrego mi cuaderno, mis apuntes, mis lápices y mis lentes. También el termo, el café y las galletas, si es que tengo. Siempre sumo una manta porque la sala de visitas es muy helada y te puedes enfriar. Pero cuando nos encontramos me distraigo hablando y eres tú la que saca todo del bolso. Preparas el café, tomas la manta, abres las galletas. Nunca he tenido una casa entonces soy torpe como anfitrión. Además, esto está muy lejos de ser una casa y supongo que eso también me afecta. No sé cómo sostener una visita aquí. Hay presos que hablan de sus piezas. Me voy a mi pieza, dicen. Estas no son piezas, son celdas. Yo no me olvido de eso. Y donde nos reunimos no es un comedor. Tampoco un living o una cocina. Es una sala de visita carcelaria, fría, rayada y sucia. Tampoco me olvido de eso.

N

Cada vez que te espero en la guardia, junto al patio, se me acerca algún preso a conversar. Escritora, me dicen, y me llaman junto a la reja. Uno me contó que era tu peluquero. Soy el peluquero del Padre, dijo, yo le corto el pelo todas las semanas. Otro me contó que leía los libros que tú le regalabas.

M

La biblioteca aquí no es buena, entonces mando a pedir todo. Cuando ya he leído un libro lo regalo.

N

¿Qué lees ahora?

M

El manuscrito de un libro. Más bien el trozo de un manuscrito.

N

¿Harás una ficha de lectura?

M

Si algún día puedo leer el libro completo, sí. Por ahora, un viernes, le haré mis comentarios a la autora.

N

¿Qué le dirás?

M

Que no me gusta el título. Y que las cosas no fueron así, que se ha tomado varias licencias.

N

Entiendo que el libro será una novela.

M

Así me dijo. Y yo, uno de sus personajes.

N

Me dices: No son piezas, son celdas. Yo de eso no me olvido.

Quinto encuentro

OPERACIÓN SIGLO XX

M

Este tramo de la historia lo hemos recordado incansablemente. Durante todos estos años repasamos episodio por episodio, frase por frase, causa y efecto, efecto y defecto. Pero si debo contarlo en solitario me pierdo. Habrá escenas que serán imposibles de narrar porque no tengo todo el relato. El hilo de acción partió hace mucho, antes de mi propia aparición, y probablemente no sea un hilo, sino varios. En este recorrido de tramas diversas que fluyen al unísono, no sé dónde situar el comienzo. La historia me desborda, no es sólo mía. Lo que cuente va a estar incompleto. Mi inicio será tramposo, como son todos los inicios y como, probablemente, son todas las historias.

N

Si no eres tú, ¿entonces quién contiene el inicio?

M

El que debe relatar el origen de todo, si es que lo hay, debiera ser Ernesto, el jefe de la operación. José Joaquín Valenzuela Levi, el comandante Ernesto. O Pepo. Creo que así le decían sus amigos de afuera. Ernesto siempre fue claro e inspirado para hablar, entonces podría ser un gran narrador. Él te diría que todo comenzó cuando le informaron que sería el encargado de la Operación Siglo XX, la acción más importante que haría el Frente, aunque en ese momento no lo sabíamos.

Vamos a matar a Pinochet, le dijeron. Debes conducir todo, hasta el más mínimo detalle.

Ernesto era muy amigo de Rodrigo, habían estado juntos en Nicaragua, él decía que era un gran militar, muy inteligente y preparado. Y si Rodrigo lo respetaba y lo ponía a cargo, nosotros confiábamos en él.

Ernesto te explicaría todo mucho mejor que cualquiera. Te diría que el año 86 fue un año de mierda.

N

Lo fue.

M

El Ejército allanaba poblaciones, entraba a patadas a las casas, detenía y agredía con descaro. Los milicos salían a las calles vestidos de comando, con las caras pintadas de negro, como si hubiesen estado en un campo de combate. Fue entonces cuando quemaron vivos a ese par de jóvenes, ¿te acuerdas? Carmen Gloria Quintana y el fotógrafo Rodrigo Rojas de Negri. Qué brutalidad. La gente protestaba en las calles y no sólo se defendía, en las poblaciones comenzaron a atacar a los milicos. Hacían barricadas, tiraban miguelitos, lanzaban molotov. Respondían con lo poco que tenían.

Sentíamos que se estaba abriendo una oportunidad y que había que tomarla. No podíamos pelear contra el Ejército, eso habría sido una carnicería, pero sí podíamos desestabilizarlo. Por eso se decidió matar a Pinochet.

N

Ahí parte la historia.

M

Vamos a matar a Pinochet, me dijo Rodrigo. Será una emboscada de aniquilamiento. Lo sorprenderemos a tiros cuando vuelva de su casa en la cordillera. Necesito que reclutes a tus hombres.

No me dio fecha ni lugar, sólo la instrucción que debía ser rápidamente ejecutada. Me junté con mi grupo en una casita que teníamos para eso. Les pregunté por separado si estaban dispuestos a participar de una operación importante en la que sus vidas estarían en riesgo. No podía decirles de qué se trataba, pero inventé que las probabilidades de salir vivos eran de un uno por ciento. No sabía si eso era real, pero mientras más riesgoso fuera el planteamiento, más entusiasmo se levantaba.

Eran tan jóvenes.

A esa edad, más que lo vivido, lo que se arriesga es lo aún no vivido.

Sólo dos quisieron pensarlo por sus familias. Finalmente aceptaron igual que el resto.

N

Tú también eras muy joven.

M

Si el desafío de contar esta historia lo tuviera la Flaca, ella diría que el comienzo se encuentra en otro lugar. Probablemente en el momento en que Rodrigo le hizo el encargo.

Vamos a matar a Pinochet, le dijo. Será una emboscada y necesito que montes la infraestructura para que podamos ejecutarla.

Ella tenía todo para hacerse cargo. Desplante, simpatía, redes. Y como era cuica sabía moverse muy bien sin levantar sospechas. Reclutó a un compañero que estaba dispuesto a poner su nombre real y sus antecedentes bancarios para arrendar la casa y los autos de la operación. Juntos recorrieron la zona del Cajón del Maipo haciéndose pasar por un matrimonio. Visitaron todas las propiedades en arriendo que estaban disponibles. Se pasearon durante días buscando hasta que encontraron la casa perfecta para acuartelarnos. Hablaron con el cuidador, con el corredor de propiedades, con los dueños. Inventaron una y mil mentiras hasta que por fin pudieron firmar el contrato de arriendo. La casa que eligieron era una mansión amplia, con piscina, cancha de tenis, terraza, jardines y un estacionamiento enorme para guardar todos los autos que ocuparíamos. Nadie habría imaginado que en una vivienda así se gestaría una emboscada.

Semanas después llegamos con el grupo de fusileros a esa casa. Su dirección era Camino Al Volcán 0235.

N

Había fusileros y había una casa.

M

Lo que te he dicho no es más que una repetición de versiones cuyo escurridizo origen es difícil de rastrear. Por eso voy de uno en otro y de otro en uno, intentando encontrar el hilo correcto. Y mientras digo esto, pienso que antes de seguir tengo que mencionar a Tarzán. O a Jorge. O a Miguel. Los tres son la misma persona.

Tarzán venía de Cuba. Llegó con una energía obsesa, muy minucioso y trabajador. Era fisicoculturista, un verdadero Tarzán de la selva. Llegó del exilio el año 85 y en cuanto lo hizo se puso a disposición nuestra. La instrucción que Rodrigo le dio fue seguir los pasos de Pinochet de cerca. Serás su sombra, le dijo. Conocerás cada uno de sus movimientos, incluidos, por supuesto, sus fines de semana cordilleranos. Tarzán se tomó el encargo muy en serio. Pasó días completos en la Biblioteca Nacional revisando cada artículo de prensa que mencionaba al viejo. Se inscribió en un gimnasio del barrio alto al que iba gente del Ejército y ahí, sin saberlo, en conversaciones de pasillo, mientras levantaban pesas o hacían máquinas, los milicos le entregaban información sobre Pinochet. Tarzán la enviaba a chequear a los grupos que él mismo lideraba y que estaban distribuidos por la ciudad. Él fue quien sugirió el Cajón del Maipo como escenario para la Operación

Siglo XX, porque todo lo que sabíamos del viejo lo sabíamos por él.

Como ves, Tarzán tendría mucho que decir en esta historia. Y es una lástima esta falta de voces porque además hay gente que ha muerto sin contar nada. Y hay otros pocos, entre los que me cuento, contando una y otra vez lo mismo. Lo hacemos como si fuera una revelación, cuando en realidad son cosas que ya se saben, porque lo que no se sabe ya no hay quien lo cuente.

Joaquín, el Lobo, él también podría hablar. Al comienzo no iba a ser parte del atentado, querían guardarlo. Era importante tener hombres como él en el futuro, considerando que quizá todos moriríamos en este encargo. Pero con la Flaca decidimos que no íbamos a hacer esto sin Joaquín. Nos habíamos formado juntos. Éramos una pequeña familia dentro de la gran familia. Conversamos con Rodrigo y accedió. Desde ese momento, Joaquín también fue parte de este enredo de versiones cruzadas.

N

El viernes veintinueve de agosto de 1986, el elenco completo llegó a la casa.

M

Independiente de todos los inicios que tuvieron que ocurrir para que llegara esa noche, lo que ahora nos tocaba era esperar el momento preciso.

Íbamos a construir un final.

Íbamos a matar al tirano.

N

Estoy en un sector llamado La Obra, en medio de esta ruta cordillerana. Estoy en Camino Al Volcán 0235.

M

¿Qué ves?

N

Un portón de madera blanco que no deja mirar hacia dentro. Sobre el portón una estructura de fierro llena de puntas para evitar que alguien salte al interior.

M

Había una palmera en el antejardín. No era grande, pero ya se asomaba hacia afuera. Se podía ver desde la calle.

N

Sigue aquí. Y con ella mucha vegetación. Arbustos desordenados que sobresalen al portón blanco y a los muros de piedra que rodean el sitio. Un pino enorme atrás. Varios árboles medio secos. Todo se ve muy descuidado.

M

Había un hombre que se encargaba del jardín. Lo tenía impecable y era parte del contrato de arriendo. La casa venía con él, no era negociable su salida porque vivía ahí y tenía toda la confianza de los dueños. Era una especie de cuidador. Nos miraba con desagrado, le caíamos pésimo. En la convivencia con él hicimos verdaderas hazañas para que no sospechara de nosotros. La Flaca figuraba como la dueña de casa. Tarzán, Ernesto, Joaquín y yo, éramos unos amigos que venían de visita. Conversábamos en la terraza y en los patios, siempre disimulando, y el resto de los fusileros se mantuvieron escondidos en sus piezas sin salir ni asomarse a las ventanas. A ratos andaban reptando por los suelos para que el cuidador no los viera. Es que no teníamos cómo explicarle estas veintitantas personas alojando ahí. Por eso todos estuvieron estrictamente encerrados. Jugaban ajedrez o cartas, leían en las colchonetas intentando pasar el tiempo y la tensión, pero en un momento se volvió insostenible.

La compañera que nos cocinaba, una mujer maravillosa que la Flaca había llevado, tan simpática, se ofreció para distraer al cuidador. Nos habíamos dado cuenta que el hombre le coqueteaba. Ella, mejor que nadie, lo notó. Entonces quiso aprovechar esa simpatía y se fue a la casa de atrás, donde vivía el cuidador, a meterle conversación mientras los fusileros salían a estirar las piernas, a tomar aire al patio y hasta a jugar pimpón. Era su contribución a la causa, decía. No recuerdo cuántas veces pasó. Quizá fue sólo una, pero nuestros escasos momentos de relajo en esa casa se los debemos a ella.

Ocurrieron muchas cosas entre la noche que llegamos a esa casa y el domingo que la abandonamos. Fueron nueve días en los que la historia tomó varios giros, más de los que nos hubiera gustado. Y esos giros, estoy seguro, determinaron el final.

N

¿Cómo se cuentan esos nueve días?

M

Se cuentan mal. Faltan voces, no sé cómo resucitarlas.

N

¿Y si interrogamos a los árboles? O a este mismo portón. También podemos acudir a la tierra que estoy pisando. ¿Será la misma? ¿O la habrán removido? En último caso podemos preguntar a los cerros. Ellos, no cabe duda, estaban aquí y vieron todo.

M

Amanecer en esa casa era un espectáculo. El sol salía por esos mismos cerros que debes estar mirando. El primer día que despertamos ahí nos quedamos un rato largo en la ventana, callados, perdidos en esa imagen. Nos reunimos todos después del desayuno. Era un sábado, había mucha inquietud, una especie de electricidad daba vueltas en el ambiente y no nos dejaba tranquilos. Estábamos formados en el living, mirándonos a las caras unos a otros por primera vez. El promedio de edad no debe haber superado los veintitrés años. Eran tan jóvenes. La mayoría no sabía por qué estábamos ahí. Imaginaban una serie de posibilidades, pero ninguno se acercaba a la realidad.

Ernesto bajó del segundo piso. Todos lo miraron atentos.

La mayoría de los fusileros no lo conocía, así es que su sola presencia generó impresión. Era un hombre alto, delgado, de formas pausadas, muy preparado y claro al hablar, así es que escucharlo esa mañana fue toda una experiencia.

Partió presentándose. La Flaca mediaba el diálogo. Ella nos conocia, sabía mejor que nadie cómo tratarnos, era cariñosa, tenía algo, que no sé describir, que hacía de bálsamo en los momentos más tensos. Entre los dos fueron preparando el camino hasta que Ernesto lo dijo: estábamos ahí para matar al tirano. Haríamos una emboscada de aniquilamiento y cada uno de nosotros había sido elegido, dentro de todos los hombres y mujeres del Frente, para participar de esta operación.

Lo que vino fue un silencio.

A todo el mundo se le puso la piel de gallina. Me incluyo.

Escuché algunas risas nerviosas, también comentarios torpes y hasta lágrimas. De golpe, en la mente de cada uno, encajaron las piezas que habíamos estado movilizando el último tiempo. Comprendieron el porqué de los entrenamientos, del despliegue de autos y armas, del gran financiamiento que estábamos manejando, de la llegada a una mansión como esa. Si íbamos a matar a Pinochet todo se justificaba, incluso la muerte.

Ernesto siguió hablando. Por un momento sus palabras nos sacaron de la casa, de la cordillera, de ese momento pequeño y gigante que vivíamos. A través de ellas nos elevamos y comenzamos a mirarnos desde otra perspectiva. Desde una más amplia, más ancha, más completa, que nos situó en nuestro lugar en la Historia. Ernesto dijo que continuaríamos la resistencia que Allende había propuesto en La Moneda el día del golpe, quedándose en su puesto de trabajo, en el lugar que la ciudadanía le había otorgado democráticamente. Ernesto dijo que Allende no se había rendido y que ese camino era el que seguíamos. Y mientras Ernesto nos hablaba, la Flaca echó a correr un casete con su último discurso.

Ahí estaba su voz. Llegaba desde algún lugar del pasado. La escuchamos tal como lo hice hace años desde el pasillo de la casa que un día tuve. Esa voz lúcida y cálida que tenía perfecta claridad de que hablaba por última vez.

Cuando Allende dice que su sacrificio no será en vano y que servirá como lección moral castigando la felonía, la cobardía y la traición, la Flaca apretó el stop.

Otra vez el silencio. La electricidad recorriendo el aire.

Ernesto dijo que a nosotros nos tocaba castigar esa felonía, esa cobardía y esa traición con una acción material. Que para eso estábamos ahí.

N

Superarán otros hombres este momento gris y amargo en el que la traición se impone.

Estas son mis últimas palabras. Y tengo la certeza de que mi sacrificio no será en vano. Tengo la certeza de que, por lo menos, será una lección moral que castigará la felonía, la cobardía y la traición.

M

La historia tiene su propia brújula que a veces coincide con la nuestra, pero la mayor parte del tiempo se dispara hacia donde quiere y nos noquea pasándonos por encima. La historia nunca se controla. Creemos conducirla, planificarla con detalle hasta los momentos esperados, pero esas son expectativas ingenuas de quien no sabe nada sobre un relato. ¿De qué extraño lugar sacamos la idea de que la historia es nuestra? La historia no le pertenece a nadie, sólo se debe a sí misma, es un carrusel de acontecimientos que en su circularidad no van hacia ninguna parte, sino que a todas al mismo tiempo. Un sinfín de giros dramáticos, movimientos concéntricos de los que es imposible salir bien parado a menos que te entregues al flujo del descontrol. La única manera de recorrer la historia es como un borracho, a tientas, asumiendo el mareo, sujetándonos los unos a los otros para no caer.

N

Hablemos de esos giros dramáticos.

M

El primero ocurrió la noche del sábado treinta de agosto. Todos dormíamos. O lo intentábamos. Al día siguiente sería la emboscada. A eso de las seis de la tarde del domingo, el viejo se devolvería con su comitiva a Santiago y nosotros haríamos nuestro trabajo, tal como lo habíamos planificado.

A la espera de eso, un grupo se quedó haciendo la guardia nocturna. Imagino que conversaban, probablemente fumaban o quizá no hacían nada y estaban sumidos en un silencio espectral cuando la luz de una baliza pasó por el camino del otro lado de la ventana. Todo se iluminó por un momento en el interior de la casa. Uno de los fusileros se acercó a mirar y vio más balizas. Una serie de autos bajaba hacia Santiago. En cuanto entregó su guardia, muy temprano en la mañana, informó que, por muy descabellado que pareciera, él había visto a la comitiva del viejo devolviéndose a Santiago en medio de la noche.

El presidente Alessandri, viejo momio, había muerto y Pinochet se devolvió antes para asistir al funeral al día siguiente. Por lo menos por ese domingo, el viejo se había salvado.

A veces imagino cómo habría sido todo si esa noche Alessandri no hubiera muerto. Si el caballero hubiese resistido un par de días más, nosotros habríamos podido ejecutar nuestro plan y los titulares de las noticias de ese domingo hubieran sido para la muerte de Pinochet y no para la de Alessandri. En algunas versiones de esa trama imaginada todo resulta perfecto porque el desgaste de la semana de espera que tuvimos después, en la trama real, no había hecho efecto en nosotros. Porque cuando las cosas se planifican de una manera, no es fácil modificarse según los giros dramáticos te vayan empujando.

N

El segundo giro ocurrió casi una semana después.

M

La emboscada se pospuso. Para eso se decidió abandonar la casa. No podíamos esperar ahí hasta el próximo fin de semana, era peligroso. Todos nos volvimos a Santiago para reunirnos el lunes temprano y trasladarnos juntos a una hostería del Cajón del Maipo como un grupo de seminaristas en retiro espiritual.

Sí, no te rías, esa sería nuestra pantalla.

Seríamos un grupo de seminaristas en retiro espiritual.

La idea de acuartelarnos así no recuerdo de quién fue, pero nos pareció buena. Partimos a implementarla a nuestras casas y el lunes ya figurábamos en una micro, otra vez rumbo a la cordillera, con guitarra, biblias, rosarios, crucifijos y nuestra mejor disposición a representar el nuevo rol. Era una idea lunática, pero los giros dramáticos te empujan a ellas porque no hay tiempo para pensar bien, simplemente se reacciona. Ese lunes llegamos a la hostal investidos de un aura devota. Los dueños nos recibieron felices, sin dudar de nosotros. Nos entregaron nuestros dormitorios y estuvimos casi una semana rezando, cantando canciones religiosas, bendiciendo las comidas, hablando del Espíritu Santo, encomendándonos a la Virgen y esperando ansiosos que los días pasaran.

El jueves en la noche regresamos al Camino Al Volcán #0235. Nos reencontramos con el equipo entero. Otra vez el nerviosismo extremo, volvió a activarse la cuenta regresiva. Ese nuevo domingo sí que emboscaríamos a Pinochet, ya no podía escapársenos. Y ahí estábamos, contando días, horas y minutos, cuando Rodrigo fue a visitarnos. Su visita fue el anuncio del segundo giro dramático.

Rodrigo pidió reunirse con Ernesto y con los jefes de los grupos de operación: Tarzán, Joaquín, la Flaca y yo. Cuando estuvimos juntos habló corto y claro. Habría un cambio en las jefaturas. La Flaca no participaría de la emboscada. Habían decidido guardarla para que preparara la retirada de la operación y se hiciera cargo de los sobrevivientes, si es que los había.

Cuando Rodrigo terminó, todos miramos a la Flaca.

Por unos momentos permaneció callada. Parecía procesar la información. Luego su cara se desencajó. Lo que vino es una escena que no me corresponde narrar. A nadie, en realidad, sólo a ella o a Rodrigo. Eran pareja, entonces todo se enredó en esa conversación. Fue un momento incómodo, difícil. Mirábamos a uno y a la otra mientras discutían. De allá para acá, de acá para allá. Ernesto creo que dijo algo. Supongo que él como jefe ya conocía la decisión. No lo sé. Qué importa, la verdad. Lo que importa es que las operaciones tienen un carácter y uno no puede modificarlo de un día para otro.

Una vez leí en un libro, no recuerdo cuál, tendría que revisar mis fichas, creo que era Asimov o quizá Bradbury, algo sobre las constelaciones. Decía que una estrella brilla sola, pero que es en virtud de su constelación cuando esa estrella brilla mejor. Juntas arman algo más grande, algo que expresa un relato y un sentido, y en esa figura coral las estrellas son capaces de guiar a quien las mire. La Cruz del Sur, por ejemplo, orienta en la medida que cada una de sus estrellas tiene el lugar que tiene. No son intercambiables, nada es lo mismo si restamos una.

N

El domingo siete de septiembre fue el día de la emboscada.

M

Ese día amaneció despejado y brillante. Parecía la mejor postal para escribir una despedida. Con Joaquín salimos al patio a mirar los rayos del sol que comenzaban a asomarse. Estuvimos mucho rato en eso, callados, sólo observando el paisaje y fumando. Los pájaros chillaban como lo hacen a esa hora intermedia donde todo comienza o todo termina. ¿Qué será lo que dicen los pájaros en ese claroscuro? Nosotros nos decíamos poco. Es que todo era tensión en ese momento, un nerviosismo soterrado que costaba manejar.

Esa mañana, ahí en el patio frente a los cerros, vi mi vida entera desfilar en algún lugar de mi cerebro. Pensé en mi padre, lo volví a ver en su pieza escuchando el discurso de Allende. Pensé en mi mamá. En sus rosas, en todos los cigarrillos que se fumaba a diario, en las empanadas de mariscos que nos gustaba comer juntos. Pensé en mis hermanas, en mis hermanos, en la casa que un día tuve, en mis amigos del puerto, en los partidos de fútbol, en el Loco, que ya no podía acompañarnos. En los cerros de Valparaíso, tan distintos a los que tenía ahí enfrente.

Cuando ya llevábamos un rato así, recuerdo haber roto el silencio.

Apagué el segundo cigarrillo, respiré ese aire frío y limpio de la cordillera y le dije a Joaquín que, pese a todo, era un buen día para morir. Él me miró sonriendo, con esa cara que tenía, que es la que me gusta ponerle cuando lo recuerdo, y me respondió: es un buen día para matar.

N

Pensaste que ibas a morir.

M

Éramos veintitantas personas convencidas de eso. Y lo paradójico es que nos hacía felices.

N

Luego vino el tercer giro dramático.

M

El teléfono sonó en el fondo del pasillo, era la señal que esperábamos. Los jefes asomamos la cabeza y vimos el aparato ahí, llamándonos. Del otro lado de la línea estaban nuestras compañeras desde una pensión cercana a la casa de Pinochet. Eran las encargadas de avisarnos cuando el viejo y toda su comitiva bajaran rumbo a Santiago. Si el teléfono estaba sonando a esa hora de la tarde era porque ellas lo habían visto y porque ya era nuestro momento de salir.

Ernesto contestó de espalda a nosotros. Lo que escuchó era lo que esperábamos, entonces se dio vuelta y nos hizo una seña. Inmediatamente fuimos a las piezas a dar aviso. De ahí en adelante todo empezó a ocurrir muy rápido. Antes habitábamos una especie de paréntesis temporal donde los minutos no pasaban y caían pesados. Pero ahora el abismo de la urgencia nos cortaba el aliento y no tuvimos tiempo de nada, ni siquiera de ir al baño. Sólo armamos los bolsos y salimos corriendo a subirnos a los autos, donde los choferes ya nos esperaban.

Mientras abandonábamos la casa, la Flaca y la compañera de la cocina cargaban en un auto todos los cachureos que habíamos usado para preparar la comida. Unos ollones y unas fuentes enormes que servían para cocinar a los veintitantos que éramos. El cuidador debe haber visto a su amor platónico saliendo de la casa con todos esos bártulos, arrancando rápido rumbo a Santiago, entre medio de esa cantidad de jóvenes que salían apurados. Pobre hombre, no debe haber entendido nada.

N

Después de haber trabajado tanto para organizar la operación, ¿la Flaca terminó llevando los trastos de la cocina a Santiago?

M

Dicho así suena terrible. Pero sí, eso fue lo que pasó.

N

Volvamos al tercer giro dramático.

M

Era un buen día para morir. También para matar. Los pájaros lo chillaban a la hora del claroscuro. Ya estábamos cada uno en sus lugares. El mío fue en la ladera del camino, apostado en la cima a la espera de que el viejo pasara con su comitiva. Serían dos motocicletas abriendo el camino y cuatro autos detrás. En el segundo, un Mercedes Benz blindado, vendría él.

Cerca nuestro se encontraba otro grupo apostado.

En el comienzo de la cuesta, que era el escenario elegido para la emboscada, estaban Joaquín y sus hombres. Ellos cuidarían la retaguardia cruzando una camioneta una vez que el viejo pasara.

Al final de la cuesta estaban Tarzán y su gente, los que interceptarían el paso a la caravana para que el ataque se realizara. Dos compañeros de ese grupo estaban a cargo de una casa rodante y simulaban ser una pareja de turistas perdidos, que revisaban mapas, mientras esperábamos. Uno de ellos estaba disfrazado de mujer para aparentar mejor. Tarzán se encontraba en la carretera, atento al camino, con su bolso de armas y una pelota de fútbol bajo el brazo. Era el único autorizado, además de Ernesto, a abrir fuego cuando llegara el momento.

Oscurecía, una leve brisa bajaba entre los cerros.

Todo el nerviosismo de antes se había desvanecido. Estábamos ahí y ahora sólo había que hacer lo que veníamos a hacer. Los pájaros seguían hablándonos. ¿Qué nos dirían los pájaros esa tarde? Una extraña calma se apoderó de esos pocos minutos de espera. De pronto, a lo lejos, divisamos a la comitiva. Venía con las luces aún apagadas, avanzaba lento. Las motos que antecedían al auto del viejo aparecieron primero. En cuanto las vimos, el conductor de la camioneta que llevaba la casa rodante encendió el motor. Cuando los motociclistas pasaron frente nuestro y siguieron de largo rumbo a Santiago, la camioneta dejó la berma y entró a la carretera. Lo hizo con una maniobra sorpresiva. Se cruzó rápidamente con la casa rodante cerrando el paso de los autos de la caravana. Los choferes se desconcertaron, los escoltas no podían creerlo, nadie atinaba a hacer algo coherente. Entonces Tarzán tomó el lanzacohetes que llevaba para abrir fuego. Apuntó al primer auto, tal como estaba planificado, y apretó el gatillo para comenzar el tiroteo.

Pero no ocurrió. El misil no salió.

Lo intentó dos veces. Quizá tres, quizá cuatro, pero nunca se disparó.

El arma traída especialmente para esta misión, la que había llegado en un buque desde Cuba para el año decisivo, no se disparó.

Desde la ladera, junto a nosotros, Ernesto apuntó al auto de Pinochet con su propio lanzacohetes. Si el misil de Tarzán no se había disparado contra el auto de los escoltas no importaba, porque él tenía al viejo en la mira, en el ángulo preciso, tal como lo había imaginado tantas veces desde que lo nombraron jefe de la operación. Y ahí estaba el militar brillante formado en Bulgaria, el que venció en Nicaragua, el que nos habló de la Historia. Ahí estaba, apostado en el lugar más privilegiado de la cima, listo y dispuesto para ajusticiar al tirano, cuando el arma cedió al desorden del malentendido, de la broma macabra y, lo mismo que la anterior, no se disparó. El cohete estaba donde mismo, sin salir del cañón. No hubo explosión, sólo el griterío de los pájaros anunciando lo que se venía.

N

¿Qué se venía?

M

Un escándalo de tiros. Disparamos con nuestros fusiles sin tregua. Hubo un momento en que con Ernesto estuvimos de pie rafagueando mientras la comitiva retrocedía. La mayoría de los escoltas huían, algunos se lanzaban por el barranco, desde veinte o treinta metros de altura. Algún lanzacohetes funcionó. Un proyectil fue a dar a un escolta, otro al techo del auto de Pinochet, sin lograr mucho. Pero fue a punta de fusil que logramos espantar a la comitiva entera. Joaquín disparó a la ventana del auto del viejo con el suyo. Lo hizo desde cerca, disparó y disparó. Estuvo dándole al vidrio blindado durante un buen rato.

Podría detallar lo que pasó en esos cinco o seis minutos que siguieron luego del último giro decisivo que ya te conté. Podría intentar organizar los relatos que he recogido, los he repasado tanto, me he dedicado a desmenuzarlos y recomponerlos. Podría quejarme otra vez de los lanzacohetes o contar nuevamente la versión que tengo, pero de tanto hacerlo me he ido cansando. Esta parte de la historia se ha registrado en entrevistas, libros, artículos, tesis, series de televisión, películas, reportajes. Es la niña bonita de nuestra trayectoria, lo único que aceptan saber, porque el atentado a un tirano es fácil de ubicar en la moral de cualquiera. Pero si alguien necesita este capítulo, puede acceder a esas buenas y malas versiones que por ahí andan. Algunas más completas. Otras deprimentes y mediocres. Se pueden mezclar y con eso hacer una idea porque el final lo conocemos muy bien.

N

Hablemos del final.

M

Llegamos a Santiago quince o veinte minutos después del tiroteo. Dejamos el armamento y los autos y nos fuimos cada uno por separado según lo establecido. Llegué a un lugar a encontrarme con Joaquín. Tenía una pierna herida, sangraba bastante. Llamé a una casa de seguridad donde había un puesto médico y nos fuimos rápidamente para allá. La esquirla de una granada lo había lesionado, necesitaba atención. Cuando llegamos estaban la Flaca y Rodrigo esperándonos. Creo que nos abrazamos. Comentaron que todos estábamos vivos, Ernesto, Tarzán, la Fabiola, única compañera del equipo, y los demás. Escuchar eso fue la confirmación de una victoria. Los fusileros estaban vivos. Eran tan jóvenes. Creo que volvimos a abrazarnos. Creo que estuvimos así un buen rato o por lo menos de esa forma me gusta recordarlo.

Luego la Flaca y Rodrigo nos preguntaron por el viejo. No tenían información y en las noticias no se decía nada aún. ¿El viejo estaba vivo o estaba muerto?

A mí la pregunta me sorprendió. Con toda esa desvergüenza de tiros desesperados que dimos, no podía haber sobrevivido. Joaquín le disparó a pocos metros, directo a su ventana. El viejo murió, eso respondí.

Como su puesto estaba en la retaguardia, Joaquín fue el último en verlo. Dijo que estuvo a punto de penetrar el vidrio blindado del auto con los tiros de su fusil, pero que no lo logró. Se le acabaron las balas y al cambiar el cargador, el auto consiguió huir. Lo vio vivo en el interior antes del escape, eso dijo.

¿Podía el viejo haber sobrevivido?

¿Podía Joaquín tener claridad de lo que vio en medio de ese infierno de tiros?

Después que lo curaron Joaquín se fue. La Flaca y Rodrigo también. Me quedé solo en esa casa. Salí a comprar cigarrillos, necesitaba fumar y tomar algo de aire. Lo mismo que en mi cabeza, en las calles todo estaba revuelto. Era la noticia en la televisión y en las radios, pero pese a que no se hablaba de otra cosa, nadie confirmaba si el viejo estaba vivo o no. Los milicos aún no daban declaraciones. No había certeza de nada y en algún lugar de mi cuerpo guardaba la secreta ilusión de que Joaquín estuviera equivocado. Fue entonces, ahí en el local donde hice la compra, que toda esperanza se desvaneció.

Era tarde, casi medianoche, cuando el viejo decidió aparecer dando él mismo la noticia. En la pantalla del televisor pude verlo junto a su auto. Mostraba los impactos de bala, le hablaba a un periodista, relatando lo que había pasado. Dijo algo sobre su nieto. Dijo algo sobre la guerra y los extremistas. Dijo también que la Virgen del Carmen lo había salvado. Y al decirlo mostraba el vidrio de su auto, acribillado por Joaquín, fantaseando con que las balas habían dejado estampada la figura de la Virgen. La indicaba incluso con su mano vendada. Estaba tan agradecido de su protección, decía.

Yo vi esas huellas ahí en la pantalla. Me acerqué al televisor a mirarlas cuando aparecieron. No soy experto en figuras religiosas, pero había estado toda la semana actuando de seminarista, con estampitas de la Virgen en varias de sus versiones. Miré los surcos que dejó el fusil de Joaquín en ese vidrio. Observé las trizaduras y en vez de la Virgen me pareció ver la imagen de una broma estúpida y aburrida. Locura, maldad, tontera. Pura mala suerte, en el mejor de los casos.

El despacho de prensa terminó. Encendí un cigarrillo y me fui caminando. No recuerdo cuánto caminé. No puede haber sido mucho porque obviamente lo que me tocaba era fondearme. No entendía nada, estaba confundido, desapropiado, como en una trama equivocada. Tanta organización, tanto fuego desplegado, tanto escolta herido y muerto y el viejo estaba ahí, no le había pasado nada. De verdad no podía creerlo.

En un universo paralelo, que quizá era el correcto, todo había pasado de forma acertada. Ahí la trama debía estar avanzando óptimamente.

La emboscada había sido el domingo planificado. El primero. La Flaca había estado ahí, presente. Disparando desde una ladera con Ernesto, con la Fabiola, conmigo. Los lanzacohetes, todas esas mierdas de lanzacohetes, habían funcionado. Aun con sus veinte años de antigüedad, aun siendo armas que los americanos dejaron abandonadas en Vietnam.

Escuché que el partido había preferido mandarnos esos cohetes y no otros soviéticos, más efectivos, porque no querían involucrar a la órbita socialista en el atentado. Después de todos estos años no tengo certeza sobre eso, sólo sé que el atentado a Pinochet, la operación más importante que hicimos, se basaba, en gran parte, en la funcionalidad de un armamento en mal estado.

Pero en esa trama paralela que yo imaginaba, los proyectiles habían dado en su objetivo. Y habíamos tenido un camión tolva bloqueando la retirada del auto del viejo. Ahí, en ese guion, lo habíamos logrado. Y yo estaba cómodo, feliz, celebrando, en un país a oscuras, porque se habrían activado los puntos de resistencia en las poblaciones y en las regiones. Todo se habría paralizado. Habrían volado torres de alta tensión. Túneles, puentes y carreteras. Habría barricadas en los sitios más inesperados. Y todas y todos los que nos habían pedido preparación armada habrían salido a la calle para seguir importunando, para hinchar las pelotas, para desestabilizar a los milicos y quebrar de una vez por todas a la dictadura. Ahí, en ese argumento otro, la gente avanzaba en camionetas y camiones hacia La Moneda. Otros lo hacían a pie. Otros en sus cacharros. Miles de personas llegaban desde diversos lugares de la ciudad, y del país entero, a la plaza de la Constitución. Hasta los pájaros arribaban chillando en bandadas. Todos y todas agitando banderas, golpeando tambores, haciendo sonar sus silbatos, cantando y celebrando el fin de la tormenta de mierda.

Así debía estar ocurriendo en algún lugar del tiempo y de la historia.

Pero en la trama real, en la que me había tocado, yo estaba en la calle, caminando a la casa de seguridad, sintiéndome el hombre más solo del mundo. Nunca más me he sentido así.

N

¿Ni siquiera en tu celda?

M

Ahora soy viejo y tengo mis trucos para resistir.

N

¿Cuáles?

M

Preferiría no decirlos. Los pueden usar en mi contra.

N

¿Yo los puedo usar en tu contra?

M

Mantengo conversaciones imaginarias con gente que no está.

Ernesto,
antes conocido como José Joaquín Valenzuela Levi

No tenía idea que le decían Marciano. ¿Es porque le gusta la ufología? Antes leía mucho sobre el tema. Allá en Brasil mandaba a pedir material a sus hermanas, se le acumulaban los libros y las revistas sobre encuentros cercanos y avistamientos. Creo que él mismo tuvo uno en México, en una azotea, algo bien descabellado, dile que te cuente. Hasta el día de hoy el tema lo alucina. Pero nunca hemos hablado mucho de eso. Es que hablamos poco, la verdad. Y no es porque no lo visite, vengo cada vez que puedo o cada vez que me llama, pero últimamente intento que no me vea. Entro cuando duerme o cuando está concentrado leyendo o estudiando. También me asomo cuando sale al patio. Lo miro de lejos, me cercioro de que esté bien y me voy.

He guardado estas distancias porque es obsesivo con el recuerdo y a mí ese ejercicio me hace mal. Cada vez que hablamos me pregunta cosas que me confunden o más bien que no quiero recordar. Y es que no siempre el recuerdo es bueno. Por lo menos para mí. Creo que hay un límite en eso. No podemos dedicarnos a escudriñarlo todo. Hay pedazos de memoria que está bien que se pierdan para que no sigan incomodando para siempre.

Pero no me malentiendas. No creo que haya que ocultar nada, simplemente es que no hay para qué estar metiendo el dedo en la llaga. Mucho menos entre nosotros. Por supuesto que si repasamos la historia hay una cadena de acontecimientos que es bueno que tengan un mínimo de orden. Hay que recordar, nombrar, contar, enumerar. Estudiamos ese orden, pero lo que está señalado en él no lo concebimos, es una suma de causas y azares, por lo tanto habrá mucho de ese orden escrito en signos incomprensibles, en una taquigrafía misteriosa que no vale la pena traducir. Basta saber que hay sucesos que configuran ese orden, pero con aquello que está abreviado, resumido, apuntado apenas, es mejor no cometer la imprudencia de develarlo. La historia también es discreta en ciertos episodios y hay que darle esa licencia.

Hay una escena que le obsesiona.

Es una que sólo yo contengo y que no quiero socializar.

Por lo menos no completa.

Muchas veces hemos conversado sobre ella y en cierto punto, que es el punto ciego, me detengo y ante su insistencia me voy. Cuando volvemos a vernos volvemos a conversar sobre ella. Y vuelvo a detenerme y él insiste y yo vuelvo a desaparecer. Así llevamos mucho tiempo.

Después del atentado, al día siguiente, los chanchos asesinaron a cuatro hombres a modo de vendetta. Ninguno tenía que ver con nosotros ni con la emboscada. Fue un acto desesperado y brutal. Unos meses después cayó detenido uno de los fusileros del atentado y él mismo entregó bajo tortura a cuatro más. Teníamos cinco de nuestros hombres encarcelados. Andaban detrás nuestro, nos tenían intervenidos los teléfonos, nos pisaban los talones, lo sabíamos. A esto se sumaba que el partido quería bajar las armas. Pensaban participar del camino a la democracia que proponía la constitución de Pinochet. Buscaban aliarse al resto de los partidos, privilegiar la unidad de toda la oposición. Nos habíamos jugado la vida atentando contra el tirano y ahora, en menos de un año, debíamos considerar la idea de jugar a la democracia bajo sus leyes.

Ese era el escenario. En él, una mañana del mes de junio, a uno de nuestros compañeros le dispararon por la espalda a cuadras de la casa de su madre. A las seis de la tarde otro compañero fue asesinado, también a plena luz del día. Esa medianoche, en el interior de un departamento, mataron a un fusilero de la emboscada. Horas después, en la madrugada del día siguiente, dos compañeros, parte de una escuela clandestina que teníamos, murieron baleados por los chanchos.

Mientras todos ellos fueron ejecutados, siete de nosotros éramos detenidos.

Distintas horas, distintos momentos, distintos lugares.

A mí me agarraron durante el día al salir de una reunión. Me llevaron a un cuartel de inteligencia. Sobre lo que pasó adentro, no es mucho lo que puedo decir. El tiempo se detuvo en ese encierro en un devenir difícil de precisar. Lo que siguió me cuesta recordarlo.

Creo que nos encontramos los siete en los laberintos del cuartel. Mi cuerpo dice que fui torturado, pero no lo recuerdo o no lo quiero recordar. Sé que en algún momento de la noche o la madrugada, no lo tengo muy claro porque iba vendado y amarrado, nos trasladaron a una vieja casa. Ramiro dice que era una casa de seguridad abandonada. Éramos hombres y mujeres, eso lo recuerdo muy bien. Nos distribuyeron en las piezas de la casa. No sé dónde me tocó a mí, pero sé que estaba con un compañero. Escuché su voz a mi lado, muy cerca. Comentamos que esto sí era la venganza anunciada por el atentado.

Habían tenido tiempo para seguirnos, ya no disparaban contra cualquiera.

Los chanchos me gritaron que me arrodillara. Lo hice. Sentí que había un colchón o algo parecido a eso bajo mis rodillas. Luego me gritaron que levantara la cabeza, que los mirara, como si hubiera podido hacerlo con esa venda que tenía puesta. De igual forma lo hice. En ese momento, que deben haber sido segundos, supe lo que iba a pasar. Probablemente lo supe desde que me detuvieron. No había que tener mucha imaginación.

Es en este punto cuando detengo mi relato.

Y es en este punto cuando Ramiro insiste.

Y es aquí cuando me niego a seguir recordando y comienzo a desaparecer.

Lo que sigue quedará escrito de forma resumida, sin detalles. No para seducir a la imaginación de nadie, sino más bien para despistarla, para intentar que no se metan ahí. Los últimos momentos de un hombre que será ejecutado no son algo que se deba imaginar, mucho menos compartir. ¿Me entiendes ahora cuando te digo que la historia y, en consecuencia, la memoria, también pueden ser discretas?

Pero Ramiro no lo entiende.

Siempre fue obsesivo con los detalles y supongo que con el encierro y los años este rasgo se profundizó. La última vez que estuvimos conversando me dijo que no tenía que contarle nada más, que lo dejara suponer y que sólo asintiera o negara según lo cercano que su relato estuviera a la verdad. No accedí al juego. Tampoco me negué.

Ramiro dijo que esa noche de junio, en esa casa vieja y abandonada, mientras estaba ahí, arrodillado en la colchoneta con los ojos vendados, yo había tenido un último pensamiento. Ramiro dijo que cuando el chancho me gritó que lo mirara, antes de dispararme en la frente el primero de los dieciséis balazos que me dio, yo había soltado una carcajada. Ramiro dijo que en secreto mi mente se había ido a protagonizar una trama paralela en la que me encontraba en la cima de una ladera cordillerana con un lanzacohetes entre mis manos y con el Mercedes Benz del viejo frente a mí, en la mira. Ramiro dijo que en esa trama yo apretaba el gatillo y de manera inmediata, guiado por las estrellas, la buena fortuna y el canto de los pájaros, el proyectil salía disparado con toda la fuerza del tiempo y la desventurada historia, para ir a dar a la ventana blindada del viejo de mierda y penetrarla y hacerlo volar por los aires como siempre debió haber sido.

Ramiro dijo que ese fue mi último pensamiento. Dijo que mi cuerpo quedó tirado en la colchoneta con una sonrisa que descolocó a los chanchos, que nunca lograron entender el porqué de mi feliz mueca.

Ramiro dijo eso.

Y quizá de tanto tiempo que ha tenido para pensarlo, no se equivocó.

N

Me dices: ¿Qué será lo que dicen los pájaros en el claroscuro?

Sexto encuentro

LOS QUEÑES

M

Cada relación es una historia. Una trama de capítulos que se van sucediendo y en ellos participamos con más o menos entusiasmo. Como una partida de ajedrez. Se juega de a dos, con tiempo y estrategia, por diversión, ganas o aburrimiento. Pero a diferencia de lo que pasa en el tablero, el objetivo en las relaciones personales no siempre es ganar, sino que olvidarse de la competencia y mantenerse ahí, en el juego. Esta misma partida que sostenemos tú y yo debe tener su propio objetivo. ¿Cuál? Probablemente tú escribirás sobre eso más adelante. O no.

Hay leyes del juego en cada relación. Y no son traspasables. Se van elaborando según las necesidades de la historia. Tampoco tienen una forma preestablecida, todas las relaciones son distintas y uno no es el mismo en cada una. Juega roles diversos y a veces ni cuenta se da.

¿Quién soy yo para ti? ¿Qué papel juego en esta historia que tenemos?

No me contestes, no hay para qué.

Puedo ser un peón, un caballo, un alfil, un rey. Yo no te diré qué rol estás jugando aquí. Pero hay un rol. Siempre lo hay. Porque en los vínculos hay estrategia, como en el tablero, ya te lo dije. Y esa estrategia no es sólo por conveniencia. Puede ser por necesidad, por placer, por carencia, por cariño, por ganas. También hay giros dramáticos en las relaciones. Y silencios. A veces hay finales inesperados. Un jaque mate que nunca viste venir. Cada relación es una historia y esas historias a veces son buenas, llenas de alegría, de lucidez, de momentos inspiradores. Y otras son una verdadera pérdida de tiempo. Las que nos interesan son las primeras.

Mi historia con ella es de las primeras.

Me cuesta observar su devenir. Es que ocurre en el presente. Mis amigos circulan en otro tiempo, en una realidad que sólo puedo levantar en mi memoria o en las ficciones que alberga mi celda, este escenario que es una extensión de mi cabeza donde todo es posible. Pero en mi historia con ella todo se enreda. Su presencia viene del pasado. Hay algunos registros de hace muchos años. Pero sólo apareció con decisión en mi tablero hace muy poco, en las casillas que tienen que ver con el hoy. La verdad, a estas alturas puedo confesártelo, el tema del tiempo me agota. Su ficción me confunde y me aburre, entonces sólo para organizar un poco este relato, intento anclarme a sus leyes. En la actualidad, la veo todos los miércoles a las tres de la tarde. Pero antes, en el pasado, su presencia se administró de a poco.

Nos conocimos en Cuba el año 88.

Una de esas tardes pegajosas de La Habana fui a encontrarme con Rodrigo en una casa. Estábamos en medio de nuestra conversación cuando ella apareció sorpresivamente. Es mi hermana, me dijo Rodrigo. Me impresionó que me la presentara. Tenía que haber mucha confianza entre nosotros para dar a conocer a un familiar, así es que secretamente me sentí honrado con el gesto. Su nombre no lo supe en ese momento. Sólo supe que era su hermana menor y que estudiaba medicina.

Años después nos vimos en la Cárcel de Alta Seguridad de Santiago.

Había caído preso por primera vez, llevaba un tiempo encerrado. Debe haber sido el 95. Fue en una celebración navideña. Se hizo una visita abierta y mucha gente llegó a ver a los presos políticos. Entre medio de las guitarras y la comida, apareció. Andaba con su mamá. Me emocionó conocer a la mamá de Rodrigo. Las dos se parecen a él. Tienen rasgos similares, formas de hablar, de moverse. Estar con ellas fue como volver a estar con Rodrigo. Asomarme a un aspecto de su vida desconocido para mí. Imaginarlo como hijo, como hermano, como parte de una casa, de una vida real.

En un momento de la visita ella me apartó para conversar en privado. No quería hablar frente a su mamá. Tampoco ser escuchada por el resto de los presos. Imaginé lo que iba a decir y no me equivoqué.

Quiero que me hables de la muerte de mi hermano, me dijo.

Quiero saber lo que pasó en Los Queñes.

Entonces supe que se llamaba Carla.

La tercera vez que nos vimos fue en Brasil, más de quince años después. Había caído preso nuevamente y ella quiso viajar a verme. Ya sabes, yo estaba en una cárcel federal de máxima seguridad, en un régimen de completo aislamiento. No era fácil conseguir un permiso de visita. Tampoco llegar hasta allá. Cuando supe que iría me imaginé por todo lo que iba a tener que pasar para visitarme. Además del viaje, los trámites legales y los gastos, las revisiones de gendarmería eran muy desagradables. No lograba comprender por qué ella hacía ese esfuerzo.

Llegó el día y me trasladaron a la sala de visita. La vi ahí esperándome y no supe qué sentir. Todo era extrañeza. Iba engrillado, seguramente muy flaco y pálido. Estaba lejos de ser el que había sido. No puedo explicarlo bien, pero creo que sentí vergüenza. Cada vez que recibí a las pocas visitas que tuve allá sentía eso. Hace unos años me habían rescatado de la cárcel de Santiago en un helicóptero, habían arriesgado todo para esa fuga, y ahora el idiota otra vez estaba preso. Como un bicho, así me sentía.

Ella quiso abrazarme, pero los gendarmes no la dejaron.

Me tocó las manos. Fue el único contacto físico que tuvimos.

Recuerdo poco de la conversación. Sé que me pidió disculpas por no haber estado más presente durante mi encierro. Yo la escuchaba y no entendía por qué se disculpaba. Ella insistió. Me dijo que hasta hace muy poco había estado ocupada de Rodrigo, de llevar la causa judicial de su asesinato, pero que la corte suprema había fallado en contra. No iba a quedarse tranquila con eso, pero quería concentrarse en los vivos. Por eso intentaría estar más presente conmigo.

Todo fue muy incómodo. Se me enredaron las emociones en medio de esa sala infecta, bajo la mirada de los guardias. Me costaba asimilar el momento. Allá no me podía permitir espacios sensibles porque, si me asomaba siquiera a ellos, quedaba destruido. Era un tema de sobrevivencia. Tampoco quería que los gendarmes me vieran quebrado, entonces no sé cómo lo manejé. Ni siquiera sé si lo hice.

Creo que hablé poco. Muy poco. Estuvimos juntos una media hora.

La siguiente vez que nos encontramos fue aquí en Chile. Fui extraditado desde Brasil, me mandaron de vuelta y llegué otra vez a la Cárcel de Alta Seguridad. Mi régimen sería de completo aislamiento. Al cabo de un tiempo me informaron que comenzaría una terapia que se desarrollaría todos los miércoles a las tres de la tarde en los espacios de enfermería. La encargada de esa terapia, por solicitud personal de ella, sería la doctora Carla Pellegrin.

C

Soy anestesióloga, mi preocupación es el dolor. El alivio del dolor. Tiene mala fama, es cierto, nadie quiere experimentarlo, pero es la mejor alerta que el cuerpo entrega para entender que algo no anda bien. El trabajo de una anestesióloga es acompañar los procedimientos quirúrgicos. Las operaciones se realizan para el beneficio del cuerpo, pero son eventos traumáticos que generan mucho dolor. Además, la mayoría de las veces los pacientes padecen dolor previo a la intervención quirúrgica por el mismo motivo que acuden a operarse. Entonces acompaño el pre y el post operatorio para aliviar el sufrimiento que causa la enfermedad y la operación, los dos traumas que el cuerpo ha padecido.

El dolor siempre está relacionado con un trauma.

Cuando mi hermano nos presentó en Cuba me dijo que Ramiro era su mejor hombre. Si no hubiera sido así no nos habría presentado. Además, esa vez yo andaba con mi hijo chico. Los riesgos de esa presentación incluían a su sobrino. Siempre he pensado que en ese gesto mi hermano nos quiso emparentar de alguna forma. Generar un lazo que se mantuviera en el tiempo, más allá de él.

Ha pasado mucho desde entonces. Ya no vivo en Cuba. Ya no soy esa joven que estudiaba medicina. Mi hijo ha crecido, es un hombre. Hoy tiene treinta y ocho años. Y mi trabajo como médico se fue especializando en el tema del dolor. En atender el dolor.

Cuando volvió a Chile quise verlo justamente para eso. Para atender su dolor.

Y también el mío.

M

Lo primero que hicimos fue hablar de Rodrigo. Nos saludamos en esa sala de enfermería, nos miramos el uno a otro intentando reconocernos. Ella vestía su traje de doctora, un pantalón delgado y una especie de camisa color verde. Me impresionó verla así. Yo, por mi parte, ya no estaba engrillado. Tampoco llevaba uniforme de preso. Supongo que andaba de buzo, aquí siempre ando así, ya me has visto. Esta vez sí nos abrazamos. Fue un abrazo torpe de mi parte. Había perdido la costumbre y hasta hoy me ha costado recuperarla. Me dijo que estaba ahí, conmigo, por mandato de su hermano. Por supuesto que la miré extrañado. Ella sonrió y para explicarlo mejor me contó una historia.

Hace algún tiempo, una mañana de verano, salió a andar en bicicleta a la cordillera. Era un día soleado y el cielo azul cubría su paseo. De pronto, en ese mismo cielo, apareció una nube. Era una nube muy blanca. Tan blanca y solitaria que era imposible que no llamara su atención. Ella se detuvo a mirarla un momento. La observó sorprendida y, en medio de su contemplación, la nube le habló.

N

¿La nube?

M

Algunas historias son así, locas y antojadizas. Y así nos gustan. Hacemos un pacto de fe con ellas, lo mismo que con la gente que queremos. Por lo tanto, nunca la cuestioné. Lo importante no era su credibilidad, sino su sentido.

Te decía que la nube le habló. Y era la voz de Rodrigo.

La nube le dijo que no debía sufrir porque él ya no lo hacía. En el momento previo a su muerte había sentido dolor, como ella supuso. Mucho dolor. Pero ya no era así. Su dolor había sido aliviado. Ya no existía. Ella debía dejar de preocuparse por eso y ocuparse de otros.

Al parecer fue en ese momento que recibió el mandato. Ella me dijo que Rodrigo le había dado una tarea política. Y que esa tarea consistía en romper mi aislamiento. Estimular mis sentidos atrofiados por veinte años de encierro, para empezar a recuperar mi cerebro en hibernación. Me gustó esa idea de un cerebro hibernando como un oso. Dijo que iba a devolverme los olores, los sabores, las imágenes, los sonidos y la capacidad de disfrutarlos. Si me habían restado del mundo ella intentaría devolvérmelo, en lo posible. Atendería también los achaques de mi rodilla y de mi espalda. Revisaría mi miopía, mi problema al páncreas. Me nutriría con las vitaminas que me faltaban, que eran casi todas. Me ayudaría a reconectar mi sistema nervioso. A reencontrarme con mis emociones.

Todo eso le dijo Rodrigo que hiciera por mí. Y ella se lo tomó muy en serio.

C

No es fácil despertar a un oso. Encerrado en su cueva durante largos períodos, lo que hace es mucho más que dormir profundamente. Baja las pulsaciones de su corazón, de su respiración, la digestión prácticamente se detiene, su piel se enfría al máximo. Pareciera que estuviese muerto. En algunos casos se le puede manipular, incluso con brusquedad, sin que se despierte. Sacarlo de ese letargo es todo un desafío porque no puede ser con rudeza. Todo lo contrario, para volver a seducirlo con la realidad, para sacarlo de la cueva, hay que ir de a poco.

Conseguí un permiso para entrar pequeñas porciones de alimentos y especies que pudieran ayudar. Un chicle de fruta, una cucharada de harina tostada. Una porción pequeña de mote con huesillo, de mango, de pastel de choclo, de chupe de jaiba. Una ramita de lavanda, otra de albahaca, otra de ruda. En cada sesión ordenaba mis frasquitos y mis bolsitas sobre la mesa metálica de esa sala de enfermería y Ramiro aceptaba el juego e iba degustando u oliendo. Cerraba los ojos y lo que se abría en su cerebro era un mundo. Todo lo que le llevaba era parte de su vida hace más de veinte años. Cada sabor olvidado, cada aroma, cada textura nos remitía a algo concreto ubicado en algún rincón de su hipotálamo, justo en ese sector donde todo hibernaba.

Su padre tomaba ruda, me dijo. Sufría de dolores estomacales y para aliviarlos se hacía agüitas calientes. Había una mata en el patio de esa casa que un día tuvo. Estaba cerca de la puerta, recordó. Su madre decía que era para ahuyentar la mala suerte. Su papá cortaba un par de ramitas, las lavaba en la cocina y luego las ponía en una taza para agregarle el agua hirviendo. Ahí salía ese olor, me dijo. La cocina se llenaba de él y las manos le quedaban pasadas a ruda si tocaba la mata.

N

Le llevaste arena y conchitas a la cárcel.

C

Un día me pidió el mar. Le llevé arena, un frasquito con agua, conchitas y un huiro de la playa. Como siempre, dispuse todo sobre la mesa. Él sonrió al ver el botín y comenzó a tocarlo con cuidado, muy delicadamente. Llevábamos algunas sesiones en eso, se manejaba mucho mejor. Se daba los tiempos, se entregaba al juego y lo disfrutaba. Recuerdo que mezcló el agua con la arena. Puso la conchita entre sus manos, la olió a ojos cerrados. Hizo lo mismo con el huiro. Era como si las cosas empezaran a hablarle a un volumen bajo, suavecito. Parecía estar buscando algo en ellas. Quizá a un viejo amigo al que no veía hace más de veinte años. Con cada elemento se acercó un poco, pero no lo logró. El recuerdo estaba en él, imposible borrarlo. Me habló del mar de Valparaíso, azul, revuelto y muy frío. Me habló del mar de Cuba, templado y turquesa. Me habló del mar de Brasil, pegajoso, caliente y lleno de cardúmenes. Pero nada de lo que le llevé pudo traerle, de verdad, alguno de esos mares de vuelta.

Hay ausencias que son imposibles de recuperar.

M

Siguiendo su juego, en uno de nuestros encuentros le pregunté a la Carla si había algún olor que le recordara a Rodrigo. Quizá un aroma secreto que al sentirlo se lo trajera de vuelta, aunque fuera en parte. Ella lo pensó un momento y sonrió.

El olor a limpio, me dijo.

C

Yo tenía unos trece o catorce años, mi hermano un poco más. Estábamos en nuestra casa cubana, en la mesa del comedor revisando el Larousse que teníamos, que era nuestra joyita. Lo habían traído de Alemania, era de esos con tapa roja y blanco, todo el mundo tenía uno. A mí me gustaba mirar las fotos, buscar los significados de las palabras que no conocía, aprender conceptos nuevos, nunca escuchados.

Necesito que busques en la letra N la palabra Normal, me dijo mi hermano.

Yo me lancé a buscarla. Era una petición de él, mi hermano mayor, tenía que hacerlo bien, aunque no entendiera para qué la necesitaba porque me parecía una palabra muy conocida.

Dicho de una cosa que por su naturaleza es común a la mayoría, leí en la definición.

Que te quede claro, me dijo, que eso es justamente lo que no somos ni seremos nunca.

Yo lo escuché y me quedé muda. Me sorprendió lo que dijo. Nunca había pensado en eso. Vivíamos exiliados en Cuba. Lo habíamos hecho en Alemania. Éramos chilenos sin Chile, en adaptación constante, siempre desenfocados en cada realidad, intentando calzar en ella, observándola más de la cuenta, buscando el mecanismo para no quedar afuera. Pero nunca había pensado en si eso era normal. Supongo que por la cara que puse él se echó a reír. Se rio tanto de mí que me tentó. Me reí. Me reí mucho y terminamos muertos de la risa por nuestra anormalidad.

En ese momento no lo supe, pero cada vez que lo recuerdo pienso en cuán cierto resultó ser.

M

¿Hay algún sonido que te recuerde a Rodrigo?, le pregunté. La Carla lo pensó un momento y sonrió. Cualquiera de las salsas de Los Van Van, me dijo.

C

Teníamos que aprender a bailar. No podíamos vivir en Cuba y no saber bailar salsa. En las fiestas era una obligación y nosotros éramos tan tímidos que no nos atrevíamos ni a intentarlo. Para romper con eso fui a comprar un tocadiscos y una serie de vinilos que nos ayudaran a entrar en el sabor del baile. Todas las tardes nos juntábamos los dos a solas, poníamos a Los Van Van y partíamos.

Primero oíamos muy bien la música, dejábamos que entrara en nosotros. Marcábamos los tiempos. Un, dos, tres, cuatro; un, dos, tres, cuatro. Luego elegíamos un paso y lo repetíamos al ritmo hasta que nos resultaba. Un, dos, tres, cuatro; un, dos, tres, cuatro. Luego sumábamos otro. Un, dos, tres, cuatro. Luego otro más. Y otro más. Armábamos secuencias con los pasos que ya manejábamos y, cuando nos sentíamos cómodos con ellas, cuando creíamos haber capturado el mecanismo, agregábamos otro más. Un, dos, tres, cuatro. Repetíamos todo, insistíamos con nuestras series, nos íbamos relajando y de a poco comenzamos a disfrutarlo y a ponerle sabor y color. Sin darnos cuenta, un día estábamos bailando salsa. Y lo hacíamos muy bien. Ahí, en el living de nuestra casa, a solas, los dos fuimos los mejores bailarines del mundo.

Cuando nos sentimos preparados fuimos a una fiesta. Los Van Van comenzaron a sonar por los parlantes y todo el mundo se lanzó a la pista. ¿Has visto a un cubano bailar salsa? Yo creo que aprenden antes de hablar. Antes de caminar, incluso. Y ahí estábamos nosotros, sureños, chilenitos quitados de bulla, arrinconados, mirando el espectáculo del baile y animándonos para tratar de estar a la altura.

Un, dos, tres, cuatro; un, dos, tres, cuatro. Comenzamos a movernos tímidamente entre nosotros, tratando de resucitar nuestras tardes desatadas de salsa en el living de la casa donde éramos mejores que nadie en el un, dos, tres, cuatro. Nos miramos a los ojos, dándonos ánimo, envalentonándonos para lograr nuestra mejor performance. Un, dos, tres, cuatro. Insistimos un largo rato, durante unos cinco o seis temas. Un, dos, tres, cuatro. De verdad que lo intentamos. Un, dos, tres, cuatro. Pero todas nuestras horas de ensayo y metódica preparación no pudieron con nuestra timidez. Bailamos, es cierto. Pero todo lo hacíamos chiquitito, para que nadie se diera cuenta. Un, dos, tres, cuatro suavecito, apocadito, modesto. Nuestro increíble talento de salseros quedó como un secreto entre nosotros. Nadie pudo disfrutarlo y a veces yo misma me pregunto si era real.

Esas tardes de salsa escuchando a Los Van Van en el living de la casa son un tesoro que guardo. Abrazada a mi hermano, moviéndonos al mismo ritmo, jugando a ser lo que no éramos: un par de jóvenes normales.

Si tuviera que traducir esas tardes a un olor, elegiría el olor de su perfume.

O el olor de una ducha recién dada. Olor a champú, a jabón, a pasta de dientes.

El olor a limpio de mi hermano.

M

¿Hay algún color que te recuerde a Rodrigo?, le pregunté y ella sonrío.

C

El azul profundo, le contesté.

M

¿El azul profundo del mar?

C

El azul profundo de sus ojos.

M

¿Cuántos recuerdos habrá que levantar para tener una versión objetiva? Cada vez que confronto memorias me lo pregunto. ¿Habrá versiones objetivas cuando hablamos de recuerdos? ¿Las habrá cuando hablamos de un crimen? ¿Se parece en algo un crimen a un recuerdo?

C

El dolor dialoga con el vacío. Con la falta de certezas. Con el no saber, con la inquietud y la incertidumbre. Esa conversación se puede transformar en ansiedad o angustia. El pecho se aprieta y falta el aire y el cuerpo duele. Es un dolor que va y viene, que a ratos sube y otros baja, que a veces se aloja en un lugar y luego en otro. Pero que, en resumen, siempre está de alguna forma, no es fácil de apaciguar.

Ramiro tenía información de las investigaciones que ellos mismos habían hecho después de la muerte de mi hermano, a fines de los ochenta. Pero todo lo que encontré posteriormente él lo desconocía. Los cinco kilos de hojas desordenadas del proceso judicial que clasifiqué y leí con obsesión durante meses. Las declaraciones de los pacos, de la gente del pueblo. Mis conversaciones con los sobrevivientes. Mis estudios de la cartografía de la zona. El registro de mis continuos paseos al poblado de Los Queñes. Durante todos esos años en los que busqué información, él había estado aislado del mundo en una celda de Brasil. No tenía idea de nada. Había leído un par de entrevistas mías, algunas notas sobre el tema, pero desconocía gran parte de lo recopilado.

M

Trajo un mapa de la zona de Los Queñes, lo puso sobre la mesa y comenzó a explicarme.

C

Quizá el dolor no llega solo a nuestra vida. Quizá entra por la misma puerta que nosotros le abrimos. Como si estuviéramos tan unidos a nuestro destino que lo escribiéramos y en ese ejercicio nos creáramos mutuamente. Con esto no quiero decir que mi hermano supiera lo que iba a pasar. Sólo creo que no hay nadie que pueda evitar el destino que ha construido su propia naturaleza. Cada uno lo hace a su manera, porque nada de lo que nos pasa es casual. Siempre hay una trama y ella tiene que ver con nuestras propias elecciones.

Él no debió estar donde estuvo.

Él no debió hacerse cargo del asalto a Los Queñes.

Pero para que me entiendas tengo que ponerte en contexto.

El año 87 fue un año de mierda, lo sabes muy bien. El partido sería parte del plebiscito de Pinochet. Estaban dispuestos a participar confiando en que el viejo haría elecciones limpias. En ese escenario un brazo armado como el Frente no tenía ningún sentido. Lo primero que hicieron fue intentar remover a mi hermano de su cargo y enviarlo lejos como secretario regional. Él trató de dialogar. Aunque parecía inevitable, no quería una ruptura. Quería sostener una conversación, discutir las decisiones que se estaban barajando. Pero se negaron. La clandestinidad del Frente volvía imposible cualquier conversación, le dijeron. Como una estructura más, debían acatar las decisiones del partido.

Pero en el Frente estaban lejos de ser militantes cumpliendo funciones. Y no es que se sintieran mejores que el resto, simplemente pensaban distinto. Creían que en el contexto en el que estábamos, con una dictadura brutal, había que actuar a la altura de esa brutalidad. Pensaban que se necesitaban cambios profundos, no pactos que prolongaran la vida de la dictadura de manera velada. Tampoco plebiscitos que terminaran avalando una democracia mentirosa. Los habían invitado a jugar en el tablero y no comprendían por qué tenían que bajarse ahora. Habían emprendido una partida con un objetivo que era superior a ellos mismos y estaban convencidos de que debían seguir intentándolo. Siempre supieron que no iba a ser fácil. ¿Por qué abandonar ahora?

En el marco de esa ruptura con el partido, casi como una reacción a ella, fue que mi hermano comenzó a pensar lo que más tarde bautizaría como la Guerra Patriótica Nacional. El asalto al pueblo de Los Queñes y su muerte fueron parte de esa trama.

M

Lo que se planteaba era el enfrentamiento armado a lo largo de todo Chile.

¿Por qué pones esa cara?

Estoy hablando en serio, eso es lo que buscábamos.

Por supuesto, había que prepararlo de a poco. Estoy hablando de años de preparación. Sería nuestro propio tablero. Construido por nosotros y al que invitaríamos a quienes quisieran sumarse a la partida. Éramos el Frente Autónomo, así nos nombramos. Habíamos cortado el cordón umbilical con el partido, aunque eso significara la orfandad absoluta. Nadie nos podría sacar del juego ahora. Nadie nos diría cómo manejarlo.

La Guerra Patriótica era una primera jugada. Un proyecto que se extendería en el tiempo, se armarían bases en las zonas rurales. Abandonaríamos el trabajo en las ciudades para construir una fuerza militar en la zona precordillerana. Ahí nos instalaríamos y, con el tiempo, armaríamos con la gente de cada región una comunidad política y militar que tuviera la fuerza necesaria para enfrentar a los milicos.

N

¿Como en Cuba?

M

Son contextos muy distintos, pero sí.

N

¿Como en Nicaragua?

M

Rodrigo había participado de la guerrilla nicaragüense, encarnaba esa experiencia. Estaba convencido de que aquí podría replicarse si se trabajaba con tiempo. Además, todo sería más fácil de argumentar una vez que se hiciera evidente el fraude electoral en el plebiscito del viejo. A Rodrigo le parecía imposible que hubiera elecciones limpias. Creer que Pinochet perdiera en su propia consulta le resultaba ingenuo y hasta risible. El fraude sería la evidencia de que no existía otro camino más que el de las armas. Por eso el cinco de octubre teníamos gente acuartelada, esperando la señal para salir a la calle después de que se supieran los resultados intervenidos por Pinochet. Cuando se anunciara que la ciudadanía había votado eligiendo la continuidad del viejo en el poder, sería nuestro llamado. Esa noche comenzaría la Guerra Patriótica Nacional.

El único que puso en duda el fraude fue Fidel Castro. Rodrigo conversaba a menudo con él en Cuba. Sobre todo ahora que éramos autónomos. Cuando le planteó el proyecto, Fidel le hizo la pregunta: ¿Han considerado qué pasará si Pinochet pierde las elecciones?

C

No lo habían considerado. Pensaban que un dictador no hacía plebiscitos para perderlos.

M

Pinochet perdió y eso fue una cachetada. No hubo fraude, es cierto, pero ahora se trataba de los fundamentos de la democracia que se pensaba establecer. No creíamos en una salida negociada porque ella implicaría aceptar todas las condiciones impuestas por los milicos. No podíamos tomar ese camino, había que persistir. Estábamos convencidos de que la ruta ya estaba trazada y no había que abandonarla por los resultados del plebiscito. La continuidad de la dictadura era evidente. El estreno de la Guerra Patriótica sólo se postergó.

C

Vuelvo al dolor. A la entrada que hace por la misma puerta que le hemos abierto. A la imposibilidad de evitar el destino que ha construido nuestra propia naturaleza.

Para presentar la Guerra Patriótica asaltarían cuatro pequeños poblados rurales en distintas regiones. Serían acciones de propaganda armada, así lo llamaban. Entiendo que no querían comenzar una guerra, sino anunciar esta nueva opción que ofrecían. El asalto principal sería en el pueblo de Los Queñes y estaría a cargo de mi hermano. La decisión de eso fue exclusivamente de él.

Desde que lo pusieron a la jefatura del Frente nunca, por razones de seguridad, había participado en terreno. Planificaba, organizaba, evaluaba, se mantenía al tanto de todo, pero en el momento de la acción se guardaba. Era la forma que ocupaban para hacer las cosas. Como tenía el cargo máximo en la dirección, no se podía poner en peligro, hacerlo era arriesgar a toda la organización a una pérdida irreparable. Sin embargo, por alguna razón que nadie se explica, en esta oportunidad contravino toda lógica.

Conociéndolo, creo que siempre estuvo en su naturaleza trabajar codo a codo con sus subalternos. No se sentía superior a nadie. Su autoridad la ejercía de otra forma, no a los gritos ni a las órdenes, tampoco con ultimátum o castigos, como se ocupa en cualquier organización militar. Mi hermano hablaba bajito. Era una persona cauta, afectuosa, reflexiva, un líder muy extraño para esa época. Y no lo digo yo, lo dicen sus compañeros. Pregúntale a Ramiro. Aunque fuera el jefe del Frente, él seguía siendo el joven tímido con el que bailaba salsa a escondidas en el living de mi casa.

Por eso digo que el dolor no llega solo a nuestra vida. La fatalidad tampoco. Construimos lo que nos ocurre. Lo invocamos. Para mi hermano era importante ser parte de lo que se estaba preparando. Trabajar como uno más sin distinción de su cargo. Contribuir con su propio ejemplo a lo que, estaba seguro, sería el comienzo de una gran transformación. Estar presente en Los Queñes era mucho más natural para él que quedarse fuera.

Sólo dejó fluir su naturaleza.

Y con ella, su final.

M

Te dije que puso un mapa sobre la mesa para contarme lo que sabía. Era un mapa grande, con las marcas del doblez gastadas, se notaba que lo había consultado muchas veces. Estaba lleno de manchas de café o bebida. También flechas y anotaciones difíciles de entender. Era un mapa de la zona cercana a Los Queñes, un pueblito que queda al sur, entre San Fernando y Curicó, hacia la cordillera. Podía verse con detalle el surco de los ríos, el trazo de los senderos; leer el nombre de las quebradas, los poblados y los montes. Sierra Bella Vista, río Teno, río Tinguiririca; el poblado de Las Peñas, el de La Rufina. Con un lápiz rojo ella había trazado una línea gruesa que unía todos estos puntos que te nombré. Parecía una verdadera constelación cuyas estrellas estaban a ras de piso, instaladas en la tierra, en la cartografía de ese mapa manoseado. Cada una de esas estrellas era una estación.

Este es el último camino que mi hermano y la Flaca recorrieron, me dijo.

La palabra último siempre me ha caído mal. A menos que hablemos de dolor o tristeza, todo lo que viene detrás de ella es puro vacío. La última vez que los vi. La última vez que conversamos. La última que nos fumamos un cigarrillo juntos, que nos tomamos un café. La última vez que nos reímos. La última que nos abrazamos. Que nos despedimos. Si todos esos momentos no tuvieran esa palabra de mierda antecediéndolos, se disfrutarían mejor.

El último camino que recorrieron.

La constelación de Rodrigo y la Flaca.

Eran catorce en total los que caminaron parte de esa ruta. La Carla la hizo como uno más de ellos, pero en otro tiempo y a otro ritmo. La exploró varias veces. Caminó a solas y acompañada. Observó el paisaje con detención. Intentaba encontrar algo nuevo, ver donde no se había visto, oír a quien no se había consultado, imaginar lo inimaginable. Contempló con detalle todo lo que se le puso por delante. Ñipas, peumos, arrayanes, cientos de espinos. Se dejó acompañar por los tábanos que revolotearon a su paso. Discutió con ellos, les reclamó, intentó espantarlos, pero terminó asumiendo su zumbido como la banda sonora de cada uno de sus viajes.

Caminó y caminó. Tragó polvo y sudor.

Avanzó por la ruta buscando y buscándose.

O quizá, simplemente, intentando habitar el último paisaje que hospedó a Rodrigo.

C

La naturaleza lo comprende todo. Ha sido testigo de hechos indescifrables. Comprende el error, la estupidez, la maldad. También la ingenuidad, el entusiasmo, la pasión, el absurdo y la muerte. Sobre todo la muerte. Aparentemente no se espanta ni se angustia. Como un enorme depósito en el que han ido quedando los rastros de tantas generaciones, acepta todo lo que va a dar a ella y guarda, en un idioma difícil de traducir, el secreto de lo que pasó.

Y lo que pasó, lo que realmente pasó, no lo sabré nunca.

Sólo puedo contar lo que me ocurrió pisando las huellas que dejó mi hermano. Lo que pude recolectar en los recovecos del camino, lo que el paisaje me sopló al oído. Mis propios recorridos son parte del relato que el paisaje puede hacer si se le consulta. Seguramente él podría narrar todo esto mucho mejor que yo, que sí me espanto y me angustio. Pero la naturaleza comprende incluso eso, mi imposibilidad de ser un testigo objetivo. Y acogió siempre mis preguntas con calma y silencio, como intentando templar mi dolor. Porque no olvides que de eso se ha tratado siempre, del dolor.

M

La primera estación marcada en el mapa de la Carla es un lugar llamado La Gruta. Se encuentra unos pocos kilómetros antes de entrar a Los Queñes. Ella dice que es una roca grande donde alguien instaló una virgencita caminera. Así le llaman a las que cuidan los senderos, las que hacen de vigía. Hasta ella fueron llegando de a uno los catorce caminantes esa tarde de octubre. Si la virgen pudiera relatar lo que vio, sabríamos cómo eran los ánimos de ese momento.

La segunda estación marcada en el mapa es el lugar donde montaron el campamento base. En el rincón de una quebrada del cerro El Peral, a unos tres kilómetros de Los Queñes. Para llegar hasta ahí hay que subir un sendero empinado que llega a la cima del cerro y luego desciende hasta la quebrada. La línea roja trazada en el mapa es muy clara en esta parte del recorrido. Con esa misma claridad con la que dibujó la línea, la Carla siguió la ruta ascendiendo por el cerro. Al llegar arriba se detuvo un momento a descansar y descubrió que desde ahí podía verse el pueblo. A unos pocos pasos del campamento en el que se instalaron esa tarde, ese debió ser un buen mirador para observar el movimiento de Los Queñes. Así se lo habían mencionado. Y así lo anotó en el mapa con letras de tinta azul. Mirador, escribió.

Desde ahí vio lo mismo que Rodrigo, la Flaca y el resto en el pasado. O por lo menos algo muy parecido. Los autos circulando por el camino, algunos camiones cruzando el pueblo y siguiendo hacia la cordillera, la gente dando vueltas por las calles, entrando y saliendo de sus casas, de los pocos locales comerciales. Algunos pobladores tomando el fresco primaveral.

¿Cuántas de esas personas habrán estado aquel octubre?

¿Alguna tendrá algún dato que aportar?

Los Queñes es un pueblo pequeño, seguramente en cada casa escucharon lo que pasó y tienen una anécdota sobre esa noche y los días que siguieron. La vida allí es tranquila, un evento como el que ocurrió interviene a todos de una u otra forma.

Desde ese mirador, años después, la Carla dice que sólo sintió calma. El ruido del viento, el murmullo lejano del quehacer de Los Queñes. Esa primera tarde primaveral que ella andaba convocando estuvo todo muy tranquilo también y desde ahí, desde ese punto, Rodrigo, la Flaca y el resto pudieron a su vez comprobarlo.

En el lugar de la quebrada, junto al río, donde montaron el campamento base, se organizaron en grupos. Ahí prepararon los fusiles y Rodrigo explicó lo que harían una vez que llegara la noche. Eso me lo puedo imaginar mejor que la Carla aunque no haya estado nunca en esa zona.

¿Cuántas veces lo escuché dar instrucciones?

¿Cuántas discutir sobre lo que haríamos?

En un mapa improvisado en la tierra, marcó con palos, piedras y cordeles el escenario en el que actuarían. Explicó que trabajarían en cuatro grupos. Uno se tomaría el retén de pacos para extraer armas. Otro asaltaría la hostal y neutralizaría el teléfono y la radio. Otro la posta de Primeros

Auxilios para dar por la señal de radio una proclama. El cuarto grupo pondría explosivos en el puente de acceso a Los Queñes para evitar que llegaran refuerzos policiales.

Cuando ya fue de noche, antes de partir al pueblo, Rodrigo habló de la historia. Siempre su mirada estaba puesta ahí, en el lugar que teníamos en esa trama. Los imagino a oscuras, reunidos en círculo, nerviosos, pero listos para emprender la caminata. Algunos son tan jóvenes. Rodrigo frente a ellos, conversándoles tranquilo, pausado, como acostumbraba a hacerlo. Rodrigo diciendo que estaba orgulloso porque, aunque nuestra historia era corta, ya tenía momentos importantes que podíamos atesorar. El primero era la fundación del Frente, hace cinco años. El segundo, el atentado a Pinochet. Y el tercero, el que estaban viviendo, el comienzo de la Guerra Patriótica Nacional.

Imagino a Rodrigo explicando que se venía una nueva etapa, un momento decisivo en el que destrabaríamos la historia. La sacaríamos de ese bucle eterno de repeticiones imposibles de revertir y la haríamos, por fin, avanzar, porque la historia no se detiene. Y como bien se sabe, para desentramparla hay que hacerlo a saltos. Con interrupciones y revueltas. Una buena historia nunca se controla, no es predecible.

Así imagino que dijo Rodrigo.

C

Bajé al pueblo acalorada, llena de bloqueador solar y con mi botella de agua a cuestas. Ellos en cambio lo hicieron en la oscuridad, organizados en columnas, manteniendo distancia y cargando sus fusiles. No sé qué tan pesado es un fusil, pero si yo hubiera llevado más carga que mi botella de agua habría parado aún más veces. Seguro que ellos no se detuvieron. Caminaron a paso acelerado, se tomaron unos veinte minutos en llegar a la tercera estación que tengo marcada en el mapa. Camino Los Creces, justo antes de entrar al pueblo. Ahí se separaron y cada grupo fue a hacer lo que le tocaba.

Mi hermano se mantuvo a la espera en ese punto.

No entró a Los Queñes.

Desde ahí tenía una visión parcial y podía vigilar en parte lo que se venía.

A las 23:30, en tres sitios distintos marcados en mi mapa, ocurren los tres asaltos al mismo tiempo. La posta, la hostal y el retén. Lo imagino atento, escuchando los gritos que comienzan a levantarse a lo lejos. Gritos desperdigados, difíciles de comprender al inicio. Luego los disparos, alguno suelto, también una ráfaga. La voz de la Flaca lanzando consignas por el megáfono, gritando por el inicio de la Guerra Patriótica, por el fin de la dictadura y por el Frente Autónomo Manuel Rodríguez. Y una señora abriendo la ventana de su casa y pidiendo que por favor se queden callados, que es tarde y que ahí no vive ningún Rodríguez.

Eso en realidad no lo imagino, me lo contaron y me dio mucha risa.

En dos de los tres puntos, los hechos se desarrollaron de manera más o menos controlada. Sólo en el retén hubo problemas. Un carabinero opuso resistencia y cayó muerto a balazos, además de terminar todo en llamas. Imagino a mi hermano viendo el fuego del retén elevarse por sobre los techos del pueblo, mientras el himno del Frente se escuchaba desde un parlante. Y más gritos y consignas y disparos al aire.

Por lo menos en Los Queñes, la Guerra Patriótica había quedado presentada.

N

Recuerdo la prensa de ese tiempo. En todas partes apareció el asalto. Mostraban el frontis del retén quemado y a la familia del paco muerto dando declaraciones. Sus padres, su mujer que, creo, estaba embarazada. Pedían justicia.

C

Cerca de la medianoche todos se habrán reunido nuevamente. Emprenderán la retirada en dos grupos. El primero caminará hacia el sur por la ribera del río Teno. Ese recorrido no lo marqué en mi mapa. El segundo, donde van mi hermano y la Flaca, se dirigirá al norte. Este grupo tiene dos estaciones de destino a unos cuarenta kilómetros de Los Queñes. Una es una casa en el poblado de Las Peñas. Y la otra es un conjunto de cabañas en el poblado de La Rufina. Mi hermano y la Flaca irán a La Rufina. Ese recorrido, que duró días, sí es parte del trazado de mi línea roja.

La luna estaba llena cuando empezó la caminata. Me cuesta imaginar la belleza de un paisaje nocturno como debió ser ese. Cada uno de los rincones que he visto bajo el foco encandilador del sol, todos iluminados por ese tenue filtro lunático. La claridad del paisaje debió ser impresionante. Pese a la urgencia, estoy segura de que mi hermano se percató de esa belleza y alguna parte de su corazón se vio reconfortada. Imposible que no haya sido así. Su mirada siempre se enfocó en esa búsqueda. La naturaleza tenía todas las claves, decía que sólo había que observarla e imitarla. La perfección de ese mecanismo lo inspiraba. Y no lo digo como un rasgo especial, probablemente la mirada de toda la gente está puesta en eso. Observamos el mundo e intentamos desentrañar su forma. De alguna manera extraña sabemos que en esa forma, aunque no la comprendamos, está la belleza. Una estructura que nos sobrepasa en todo sentido, pero que sabemos que nos pertenece de alguna manera. Nos enfrentamos al lugar común de una puesta de sol o de una noche estrellada y las preguntas caen siempre en nosotros, una tras otra. ¿Qué es esto? ¿Por qué existe? ¿Para qué? ¿Cómo funciona? ¿Cuál es mi lugar en este paisaje? ¿Qué pieza soy en este juego? Cada quien, a su manera, bajo sus propios intereses, se dedica a eso. A la comprensión de ese mecanismo que nos contiene. Al intento de imitarlo a nuestra pequeña escala.

Mi hermano también lo hacía.

Probablemente esa noche y ese asalto, y el proyecto de la Guerra Patriótica y el Frente mismo, tenían que ver con eso, con esa búsqueda y con ese intento, por insólito que parezca.

La caminata entre árboles y arbustos, iluminados por la luz de la luna llena, debe haber sido hermosa, pero también escalofriante. En contraste al paisaje, se escuchaban los ladridos de los perros siguiendo sus pasos y el traqueteo de un helicóptero recorriendo el área. También se oían gritos de furia y amenazas, me dijeron. Muchos gritos de furia, muchas amenazas. Por los informes del expediente sé que muy luego llegó el resto de los pacos de la zona. Había muerto un cabo y debían iniciar cuanto antes la búsqueda de los responsables. Llegó también gente del Ejército, mucha gente, cerca de setenta. Llegó un grupo antiterrorista de doce hombres y un helicóptero Puma. Llegó gente de la Policía de Investigaciones. Todos acudieron a la cacería. Cerca de cien hombres se internaron en la noche siguiendo la huella de mi hermano, la Flaca y el resto que, en silencio, y con el corazón percutiendo en la boca, avanzaban en la oscuridad.

Cuando la luna se retira y la luz del sol comienza a filtrarse entre los cerros, ha llegado el momento de que el grupo detenga la caminata. Es el segundo exacto en que la noche se separa del día, el mismo en que la luz y la oscuridad, por un mínimo lapso, conviven. Aunque la persecución está muy lejos de terminar, estoy segura que la promesa de la luz les debió haber templado en algo el ánimo. Es la hora del claroscuro. La vegetación se ha cubierto de rocío. Se desprende de la tierra ese olor a humedad que lo envuelve todo. Los aromas del camino son más intensos. Es un momento misterioso porque la noche aún está presente, no ha terminado la vigilia, es sólo que la promesa del día ya se asoma, pero únicamente como una promesa hasta que el sol aparezca de verdad por la cordillera. A los animales les gusta ese instante. Enloquecen de algarabía y los pájaros chillan. A veces creo que es su forma de aplaudir la llegada del sol. O quizá de celebrar el ciclo diario del que se saben parte. Los pájaros también observan el mecanismo que nos envuelve. Aunque no sé si intentan comprenderlo o sencillamente disfrutan de su belleza.

La siguiente estación marcada en mi mapa es el lugar en el que armaron campamento ese amanecer. Está en el sector del Manzano, al norte, a más de doce kilómetros en línea recta desde Los Queñes. La vegetación ahí es muy tupida, no los pueden ver desde el aire, por eso lo eligen, para protegerse. Escondidos entre arbustos y árboles descansan y comen lo poco que tienen, para seguir con la caminata en la noche. Esa rutina se mantendrá durante dos jornadas hasta que, al amanecer del tercer día, establecen campamento por última vez todos juntos en las cercanías de la Sierra Bella Vista.

Han caminado mucho, están agotados y nerviosos. Tanto perro, tanto paco, tanto helicóptero y tanto cansancio. Tanta hambre y tanto frío. Tanta humedad. Tanta herida en los pies, en las manos. Tanta sed. Tanto peso. Cargan las armas que llevaban y las que han conseguido. Cargan la radio que han tomado. El cansancio te pone loco y nervioso. La fatiga te hace ser otro. Discuten, lo sé. Cómo no hacerlo en esas condiciones. En esos años jamás pensaron en las consecuencias que esas acciones dejaban en la psiquis. Vivían en constante alerta y además se exponían a situaciones aún más extremas, como esa caminata, esa huida de días y noches por un escenario desconocido y altamente peligroso. Y esperaban estar a la altura de eso como si fueran superhombres.

Un grupo partió a Las Peñas y fue detenido en el momento en que quiso regresar a la ciudad. Sólo el que estaba a cargo se salvó de la detención y la tortura. Fueron cinco los compañeros que cayeron. Cinco.

Paralelamente, el equipo de mi hermano y la Flaca caminó hasta La Rufina y se dividió en dos. Tres armaron campamento en las cercanías del río Tinguiririca. Mi hermano y la Flaca, por su parte, se quedaron en unas cabañas que les habían facilitado para esconderse.

Esas cabañas son la última estación de la línea roja de mi mapa.

Ese tramo lo he recorrido tantas veces que, más que una línea roja, lo que deben haber dejado mis pasos es una profunda cicatriz en la tierra.

M

¿Qué destino habríamos tenido si Rodrigo no hubiera muerto?

Esa pregunta me la hago todos los días.

En las tramas imposibles que siempre levanto en el encierro, he imaginado ese futuro que no tuvimos. En esos guiones, en los que el asalto a Los Queñes sigue siendo el desastre que fue, él habría sobrevivido para hacer la evaluación. Probablemente toda esa experiencia sería fundamental a la hora de sus reflexiones. Había decidido estar ahí, demostrar con su ejemplo cuánto creía en ese proyecto, y ahora, obviando su muerte, porque en esa realidad paralela no habría ocurrido, había cinco compañeros detenidos y torturados. Cinco.

Él era muy sensible a eso. Estoy seguro de que se habría sentido responsable. Habría sopesado esa detención y tortura, y también la muerte del paco. Habría reflexionado sobre lo que eso significaba en el nuevo escenario, aparentemente democrático, en el que estábamos. Habría reconocido que con esa acción en Los Queñes no conseguimos absolutamente nada.

Me gusta imaginar que en esa trama él y yo tenemos un punto en algún lugar de la ciudad. Probablemente en el Burguer Inn de Los Leones con Providencia. Ahí está sentado, con su pinta de oficinista, con su chaqueta y su maletín, comiéndose una hamburguesa y tomando cocacola. Yo me siento en su mesa con mi bandeja y mis papas fritas. Me detengo a mirarlo como nunca lo he hecho porque tengo conciencia de que esta escena me lo permite.

Está más flaco. El paso por Los Queñes lo dejó así.

Tiene la nariz y la frente quemadas por el sol. Exceso de sol.

Tiene los labios partidos.

Me acerco un poco, sólo un poco, y me doy cuenta de que huele a limpio. Nunca me había percatado. Me saluda sonriente y me mira con esos ojos color azul profundo que ahora me detengo a mirar sin vergüenza. Quizá se escucha alguna salsa de Los Van Van desde un parlante del local, algo completamente improbable, como improbable es esta escena. Y ahí, uno frente al otro, comenzamos a conversar entre medio de toda esa gente que no sabe quiénes somos. Que no sabe que en realidad esto no está ocurriendo ni ocurrirá.

Rodrigo me habla de la inercia. Me dice que es una ley de la física, presente en la naturaleza, que puede ejemplificar muy bien lo que él teme que nos ocurra.

Se interrumpe para limpiarse la mayonesa de la boca. Lo hace con una servilleta. Con dos, porque se ha chorreado bastante. Luego continúa.

La inercia, sigue, es la propiedad que tienen los cuerpos de permanecer en su estado de reposo o movimiento. O dicho de otra forma, es la resistencia de la materia a modificar su velocidad y su dirección. Como consecuencia de eso, un cuerpo conserva su movimiento a menos que otra fuerza superior actúe sobre él.

Yo lo escucho e intento encontrar ejemplos concretos para entender a dónde va con esta charla científica. Tomo un sorbo de mi propia cocacola mientras pienso. Está heladita, muy rica.

Una hoja que cae de un árbol, le digo, seguirá por inercia su recorrido hasta el suelo a menos que el viento cambie su camino. Exactamente, me dice Rodrigo. Lo que nosotros requerimos ahora es un poco de viento.

Rodrigo deja la hamburguesa. Vuelve a limpiarse la boca y me habla mirándome a los ojos, como cuando va a explicar algo importante.

Tenemos una historia. No vamos a renegar de ella porque eso sería como renegar de nosotros mismos, me dice. Y esa historia, que es como nuestra sangre, nos moviliza y nos mantiene en el camino. Nos debemos a ella. Somos ella. El tema es cómo hacer para que esa historia no se ahogue. Cómo hacer para que un soplo de aire fresco la movilice y la haga avanzar, porque de lo contrario terminaremos en el suelo, como esa hoja de la que hablas. Caeremos siguiendo la inercia de nuestro propio movimiento. Y ahí quedaremos, a merced de quien nos pise.

Rodrigo toma un trago de su bebida mientras ordena ideas en su cabeza.

El tema hoy es el movimiento y la dirección, no el centro de la historia. No el deseo de la historia. No el motor de la historia, dice. Somos gente que siempre ha creído que el mundo puede ser mejor, más equitativo, más justo. Gente dispuesta a trabajar por eso sin que nos importe el efecto inmediato en nuestras vidas. Sabemos que el beneficio será a largo plazo y no nos importa no disfrutarlo porque lo personal no se antepone a lo colectivo. ¿Es así o no es así?

Yo estoy tragando un par de papas fritas, no alcanzo a responder, así es que sólo afirmo con la cabeza. Él continúa.

Nuestros dirigentes se corrompieron, es cierto. Nuestros dirigentes transformaron todo en un infierno, también es cierto. Puede que esté simplificando las cosas, pero no tenemos la culpa de lo que hicieron. La única culpa es la ingenuidad y la inercia. La única culpa es no reaccionar a tiempo. No rectificar la dirección y el movimiento. Y si nos equivocamos, no quiere decir que no podamos seguir haciendo el intento. Quizá esa sea la única certeza que valga la pena no transar. El resto hay que inventarlo. El sol se esconde todos los días. Y todos los días vuelve a salir entremedio del griterío apasionado de los pájaros porque se inaugura una nueva oportunidad sobre la tierra. ¿Has escuchado a los pájaros en el claroscuro? Ellos lo saben, por eso celebran cada mañana. La clave del mecanismo del universo es que a diario tenemos la posibilidad de intentarlo. Y eso es lo que nos toca. Porque es justo. Porque es correcto. Por pasión y por cariño, tenemos siempre que intentarlo.

Observo con detalle a Rodrigo, que se interrumpe para volver a masticar su hamburguesa. Su nariz se ensucia con mostaza, pero no lo nota. Es curioso, Rodrigo habla como si supiera más de lo que sabe. Como si hubiera vivido la caída del muro, como si adivinara nuestro destino, como si tuviera conciencia de ese futuro que no vivió. Como si comprendiera que en vez de estar aquí, con él, en el Burger Inn, estoy en mi celda, encerrado hace más de veinte años.

Teníamos cierto peso a fines de los ochenta. Nos podríamos haber transformado en una fuerza política, sin atravesarnos en lo que la mayoría había decidido, nos gustara o no nos gustara esa decisión. Nos pareciera legítima o ilegítima esa decisión. Desde ese lugar pudimos haber empujado transformaciones justas. Sólo Rodrigo, por la autoridad moral que tenía, pudo haber planteado esa salida y la habríamos considerado. Quizá hasta la habríamos seguido. Cualquier otro que hubiese sugerido siquiera algo en esa línea, habría sido tildado de traidor.

Sin duda sus palabras en esta escena son las mías. Las que he tenido tiempo, vida y encierro para pensar. Pero en esos años no creía lo mismo. La inercia, es cierto, nos jugó una mala pasada.

C

La naturaleza lo contiene todo. Ha sido testigo de hechos indescifrables y guarda en un idioma difícil de traducir el secreto de lo que pasó. Si prestamos atención, el paisaje nos regala pistas. A veces, esas pistas tienen la forma de experiencias tan incomprensibles que resulta inútil ponerlas en palabras. Situaciones que parecieran volvernos más sabias, pero no porque las comprendamos sino justamente por lo contrario. Contarlas no las vuelve más claras, pero por lo menos ayuda.

Caminando una y diez veces por el surco rojo que marqué en mi mapa, fui a dar a una construcción abandonada cerca de las cabañas donde mi hermano y la Flaca estuvieron escondidos sus últimos días. El antiguo hotel Buenos Aires, así la llaman. Es una casona grande, fantasmal, dispuesta en la altura, en una especie de explanada entre los cerros.

El lugar estaba vacío cuando fui. Sólo podía escucharse el ruido del viento entre sus paredes rotas, quizá el habla de algunos pájaros revoloteando, no recuerdo bien. Entré sin sospechar lo que estaba haciendo. Con la misma curiosidad con la que interrogué al camino entero. Intentando buscar respuestas en ese punto de la ruta a la que estaba sujeta, o quizá atrapada, ya no sé cómo nombrarlo.

Y sin comprender lo que estaba haciendo, sin advertirlo siquiera, crucé un umbral desconocido. Apenas dando un par de pasos, había ingresado a otra dimensión. A una capa de realidad que no se me había manifestado. Como si mi larga caminata por toda esa zona hubiese sido sólo una preparación para que el paisaje se descubriera por fin ante mí, en ese sitio.

Mi cuerpo comenzó a temblar.

Mi pecho se apretó al punto de no saber cómo seguir respirando.

Cada centímetro de mi piel tomó vida propia. Y en esa vida, que yo no manejaba, se entregó a un dolor nunca antes experimentado. Era el más genuino e inevitable dolor. El más inmenso y temido. Un dolor que no lograba comprender de dónde venía, pero que estaba ahí. Irrumpió de golpe en cuanto pisé esos escombros. Traspasó mi piel y habitó mis huesos. Recorrió mi cráneo, mis costillas, mi columna completa. Un escalofrío de dolor que me recorrió entera. Profundizó su conquista y de mi carne entró a mis huesos. Penetró mis músculos y mis órganos. Lo sentí en mi páncreas, en mi colon, en mis pulmones, en mi vejiga. Se apoderó de mis fluidos y contaminó mi sangre. A través de ella circuló por mí y tomó posesión de todas mis células. De mi mirada y mi escucha, de mi curiosidad y mi rabia, de mis ganas de comprenderlo todo, de experimentarlo todo. Me dolí por completo en una sensación de plenitud que no puedo comparar con nada. Me paralizó. Me enmudeció. Quizá hasta morí por unos segundos. Sentí miedo. Horror sería más correcto. Y lo único que pude hacer, en medio de ese sitio abandonado, tan abandonado como estaba yo desde la muerte de mi hermano, fue llorar ese dolor sin conseguir con eso librarme de él.

Lloré y temblé. Lloré y gemí. Lloré y lloré.

Me dolí entera en medio de ese hotel en ruinas en el que estaba segura, lo comprendía en ese momento, el paisaje me lo gritaba en un idioma que hasta entonces desconocía, mi hermano había sido torturado.

Ya te dije, todo se ha tratado siempre del dolor. De su dolor.

Mi hermano y la Flaca fueron detenidos mientras intentaban huir de la cabaña de La Rufina. Seguramente fue en las cercanías, a muy poca distancia. Eran cincuenta y nueve los hombres que andaban en su cacería. No sé cuántos perros. Cuando los apresaron los trasladaron a las ruinas del hotel Buenos Aires donde, suponemos, armaron una especie de centro de operaciones. Ahí, mi hermano y la Flaca fueron interrogados durante una tarde entera. Y ahí, estoy segura, sintieron todo ese dolor que las ruinas siguen hospedando. Toda esa angustia, todo ese horror. Ningún llanto, si es que lo hubo, pudo liberarlos de eso. Ningún grito. Los informes de la autopsia son una prueba de lo que te digo. Los he leído cientos de veces. Los he confrontado con lo que el paisaje me testimonió. Toda esa angustia, todo ese horror. Ningún llanto. Ningún grito pudo. Ninguno. Eran cincuenta y nueve hombres detrás de ellos. No sé cuántos perros. No voy a comentarte lo que dicen los informes de la autopsia. Toda esa angustia, todo ese horror.

En estado agónico fueron llevados al río Tinguiririca.

Una vez muertos, los lanzaron al agua al anochecer.

Asesinaron a mi hermano el mismo día que cumplía treinta años.

M

Me enteré de su muerte un par de días después. Estaba en Brasil, Rodrigo me había mandado allá. Era temprano, en la radio se escuchaba un tema de Tom Jobim, me acuerdo muy bien. Tomé el diario para hojearlo, como hacía siempre, y entonces descubrí una nota muy pequeña sobre el asalto a Los Queñes. Ahí contaban que dos terroristas chilenos habían muerto en el río Tinguiririca mientras intentaban huir de la policía.

El nombre de ella era Cecilia Magni Camino.

El nombre de él, Raúl Alejandro Pellegrin Friedmann.

Yo no conocía el nombre de Rodrigo.

Lo supe así, leyéndolo en esa nota escrita en portugués.

Todo me parecía irreal, como parte de un sueño mal contado. Siempre anduvimos con la muerte pisándonos los talones, la provocábamos incluso, pero ellos, la Flaca y Rodrigo, Cecilia y Raúl, ellos no tenían que morir.

Era así de simple y categórico. Ellos no.

Me he pasado la vida intentando entender lo que ocurrió. Le he dedicado gran parte de mi encierro. Y hay cosas que he pensado que no le he dicho a la Carla. No me atrevo. Es que ya no sé si son parte de mi imaginación, de mi deseo, de una realidad paralela o realmente del pasado. Yo apuesto que lo que he concluido es parte del pasado. La justa consecuencia de quienes eran y de cómo pudieron haber actuado según su propia naturaleza. La Carla habla mucho de eso, de la naturaleza. De nuestra naturaleza. De esa especie de guion interno que nos maneja porque es nuestro cable a tierra, el cordón umbilical al todo, al mecanismo del todo.

Rodrigo se lenteó, eso es lo que creo.

¿No sabes que es lentear?

Pasmarse. Actuar con lentitud, sin asertividad.

Estaba agotado y humillado. La caminata había sido brutal para él. Es posible que más brutal que para el resto. Nicaragua había pasado hace mucho, ya no estaba preparado físicamente para lo que tuvieron que enfrentar. Te lo digo yo, que me dedicaba a preparar a la gente. Sé que quedó atrás en la caminata varias veces. Sé que se lo hicieron ver. Sé que fueron rudos con eso. Sé que debe haberle dolido mucho. Sé que cuando llegó con la Flaca a la Rufina, al final de la ruta, debe haberse derrumbado. Sé que no hay otra explicación para todo el tiempo que se tomó en salir de ahí. Sé que se quedó en esa cabaña escuchando radio. Sé que estaba al tanto del tamaño de la persecución que sufrían. Sé que por la radio supo de la detención de los cinco compañeros. Sé que así tuvo la certeza de que los estaban torturando. Sé que siempre fue ese su mayor miedo para con cada uno de nosotros. La detención y sobre todo la tortura. Sé que supo que era responsable de lo que estaba pasando. Sé que sintió que se había equivocado en demasiadas cosas. En el plebiscito, en la Guerra Patriótica, en Los Queñes. Sé que su naturaleza era reflexiva y sensible. Sé que en esos años jamás pensamos en las consecuencias que nuestras acciones dejaban en nuestro ánimo y en nuestra psiquis. Sé que vivíamos en constante alerta y además nos exponíamos a situaciones aún más extremas como esa caminata, esa huida de días y noches, por un escenario desconocido y altamente peligroso. Sé que esperábamos estar a la altura de todo como si fuéramos superhombres. Sé que no lo éramos. Nunca lo fuimos. Sé que sufríamos de fe, de pasión religiosa aunque fuéramos ateos y materialistas. El entusiasmo a veces es como un droga, creo que la Flaca me lo dijo una vez, nos hace creer cosas que no son, suponer cualidades que no tenemos. Sé que Rodrigo lo entendió en ese momento, mucho antes que yo. Mucho antes que todos. Y sé que esa certeza lo lenteó. Lo pasmó. Cayó a tierra de golpe en un jaque mate inesperado. Sé que dicen que lo traicionaron. Sé que puede ser probable, pero no quiero seguir esa trama, porque de verdad creo que Rodrigo se dejó llevar. Se entregó. Fue su naturaleza. Creo, y esto es lo que no me atrevo a decirle a la Carla, que una parte de él quiso pagar con su vida el error que había cometido.

Por agobio. Por dignidad. Por cansancio. Por pena. Por hacer lo correcto.

Por honestidad y por desaliento, creo que eso fue lo que hizo.

O quizá sólo porque sí.

Pero también sé que puedo estar equivocado.

No puedo explicar lo que sentí en ese momento en Brasil cuando no había pensado nada de esto. No puedo explicar lo que siento ahora cuando sé lo que creo saber. Ese día imaginé todas las escenas probables o improbables que podrían haber terminado con los cuerpos de Rodrigo y la Flaca flotando en el río. Los cuerpos de Raúl y Cecilia. Todas las escenas. Probables e improbables.

Ninguna te la voy a contar.

Eran mis amigos. Mis hermanos. Teníamos una relación. Una historia juntos.

Sólo te puedo decir que nunca me había sentido más solo.

N

¿Ni siquiera en tu celda?

M

Ni siquiera en mi celda.

C

No hay día que lo visite en que no hablemos de mi hermano. Es un acuerdo tácito, nunca verbalizado. En esta relación que tenemos, que se desarrolla todos los miércoles desde las tres de la tarde, yo soy un poco Rodrigo para él. Y él es un poco Raúl para mí. Hemos hecho ese pacto, que a ratos creo que es de a tres.

Es cierto lo que Ramiro dice. Cada relación es una historia con sus propias leyes y estrategias. Cumplimos roles en ellas. Nos disfrazamos. Nos dejamos llevar por el juego. O como diría él, por el movimiento en el tablero. En esta historia que nos tocó juntos, la partida se repite. Y es que siempre se trata de lo mismo. Del dolor. De apaciguar el dolor. El suyo. Y el mío.

N

Dices que Rodrigo te dijo: Lo que nosotros requerimos ahora es un poco de viento.

Séptimo encuentro

1° DE ABRIL

N

La historia no le pertenece a nadie, tú mismo me lo dijiste. Se desborda tan seguido que en ese desmadre nos alcanza a todos y los títulos de propiedad sobre ella naufragan y se destiñen. Nadie está libre de su influjo. No importa que le cerremos la puerta y las ventanas, ella entra por las tejas sueltas, por las grietas de la pared, por el hoyo de la cerradura y se cuela en el aire que respiramos, en el agua con la que apagamos la sed, en los hilos de silencio que tejen nuestro sueño. Porque la historia también se escurre ahí, en el deambular errático de nuestros sueños.

¿Te acuerdas del 1° de abril de 1991?

Esa fecha rebota entre las paredes de tu encierro. Tu condena nos remite a ese día así es que, en el engendro de voces que he creado para este escrito, en el extravío de puntos de vista y discursos y reflexiones recolectadas y revueltas, quizá sea oportuno evidenciar algunos límites.

Si el relato de la historia lo asumieras tú, hablarías del ajusticiamiento realizado esa tarde. Dirías que ustedes buscaban contrarrestar los mediocres intentos emprendidos por una democracia que ya había anunciado justicia en la medida de lo posible. El mismo presidente electo lo dijo así en cadena nacional. Sería una justicia tímida, de los acuerdos, que haría pagar sólo a algunos. Y entre esos algunos, lo entendimos rápidamente, nunca estarían los civiles que sostuvieron al régimen. El pacto de reconciliación nacional olía bastante a impunidad.

Si el relato de la historia lo asumiera yo, no sé muy bien qué palabra ocuparía para definir lo que ocurrió esa tarde. Posiblemente: asesinato.

¿Te acuerdas del 1° de abril de 1991?

Yo estaba ahí. Todos los días, de lunes a viernes, ingresaba temprano a los pasillos del Campus Oriente de la Universidad Católica. Tenía diecinueve años y estudiaba teatro. Recuerdo que fue un día como cualquier otro hasta que a eso de las seis y media de la tarde salimos del campus con una compañera. El ambiente estaba encendido en la entrada de la universidad. Algo había pasado. Un tiroteo, un auto en fuga, gente que gritaba y corría, vidrios rotos en el suelo, carabineros llegando al lugar. Todo era confuso y nadie supo aclararnos el incidente. Probablemente todavía nadie terminaba de entender o de creer lo que había pasado. Por ese entonces habíamos desarrollado una inquietante costumbre a los atentados, un umbral de sensibilidad alto a las balaceras. Después de todo, habíamos crecido entre tiroteos y titulares de matanzas. Supongo que por esa razón ni a mi amiga ni a mí nos sacudió el confuso evento. Intento recordar más detalles, pero no lo logro. Íbamos atrasadas a un ensayo en mi propia casa, no teníamos mucho tiempo que perder, allá nos esperaban, entonces preferimos seguir y tomar la micro que nos sacaría de ahí.

Media hora más tarde, al llegar a mi casa, encontré a mi madre y mi abuela frente al televisor viendo la noticia. El senador Jaime Guzmán había sido baleado en el frontis del Campus Oriente donde hacía clases en la escuela de derecho. Al salir en el auto que manejaba su chofer, dos hombres comenzaron a disparar hiriéndolo gravemente en un pulmón y en el hígado. Ahora lo habían trasladado al Hospital Militar y se encontraba en medio de una operación donde intentaban salvarle la vida. Hasta ahí llegaba su familia, sus compañeros de partido político y el mismísimo Augusto Pinochet, comandante en jefe del Ejército y futuro senador de la nueva democracia. Todos desfilaban por la pantalla del televisor mientras mi madre y mi abuela observaban en silencio.

¿Te acuerdas del 1° de abril de 1991?

En mi casa había una relación particular con Jaime Guzmán. Cada vez que aparecía en alguna imagen del televisor mi madre y mi abuela le gritaban insultos. No importaba si estábamos comiendo o si había visitas, los garabatos iban y venían, muchas veces acompañados del paño de cocina que volaba con furia hasta la pantalla desde las manos de mi abuela. Crecí con ese rito. Lo vi ejecutarse semana tras semana. Año tras año. Cuando niña pensaba que mi abuela y mi madre conocían a Guzmán personalmente. Creía que era algún pariente lejano, un vecino antiguo que les había hecho algo secreto, un acto terrible y oscuro que justificaba ese odio lanzado al televisor. Con el tiempo entendí que no estaba tan errada y que efectivamente Guzmán, al que nunca mi abuela y mi madre vieron en persona, había interferido no sólo en sus vidas, sino en todas las vidas del país, incluyendo la mía. Tan radical era esa intervención que, cuando logré comprenderla, me uní al rito familiar. Ahí estuve, gritando y lanzando paños de cocina al televisor, hasta el día en que Guzmán fue baleado en la puerta de la universidad donde yo estudiaba.

¿Te acuerdas del 1° de abril de 1991?

Si la historia no le pertenece a nadie, entonces ¿quién se hace cargo de contarla?

Guzmán fue el intelectual más importante de la dictadura chilena. Elaboró su justificación, los argumentos para su defensa y la manera de proyectarla políticamente en el tiempo. Instó a los militares a permanecer en el poder, a no hacer de su intervención un hecho breve y quirúrgico. Admitió las violaciones a los derechos humanos explicando que eran excepcionales, transitorias y necesarias en una situación de emergencia como la que vivió el país durante diecisiete largos años. El éxito del proyecto estaría basado en la energía y la dureza del régimen, es por eso que la dictadura no podía transformarse en una dictablanda, así dijo. Para defender esta postura construyó un argumento que le permitió trasladar la responsabilidad de los atropellos al gobierno anterior. Guzmán habló de una guerra civil de la que habría sido responsable el gobierno de Allende, y declaró que el quiebre democrático había ocurrido antes del golpe militar de 1973. En esta lógica los militares habrían actuado respondiendo a la ofensiva del gobierno de Allende que encaminaba al país a un supuesto totalitarismo marxista, así lo expresaba. En esa fantasía de enfrentamiento bélico, en ese delirio de combate que nunca existió, parecían justificables los consejos de guerra, los destierros, las ejecuciones, las torturas, los relegamientos, las prisiones eternas, los interrogatorios o los desaparecimientos de personas. Respaldado por este falso argumento de la guerra civil, Guzmán y el partido político que fundó explicaron en democracia su participación y su apoyo incondicional al régimen cívico militar.

El mejor instrumento que ideó para la proyección del régimen en el tiempo fue la constitución de 1980, que rige al país hasta el día de hoy. Una constitución protegida por reglas que tienen el objetivo de limitar cualquier cambio, obstruir cualquier fuga, cualquier movimiento de escape. Una constitución en la que estaba estipulada la transición a la democracia tal cual como la vivimos. Con el plebiscito del 5 de octubre y las posteriores elecciones presidenciales y parlamentarias donde el dictador Augusto Pinochet tendría un lugar vitalicio en el Senado, cuando quisiera abandonar la comandancia en jefe del Ejército. Una constitución que dio el espacio para que tantos pinochetistas participaran del Congreso, como lo hizo el mismo Guzmán hasta el 1° de abril de 1991.

¿Te acuerdas de ese día?

M

Me acuerdo.

N

¿Dónde estabas?

M

Desde que Rodrigo y la Flaca murieron, la jefatura fue reorganizada. Yo tomé un lugar ahí, en lo que después se llamó la Comandancia. Todas las semanas nos reuníamos. En eso estaba esa tarde.

N

¿Asesinaste a Guzmán?

M

No tengo el don de la ubicuidad.

N

¿Eres el autor intelectual de su homicidio?

M

No.

N

¿Estabas al tanto de que se realizaría?

M

Como todos mis compañeros de la Comandancia.

N

Pero eres el único que está preso por esta razón.

M

Sí.

N

¿Cuánto dura tu condena?

M

Quince años por ser el supuesto autor intelectual del ajusticiamiento a Jaime Guzmán. Quince años por participar del secuestro de Cristián Edwards.

N

Los diecisiete años de presidio en Brasil, ¿no cuentan para estas condenas?

M

No.

N

El 1° de abril, en mi casa no hubo insultos frente al televisor mientras veíamos las noticias. Tampoco se usó el paño de cocina. Quizá una leve e imperceptible sonrisa se instaló en nuestros rostros al enterarnos de que Guzmán había sido baleado y peleaba por su vida en el Hospital Militar. Una mueca tímida, pero brutalmente honesta.

O quizá no. Quizá lo estoy inventando.

Al día siguiente en el campus todo el mundo conversaba sobre lo ocurrido. Cada una tenía una versión de lo que había estado haciendo a la hora de la balacera. Algunos vieron. Algunas estaban ahí. Algunos escucharon desde un lugar cercano. Gente corriendo, un auto raro, muchos gritos, aullidos, sirenas, los pacos. Algunos decían que se veía venir. Algunas parecían muy asustadas. Durante semanas fue así. En los diarios, televisores y radios, sólo hablaron del tema. Hubo declaraciones, llantos y pataletas públicas, acciones políticas, amenazas, cacerías policiales, cadenas nacionales, resguardos del gobierno para que esto no volviera a suceder. Nos emborracharon de Guzmán y su atentado durante años. Durante décadas. Hoy esa calle lleva su nombre: Avenida Jaime Guzmán Errázuriz. Y cada semana la atravieso para hacer clases en la misma universidad donde estudié. Nunca salimos de ahí. Estamos encerradas, pagando por lo que ocurrió aunque supuestamente la historia no nos pertenezca. Como en un tablero enorme con infinitas casillas e infinitos movimientos y posibilidades, ahí estamos repartidos y lo que hace una le rebota al otro. Lo que hace el otro, sacude a otro más. Y a otro más. Y a otro más. Atravesamos una calle donde hubo una balacera. Estudiamos en un lugar donde se gestó. Crecimos en un país donde todo eso se volvió normal y los vidrios rotos en el pavimento no importaron al atravesar la calle porque alguien alguna vez nos dijo que la historia no era nuestra. Nos inocularon esa idea y con ella nos distraemos pensando que es mejor no meterse ahí, que lo más sano es concentrarse en lo que sí podemos manejar que, imaginamos, es lo que ocurre lejos de los vidrios rotos. Pero las decisiones personales, los desafíos privados, todo objetivo individual se vuelve una fantasía ingenua si no se toma en cuenta el ingobernable movimiento de la historia. Difícil sacudir sus esquirlas o librarse de las réplicas de su quehacer. Ahora mismo intento darle un orden y las hebras del relato se enmarañan para demostrarme que todo lo que narro, de una extraña o no tan extraña manera, también me enreda. Si la historia no es nuestra, entonces ¿de quién mierda es?

¿Te acuerdas del 1° de abril de 1991?

Mientras escuchábamos las noticias, nosotras, las que aparentemente no teníamos nada que ver con lo que pasaba, simples testigos de la historia, mujeres que hasta el día de hoy nos levantamos bajo los límites que ese hombre imaginó para nosotras, intuimos lo que se venía. En unas horas más, en la pantalla del televisor se anunció la muerte de Jaime Guzmán.

Sonreímos. Una mueca tímida, pero brutalmente honesta.

Lo hicimos. Ahora estoy segura. Así elijo escribirlo.

Esa misma tarde nuestro rito del paño de cocina finalizó.

Joaquín

Esa fecha la inventé yo. El guatón dice que la inventé mal porque es bien bueno para achacarme. Siempre mirando los detalles, los hilos sueltos, las piezas que no calzan. Pero no todo es un tablero de ajedrez, paren con esa metáfora aburrida. La vida fluye. La historia corre veloz y uno no alcanza a preocuparse de todo. La cuenta siempre es regresiva, hay que tomar las oportunidades y lanzarse, ir por ellas, atraparlas y no llorar por lo que hicimos mal o no hicimos. Yo no lloro. Nunca lloro.

Por supuesto que me acuerdo. Cómo no me voy a acordar si he esperado tanto ese momento. Y digo he esperado porque siento que ocurrirá mañana y eso me enciende. Y quizá de verdad ocurra mañana o ayer o en un rato, qué importa, quién soy yo para distinguir qué día es cuál si aquí, en este tiempo que habito, el calendario no ocurre.

Había un listado. En él estaban escritos varios nombres. Todos siniestros. La mayoría uniformados. Gente mala, gente muy mala, y en eso no hay medias tintas. Si alguien cree que matando a cientos de compatriotas puede gobernar un país, a ese gil, cualquiera sea su nombre, no lo vamos a pensar con respeto. Si generaste las condiciones para eso, si lo propiciaste, si lo viste necesario y lo defendiste con políticas de Estado, con financiamiento de Estado, aunque no te hayas ensuciado las manos con sangre, eres un desgraciado y mereces pagar. El problema es que aquí, en vez de responder ante la justicia, en democracia esa gente tomó cargos en las municipalidades, en los organismos de Estado, en las universidades, en los directorios de las empresas, en el Congreso. ¿Te das cuenta la tontera de los demócratas? Si la democracia no se protege a sí misma, ¿entonces quién lo hace? ¿El Chapulín Colorado?

El listado del que te hablo era largo. No es que pudiéramos ir por todos, sencillamente iríamos por cualquiera de ellos si se daba la ocasión. Si aparecía un buen dato que nos permitiera seguirlos durante un tiempo, espiarlos al detalle y elaborar un operativo que nos diera la posibilidad de un ajusticiamiento limpio.

A Guzmán lo puse yo en la lista. Tampoco es ninguna genialidad, a cualquiera se le habría ocurrido, pero te lo digo porque fui yo el que lo tuvo en mente desde siempre. Desde cabro, cuando lo escuchaba en la tele y tenía que apagarla porque me desesperaba. Una vez dijo que el comunista bueno era el comunista muerto. Lo dijo en la tele. Antes del golpe, antes de todo. De cara al país. Así de violento. No esperé a que llegara la democracia para pensar que era un pelado maquiavélico, uno de los principales culpables de lo que pasó. Sin él los milicos no llegan tan lejos, no habrían podido justificarse, nadie los habría apoyado tanto tiempo. Pero Guzmán les inventó la mejor trama para que la historia corriera y ahí siguen todos bailando a su ritmo hasta el día de hoy. Que bien puede ser el día de mañana si no le ponen freno. O el de pasado mañana. O el de ayer, porque acuérdate que Chile es un país entrampado en el cual, lo mismo que en una celda, a falta de espacio y aire, el tiempo ya no avanza, sólo se pisa la cola.

Es curioso que hable de falta de aire. Por esos días andaba medio enfermo, con una tos de perro difícil de controlar. Mucho cigarro y humo acumulado en los pulmones me tenían así. Tuberculosis, me dijeron. No había mucha claridad del diagnóstico. Se venían hartos exámenes y remedios y doctores, y supongo que justamente por esa falta de aire, por esa sensación de ahogo, mis ganas de ir por Guzmán crecieron. Es que de cabro yo quería echármelo. Todos queríamos, pero lo mío era una idea fija, el guatón lo sabe. Es que su muerte sería un golpe del que la derecha nunca se podría reponer. No estaba a la altura de la masacre de la que habían sido cómplices, pero el daño anímico sería importante e irreparable. Yo tenía la impresión de que el tiempo se me acababa, se me iba de los pulmones como el aire que no lograba retener.

Cuando apareció la lista yo puse su nombre en ella y así dejó de ser un delirio personal y se transformó en una acción que debía implementar junto a mis compañeros. Me pusieron a cargo de un grupo que se llamó Fuerzas Especiales, una especie de comando de élite encargado de los ajusticiamientos, una prioridad en ese momento. Una vez a la semana se juntaba la Comandancia y yo iba entregando informes de cómo se estaban desarrollando nuestros pasos.

El 1° de abril de 1991 mis cabros estaban listos. Tan jóvenes ellos, tan lindos, tan dispuestos. Llegué a la reunión de Comandancia y les dije a mis compañeros que era el día D, que si todo salía bien, mis cabros lo harían. Puse la radio a un volumen bajo para no interrumpir porque quería estar atento a las noticias. La reunión transcurrió como siempre. Cada uno entregó sus informes, se hicieron reflexiones, se conversó, se echó la talla, pero yo estaba algo ausente, mi cabeza andaba en otro lugar. Deambulaba en el Campus Oriente. Ahí donde en ese mismo momento Guzmán terminaba de dar su clase de Derecho Constitucional, ramo en el que obviamente era un experto, frente a un séquito de jóvenes que se instruía bajo los lineamientos que él inoculaba en sus cabezas. Yo estaba entre esos jóvenes lampiños de camisa planchada. Me había desdoblado y, mientras el guatón y mis compañeros hablaban del estado mayor y del plan de guerra en la reunión, una parte mía se había instalado en el último asiento de esa sala de clases porque necesitaba ser testigo de lo que venía.

Guzmán terminó la clase puntualmente. Quizá algunos jóvenes se acercaron a preguntar algo mientras él ordenaba sus cosas para irse. Quizá respondió amable a esos jóvenes. Dicen que era un buen profesor, imagino que la amabilidad es un requisito mínimo para eso. Me pregunto si esos jóvenes lampiños sabrían la responsabilidad de Guzmán en la brutalidad desplegada por los milicos. Es probable que algunos no. Posiblemente la gran mayoría sí y no les importaba. Frente al alargue de la conversación con los estudiantes, Guzmán argumentó que su chofer lo esperaba, que debía irse a la sede del partido, que lo disculparan, y por supuesto lo hicieron. Seguro algunos de esos jóvenes serían futuros militantes del mismo partido. Seguro algunos ya lo eran.

Y salió Guzmán con sus cosas por los pasillos del segundo piso del Campus Oriente rumbo a la secretaría de estudios. Ahí, otro estudiante lampiño y de camisa planchada lo detuvo. Y luego un profesor de Historia. Pero a las 18.00 en punto, amable, siempre amable, pone fin al diálogo porque de verdad tiene que hacer. Un hombre como él siempre tiene que hacer. En la secretaría de estudios Guzmán cruza algunas palabras gentiles con una funcionaria que le entrega un sobre con su sueldo de profesor. He pasado el relato a presente porque esta historia es mía y puedo hacer con los tiempos verbales lo que quiera, entonces Guzmán guarda el cheque en la solapa de su chaqueta, aquí, frente a mis ojos, que están y no están al mismo tiempo, para despedirse amable, sí, muy amable, y abandonar la secretaría rumbo a las escaleras.

Y yo acompaño a Guzmán. También soy amable y camino por el pasillo con él. Vamos hombro con hombro, a pocos centímetros. Soy una especie de ángel de la guarda. Él eleva una oración a la Virgen al comenzar cada clase de Derecho Constitucional, así es que puedo ser un ángel guardián de esos que él venera si lo acompaño así de cerca y vigilo sus pasos.

Al llegar a la escalera comenzamos a bajar juntos. Estoy que le llevo el maletín, pero se asustaría. Y vamos peldaño tras peldaño, ni rápido ni lento, con seguridad, con confianza, cuando allá abajo veo a mis cabros. Tan jóvenes. Lo esperan con disimulo, haciéndose los huevones, intentando parecer estudiantes universitarios. Llevan sus armas muy bien escondidas, ni yo se las veo. Una la acaban de recibir en la shopería de al frente. Eso el guatón me lo reprocha mucho. Que cómo le pasamos un arma momentos antes del atentado. Que eso es muy rasca, que en qué minuto los cabros la probarían, que es fundamental familiarizarse con los fierros. Pero no teníamos tiempo para esas huevadas. Los días y los minutos se escapaban como el aire, ya te lo dije, todo tenía olor a cuenta regresiva. Entonces le dimos así nomás. Y una de las armas se entregó ahí mismo, reciencito. Y así fresquita la escondieron entre sus ropas y, con ella camuflada, esperan a que lleguemos con Guzmán para usarla por primera vez.

Pero algo pasa. El pelado se detiene en el descanso. Mira a los cabros unos microsegundos. Sus ojos escanean todo el cuerpo de los niños. Claramente ve algo que los delata. Guzmán es inteligente, de otra manera no sería Guzmán, y seguro que se dio cuenta de que este par no han sido nunca universitarios. Frente a la súbita desconfianza que cruza su mente escondida en esa calvicie extraña, algo repugnante, hay que decirlo, decide devolverse, con rapidez y disimulo, a la secretaría de estudios.

Los cabros quedan tiesos y desconcertados. Yo también. Pero como esta escena ya la he visitado tantas veces, sé lo que viene y reacciono antes que ellos. Lástima que no me ven ni me escuchan. Mi cuerpo no existe en esta escena. Por más señas y gritos que doy no me hacen caso. Hay que esperar que se espabilen solos. Con los jóvenes, ahora lo sé, se lo digo tanto al guatón, siempre hay que esperar a que se espabilen solos.

Entre tanto, Guzmán ingresa a la secretaría y solicita que vayan a buscar a su chofer al estacionamiento. No da razones, sólo lo pide. Luego toma el teléfono y hace una llamada. En la conversación no dice nada sobre lo que acaba de ocurrir. Habla de una entrevista y de otras cosas. Cuando su chofer llega, Guzmán tampoco le comenta lo que pasó en la escalera. Yo me acerco a escuchar la conversación para ver si le advierte de sus sospechas, si le habla de un par de cabros con pinta de pungas, sin camisa planchada y sin afeitar, pero de verdad no dice nada al respecto. Sólo que lo disculpe por hacerlo subir, que ya no lo necesita arriba, que bajen juntos al auto, que se larguen de una vez. Y así lo hacen.

En la reunión de la Comandancia sigue el diálogo. El guatón informa lo suyo.

Sí, el guatón es Ramiro. Disculpa si te confundí. En ese tiempo comencé a decirle así. No sé bien por qué. De cariño, supongo. Ya no era ni Ramiro, ni Pepe, ni Marciano, ni Mauri. Me aburrí de todo eso y ahora para mí era mi gordo, mi rey, mi guatón.

La cosa es que ahora mi guatón está hablando de lo más serio frente a los compañeros. Se ha puesto serio con el tiempo. Un poco malas pulgas, incluso. Pero a estas alturas todos hemos cambiado. Ha pasado mucha agua bajo el puente. A él lo tienen en el sur, en el norte, en la montaña, en todos lados lo tienen, viaja y viaja preparando comunidades armadas con la fantasía de levantar la revolución desde todas las esquinas del país. Yo me meto poco en eso. Soy de ciudad. Todos lo somos. Es ahí donde aprendimos lo que sabemos. No le veo mucho asunto en eso de internarse en la montaña, de estar en medio del campo o el bosque. La verdad es que me cuesta encontrarle el asunto a eso y a todo.

Desde que la Flaca y Rodrigo no están, esta nueva forma de hacer las cosas, con esta nueva gente, todo tan burócrata, me enreda. A veces no sé por qué sigo aquí. Quizá afuera, de otra manera, podríamos hacerlo mejor. Hasta he fantaseado con una vida normal. Zafar de todo, criar a mi hijo, tener una casa, volver a llenar de aire mis pulmones, si es que todavía es tiempo. Pero veo al guatón tan comprometido, o quizá intentando comprometerse, que me convenzo de estar con él. Por los muertos, me dice, hay que seguir. O si no todo valió una mierda. Y uno no puede dejar que la gente querida haya muerto por una mierda. Del lote que éramos en Valparaíso sólo quedamos los dos y no nos vamos a soltar ahora. Entonces yo aquí hago lo mío y en reuniones como esta informo y escucho. Sólo escucho. Aunque la verdad es que este día escucho poco. Muy poco. Sólo la radio, que está puesta despacito, en un segundo plano, y los pasos de Guzmán avanzando hasta el auto en el estacionamiento del campus.

Sigo aquí. Veo cómo los zapatos de Guzmán se ensucian con la gravilla del suelo. He visitado tanto esta tarde que debo ser el único que se da cuenta de ese detalle, ni él lo ve. Él sólo apura un poco el paso y por apurarse no mira, porque podría haber visto, si yo los veo a mis cabros ahí, en el paradero de micro de la salida, cómo no los va a poder ver él. Y Guzmán se sube al Legacy gris que lo espera. Y cuando el chofer enciende el motor y pone el auto en movimiento, Guzmán le agradece la compañía. Recordemos que es un hombre amable, un buen profesor, ya lo dije, no me voy a mezquinar con esto, no sería justo. Y ahí está Guzmán, sentado en el asiento del copiloto, cuando mis niños se acercan, cada uno por una ventana distinta, y lo miran un momento. Aunque actuamos con rapidez, siempre hay un momento donde el tiempo se detiene y se cruzan cosas por la cabeza antes de hacer lo que hay que hacer.

Ahora comienza ese momento.

Jaime Guzmán, el senador de la república, se encuentra del otro lado del vidrio. El hombre que un porcentaje de chilenos eligió como representante, en un sistema muy alambicado de elección que diseñó él mismo para su efecto. El enano maldito, como algunos, faltos de respeto, le nombran. El pelado satánico. El príncipe maquiavélico.

La mente brillante que sostuvo a Pinocho. El gurú del viejo, el más zorro, el más pillo. El que quería matar comunistas. El tipo al que mis niños escucharon desde que eran cabros chicos en la tele y quizá como tú le tiraban paños de cocina. O de seguro escupitajos. El mismísimo por el que los he tenido trabajando desde hace un tiempo, está frente a sus narices o, mejor dicho, frente al cañón de sus pistolas, mirándolos con terror desde su asiento, porque de seguro Guzmán reconoce al par de tipos sin camisa planchada que vio en la escalera y sabe, antes de los disparos, lo mismo que yo, lo que se viene.

En la reunión de la Comandancia la radio lo anunció mientras conversábamos. Fui el primero en escuchar, entonces subí el volumen rápidamente. Hace unos momentos el senador Jaime Guzmán Errázuriz, es importante ese segundo apellido porque de Guzmán está lleno el país y de Errázuriz sólo las viñas y las grandes empresas, fue baleado a la salida del Campus Oriente. Así dijeron. Y aunque en la reunión nos quedamos expectantes a lo que seguía, porque en ese momento Guzmán era trasladado al Hospital Militar, yo me fui, o una parte de mí, se fue con mis cabros.

Corrí con ellos por la calle. Corrí tan rápido como pude para llegar al auto que el par de giles había estacionado bastante lejos, a más de una cuadra. Recorrimos veloces esa cuadra, lanzando un par de tiros al aire, mientras la gente nos miraba sin comprender lo que ocurría. Cuando llegamos nos subimos raudos al Chevrolet Opala. Era un auto lindo, que habían pintado de negro, todavía olía a pintura, pero demasiado viejo y sin llaves de contacto. Había que juntar un par de cables debajo del manubrio para encender el motor. Ni te voy a decir lo que el guatón me dijo cuando le conté y en esto yo le encontré razón porque todo tiene un límite. Mira que elegir un auto así. Pero los cabros habían robado el Chevrolet hace un par de días, sin saber que no tenía llave, y no les dio el tiempo ni las ganas para robar otro más, porque ladrones no son, tampoco es fácil hacer lo que se debe. Pero más allá de estas chambonadas, logramos hacer andar el auto y nos fuimos rápido. Sólo podría agregar que al cabo de un rato nos dimos cuenta de que unos pacos nos seguían. Lo hacían de cerca, fue un verdadero problema. Lo que vino entonces fue una persecución de autos, que sé que te aburre enormemente, entonces me la voy a saltar. Sólo seguiré con el final, que contiene una imagen preciosa para el cierre.

Mis cabros están en un paradero de micro en plena Avenida Irarrázaval. Olvídate de los pacos. Mis niños los perdieron y dejaron el Chevrolet botado en alguna calle. Los dos figuran ahí, tan jóvenes, subiéndose y pagando sus pasajes como buenos ciudadanos. O quizá mostrando un carnet estudiantil falso para pasar gratis, no lo sé. El parcito se instala en el transporte público, a la hora de más traqueteo, cuando más gente se devuelve de la pega a sus casas. Mis niños viajan disimulando sus armas y su completo terror, porque hay que decir que están que se cagan de miedo. Pero saben actuar. Saben camuflarse y así desaparecen entre la gente como ánimas hasta un buen tiempo.

Precioso, ¿no te parece?

Cuando repasamos esto el guatón me dice que fue un error político. Que si nos hubiéramos detenido a pensar mejor habríamos visto que Guzmán, nos gustara o no, era un senador democráticamente elegido. Si bien nuestra democracia era un chiste, un verdadero circo, una soberana chunga, con el dictador preparándose para el senado, el hombre, Guzmán, tenía una cantidad importante de gente que lo respaldaba a través de las urnas. Eso, dice Ramiro, lo debimos haber observado. Dice que con un análisis más profundo habríamos imaginado las consecuencias que traería ese ajusticiamiento. Nunca me dice que no lo debimos haber hecho, sólo dice que todo hay que pensarlo mejor, como en el ajedrez y su metáfora latera. Dice que así uno se evita problemas. Que con tiempo se lee mejor el escenario y se tejen mejores estrategias.

El guatón dice que en esos años sólo nos dejábamos llevar por la inercia. Actuábamos desesperadamente, pero reflexionábamos poco. Supongo que ahí hay un nuevo reproche velado para mí. Es cierto que después se nos vinieron encima con todo. Nos infiltraron, nos cazaron, armaron un organismo de inteligencia especial para eso. Es cierto que construimos un mártir y eso pesa hasta el día de hoy. ¿Se pudo haber pensado mejor? Supongo que sí. Pero el guatón no menciona todo lo que Guzmán pudo seguir haciendo y no hizo. En una democracia de cartón, con el sistema de votación estrambótico que creó, podría haber llegado hasta presidente. Miles de paños de cocina lanzados al televisor durante vidas completas. Nos libramos de esa línea del argumento. Con eso a mí me basta. ¿A ti no?

Yo no le discuto a mi guatón. Para qué, si ya no hay vuelta atrás. La cuenta siempre es regresiva y no hay tiempo, nunca hay tiempo. Se escapa como el aire y nos ahoga. Es cierto que mis cabros eran jóvenes y abrieron la boca en cuanto cayeron. Es cierto que nunca se espabilaron del todo, como yo confiaba, pero ya está. Cada uno hace lo que puede. Exigirle a los más jóvenes la misma pasión mística que tuvimos nosotros, no está bien. Otros tiempos. Otra generación. Tampoco importa cuánto dediquemos a analizar lo que hicimos. Lo hecho, hecho está y no tiene asunto llorar si lo hicimos mal o más o menos. Yo no lloro. Nunca lloro. Sólo disfruto. Me dedico a esperar los buenos momentos que un día tuve. Los que tuvimos juntos, con mi guatón, que siempre ocurrirán mañana o ayer o en un rato. Qué importa. Quién soy yo para distinguir qué día es cuál si aquí, en este tiempo encerrado que habito con él, a falta de aire y espacio, el calendario ya no ocurre.

Octavo encuentro

EL ÚLTIMO ENCUENTRO

FICHA N° 205

Título: El último encuentro
Autor: Sándor Márai
Fecha de lectura: Mayo, 2005.
Lugar de lectura: Presidio Federal Presidente Bernardes, São Paulo, Brasil.

Reseña: Todo pasa en Hungría. En un castillo que antes fue glorioso, pero que ahora ya no tiene el mismo brillo porque el tiempo y las modas pasan, y el mundo cambia, y a veces es tan difícil cambiar con él, que todo termina por perder la gracia. Ahí, en ese castillo venido a menos, vive el General. Su nombre no lo recuerdo, pero es el dueño del lugar y sólo sus sirvientes lo acompañan.

La historia parte cuando el General se prepara para recibir una visita. Hace mucho que no recibe a nadie, entonces hay nerviosismo y preocupación por los preparativos. Pero en realidad, ese nerviosismo no es sólo porque haya perdido la práctica en recibir gente, sino porque el visitante de esa noche es alguien muy especial. Se trata de Konrád (creo que así se escribe), un amigo de juventud a quien conoció en la Academia Militar. En ese tiempo fueron inseparables. Eran confidentes, casi hermanos, pero algo ocurrió en sus vidas que interrumpió la relación y no se han visto hace cuarenta años. Konrád se fue sorpresivamente. Huyó, dice el General, al medio oriente, a un lugar lejano, difícil de imaginar, dejando tras de sí el misterio de su escape.

Hay mucho que no se dijeron. Mucho que no se aclaró. Hay una mujer, Kristina, la esposa muerta del General. Hay un secreto. Hay tiempo y polvo. Y humo.

Pero hoy Konrád ha vuelto a Hungría. Es por eso que el General se prepara para verlo como quien va a enfrentarse a duelo. Este es el momento por el que ha vivido todo este tiempo y probablemente Konrád también.

La novela es entonces ese encuentro. Esa conversación pendiente entre estos dos hombres que fueron tan unidos y que hoy se miran a los ojos nuevamente. Todo ocurre en una noche, a la luz de las velas. Y luego al amanecer, con los primeros rayos del sol entrando desde el bosque por las ventanas. En esa hora del claroscuro donde todo es confuso y donde los fantasmas comienzan a evaporarse y las máscaras caen para dejar los rostros al desnudo. Viejos, manchados y arrugados.

Frase a destacar: «El tiempo iba pasando y la vida se volvía confusa a mi alrededor. Pero los libros y los recuerdos se acumulaban y se tornaban cada vez más coherentes. Cada libro contenía un poco de verdad. Y cada recuerdo me confirmaba que uno conoce en vano la verdadera naturaleza de las relaciones humanas».

M

En Brasil tomaba un libro y las paredes de mi celda desaparecían. Las baratas, la soledad, el calor, la rabia, todo quedaba fuera mientras era hospedado por las páginas de una novela. Pasaba horas leyendo. Días completos. Era un acto enfermizo, una verdadera adicción que lograba enajenarme de esa vida que no sabía llevar. Nada era más concreto, e irreal al mismo tiempo, que el refugio de mi lectura.

No recuerdo cuál fue el primer libro que leí en Brasil. Puede haber sido *Guerra y paz*, de Tolstoi. O *Los trabajadores del mar*, de Víctor Hugo. Al comienzo sólo leí lo que había en la biblioteca, que era restringida, pero tenía a esos autores universales, todos en portugués. Dostoievski, Julio Verne, Alejandro Dumas. La lectura era la única relación con el mundo que no tenía prohibida, entonces leí furiosamente. Thomas Mann, George Orwell, Kafka. Casi a diario terminaba un libro. Lo devolvía y pedía otro nuevo. No seguía una ruta clara, no tenía mapa, nunca lo he tenido, sólo mi instinto y el azar hicieron de brújula. A veces, en una novela se mencionaba a un autor y por esa mención yo preguntaba en la biblioteca si había algo de él, aunque no lo conociera. A veces, en la solapa, los libros traían un listado de otros libros de la misma colección y yo pedía alguno a ciegas, seducido únicamente por el título. *Viaje al fin de la noche. Crimen y castigo. El ruido y la furia. Mañana en la batalla piensa en mí*. Es imposible no entrar a libros con títulos como esos. Si hubiera tenido hijos los habría bautizado así.

Después llegaron revistas de farándula a la biblioteca. En ellas venían reseñas literarias. Según esas reseñas buscaba los libros que me interesaban y se los pedía a mi familia. Comencé a encargar muchos libros, sobre todo novelas contemporáneas. Leí a Bolaño, a Pamuk, a Carrère, a Padura, a Baricco. Una de mis sobrinas me recomendó a Ursula K. Le Guin. Tarzán me mandó libros de Gioconda Belli. Conocí a Asimov, a Salman Rushdie, a Murakami, a Sándor Márai, a Corman McCarthy, a Coetzee. ¿Leíste *El pájaro que da cuerda al mundo*? ¿Leíste *Los versos satánicos*? ¿Leíste *Los desposeídos*? ¿Leíste *La fundación*? ¿Leíste *El último encuentro*? ¿Leíste *El infinito en la palma de una mano*? ¿Leíste *El museo de la inocencia*? ¿Leíste *Limónov*? ¿Leíste *La carretera*? ¿Leíste *El hombre que amaba a los perros*? ¿Leíste *Desgracia*?

Antes del encierro yo tenía otro tipo de lecturas. Harta historia, marxismo, la Revolución Sandinista, la Revolución Cubana, todo sobre el Che, que además era un gran lector. Pero en los ochenta, mientras hacíamos rayados y quemábamos micros en el puerto, Joaquín me presentó a Vargas Llosa, a Cortázar, a Borges, a Sábato, y creo que esa fue mi entrada a la literatura. Joaquín leía un libro por semana. No importaba dónde estuviéramos, en qué momento o en qué acción, él se hacía el tiempo para leer. Lo hacía en los viajes, antes de acostarse, en el baño, mientras comía, hasta caminando lo vi leer. Podía no dormir por hacerlo. Para el atentado a Pinochet andaba con *La conjura de los necios*, de Kennedy Toole. Los libros lo llenaban de una energía exultante que compartía contándonos cada capítulo. Nos hablaba de ellos como quien cuenta recuerdos, encarnaciones pasadas, vidas paralelas o amores furiosos. Era un lector tan apasionado, te seducía la manera en la que se refería a los libros y por sentir eso uno se lanzaba a leer. Creo que fue él quien me enseñó a hacerlo.

Pero no fue hasta Brasil que la lectura se volvió urgente.

Un gendarme llegaba con la lista de los libros disponibles. Uno elegía el que quería leer y lo marcaba. Después llegaba otro gendarme con un carrito que traía los libros que habías pedido. Yo escuchaba el sonido de esas ruedas metálicas acercándose por el pasillo y el cuerpo se me encendía con la ansiedad de un niño. Leer te daba puntos de buen comportamiento. Esos puntos, a la larga, se podían traducir en beneficios. Si hacías una ficha de lectura sobre el libro que habías leído, tenías más puntos, por lo tanto te acercabas a la posibilidad de un beneficio. Yo nunca tuve ningún beneficio, pero leí como desesperado e hice la ficha de cada libro que pasó por mi celda.

Atravesaba la superficie de las palabras y sentía que entraba a otra dimensión. Una donde todo era real, pero de una forma distinta. Una más armónica. Que no quiere decir más ordenada o simétrica, sino una forma otra, que probablemente tiene más que ver con la fractalidad del sueño y la naturaleza. Ahí podía comunicarme con gente que no estaba. Voces sin rostro, habitantes de espacios informes. En la ouija de un libro tenía acceso a esa zona en la que el tiempo se quiebra y la ilusión es posible. El mundo entero dejaba de sentirse real. O mejor que eso, el mundo entero comenzaba a ser irreal. En ese claroscuro me movía anónimamente, invisible como fantasma, iluminando con una pequeña linterna que eran mis enormes ganas de estar ahí, presente y ausente al mismo tiempo.

En esas celdas vacías de mi encierro brasilero no tenía nada. Sólo libros. Y con ellos, la oportunidad diaria de salir de ahí a través de sus páginas. De esa forma colonicé Marte, participé de la Revolución Francesa, conocí el río Neva. Así caminé por un mundo despoblado y apocalíptico, caí junto a un par de ángeles desde un avión secuestrado, me escondí en un baño en medio de una toma universitaria y recorrí México buscando a una poeta. Me transformé en cucaracha. Llegué a vivir a un pueblo perdido de Sudáfrica, morí en la Toscana, di la vuelta al mundo en ochenta días, y volví a mi celda cada vez que llegaba a un punto final. En un acto clandestino y privado, me fugué tantos días como libros pude leer. Y nadie lo supo.

N

¿Eras un fantasma cuando leías?

M

Nos paseamos en el universo de cada libro sin tocar nada, sin alterar lo que leemos, de manera invisible. Observamos y recogemos mentalmente la información que se nos da para completarla. Creo que los libros traen esa invitación. Si pienso en *El último encuentro* de Márai, por mencionar cualquier libro, el castillo en el que ocurre la acción, el que yo imagino, tiene características muy claras y específicas, que seguramente no tienen nada que ver con lo que Márai tenía en la cabeza cuando lo escribió. O con lo que imaginaste tú cuando lo leíste. Y si pienso en el General y su amigo Konrád, los protagonistas, estoy seguro que lo que yo veo no es lo que viste tú. Y esas diferencias no modifican al castillo, ni al General, ni a Konrád. Probablemente nos modifican sólo a nosotros, que como ánimas en pena entramos a los libros buscando lo que nos falta. Y desde ese vacío que necesitamos llenar, imaginamos mundos que nos contienen y nos completan.

N

¿Cómo ves al General y a Konrád?

M

Creo que ya te lo he dicho.

N

¿Me lo podrías repetir?

M

Cada vez que pienso en la novela me veo a mí y a Joaquín. Yo soy el General. Y Joaquín es Konrád. Desde la primera vez que la leí, el elenco se dispuso de esa forma en mi imaginación. Soy entonces un exmilitar que vive encerrado en un castillo que ha perdido toda su gloria. Y Joaquín es ese amigo de la juventud, que huyó a un lugar desconocido del que nada sé. El castillo es una mezcla entre la pieza de un hotel de Osorno y esta celda.

N

¿La pieza de un hotel en Osorno?

M

La última vez que estuvimos juntos con Joaquín fue ahí, en la pieza de un hotel en Osorno. Al día siguiente se iba en bus a Argentina. De ahí viajaba a Cuba a tratarse el cáncer al pulmón que tenía bien avanzado. Era el año 91. Pasamos esa noche los dos solos en la pieza. Sabíamos que podía ser la última o que, en el mejor de los casos, pasaría un buen tiempo antes de vernos nuevamente. Sin elegirlo, cuando leí la novela de Márai se me vino esa habitación pequeña a la cabeza. Nada tiene que ver con un castillo, pero nuestra mente completa como puede, con lo que tiene, ya te dije. Es el juego de los libros.

N

¿Cómo llegaron tú y Joaquín a esa pieza?

M

Eso es parte de mi propia novela, si es que fuera el personaje de alguna. Lo que pasó esa noche no tiene que ver con Márai, pero todo se mezcla en mi memoria. Su lectura y esa pieza pequeña de hotel en Osorno.

Después de lo de Guzmán mandaron a Joaquín a Cuba un tiempo. Al volver vivió conmigo. Su salud no andaba bien hace rato. Cuando supimos lo grave del tema se tomó la decisión de devolverlo a Cuba para intentar un tratamiento. Pero todo se demoró más de la cuenta. Las semanas pasaban y yo veía a mi amigo tirado en la cama, leyendo de la misma forma desesperada que leería yo más tarde en Brasil, buscando un refugio, una manera de evadir la realidad y probablemente el dolor, porque sé que sentía mucho dolor. Le habían dado poco tiempo de vida. Tenía un tumor. Me voy a morir, guatón, me dijo cuando llegó de su primera cita con el oncólogo. Pero nosotros no entendíamos la muerte de esa forma. Éramos jóvenes, fuertes, deportistas, teníamos treinta años. Habíamos logrado comprender que la revolución no era inocente porque ya habíamos perdido mucha gente querida, pero la enfermedad no era algo que pudiera pasarnos a nosotros.

Pero nos pasó. Y un día nos fuimos en auto a Osorno. Y estuvimos una noche juntos, despidiéndonos a nuestra manera en esa pieza.

N

¿Puedo saber cómo fue?

M

Sólo si lo transformas en libro.

N

Lo prometo.

M

La habitación era pequeña, no tenía nada de palaciego. No había sirvientes como en la novela. Todo era muy modesto. El viaje había sido largo, demasiado largo para él, entonces estaba muy cansado y se recostó en la cama en cuanto entramos. Es probable que haya fumado. Nunca dejó de hacerlo. Es probable que yo lo haya acompañado. Siempre lo hacía. Supongo que ahí, tirados en la cama, repasamos lo que sería el día siguiente. Su viaje a Argentina en bus, lo que debía ocurrir allá antes de partir a Cuba a tratar su cáncer. Pero la verdad es que no recuerdo bien lo que hablamos. Probablemente tonteras. Uno habla tonteras cuando sabe que está viviendo algo importante.

En un momento me dijo: Cuida el negocio, guatón. Cuida a los niños.

El negocio era el Frente. Los niños, los compañeros que cada vez eran más jóvenes. Después creo que se quedó dormido y yo me dormí con él. No fue más que eso. Uno se anestesia cuando vive momentos difíciles. Creo que nosotros permanecimos todos esos años algo anestesiados.

Cuando el despertador sonó, era temprano y estábamos en la cama. Uno junto al otro, uno muy cerca del otro, entrelazados en un abrazo. Nos habíamos dormido así. Quizá hasta soñamos juntos. Probablemente con esa tarde del 1° de abril que tanto lo movilizó. El Campus Oriente, Guzmán, los vidrios rotos, y él mismo dando vueltas por ahí como le hubiera gustado. O quizá no. Quizá esa mañana ya no tenía fuerza para fabricar un sueño. Dormía profundamente, pude escuchar su respiración. Sus pulmones hacían lo que podían. Andaba tan cansado. Me quedé observándonos un rato largo. Nuestros brazos, nuestros torsos, nuestras piernas, nuestras manos. No sabía cómo desarmar ese abrazo, ese enredo que éramos los dos, porque probablemente siempre habíamos estado así de mezclados. Desde cabros en los cerros de Valparaíso hasta esa pieza pequeña de un hotel en Osorno. Ahora todo llegaba a una especie de fin y no era fácil asumirlo. No sabía qué músculo mover para salir de ahí. Tampoco quería hacerlo.

Más tarde vino la estación de buses. Un abrazo. Alguna palabra torpe. Su imagen en la ventana alejándose para siempre. No pasó mucho tiempo cuando nos llegó la noticia de su muerte. Su viaje a Cuba se demoró más de lo que pudo resistir su cuerpo y los compañeros de Argentina lo dejaron en un hospital.

Murió solo. Como un indigente, sin nombre siquiera.

Después de todas las chapas que tuvo, Mauricio Arenas Bejas, el Lobo, Joaquín, mi hermano, murió como un NN.

He repasado tanto ese último encuentro y no logro recordar más. Había un libro, pero lo olvidé. Había algunos recados menores que espero haberlos dado, pero no me acuerdo. Lo que te conté es el fruto de muchos años estrujando la memoria. Supongo que la anestesia que nos sostuvo durante tanto tiempo dura hasta el día de hoy. Pero las respuestas que no tiene el recuerdo las tiene la imaginación. O más que la imaginación, el deseo. Aunque me acuerde poco, deseo muchas cosas para esa noche que tuvimos. Y cuando ando inspirado, como ahora, me dejo llevar y deseo nomás.

Deseo, por ejemplo, que la pieza modesta de aquel hotel de Osorno tenga un par de velas encendidas. Deseo también que haya una mesa dispuesta para dos con un buen vino. Deseo que haya un bosque afuera, del otro lado de la ventana. Deseo que Joaquín, pese a su enfermedad y su cansancio, pueda conversar conmigo toda la noche hasta que el sol se asome y los pájaros comiencen a chillar en el claroscuro. Deseo ser menos bestia y decirle que lo echo mucho de menos. Que a ratos me invento que viene a verme, que está conmigo en mi celda y que conversamos. Deseo mostrarle la foto que tengo de él en la pared y la polera que me mandé a hacer con esa misma imagen impresa en el pecho. Deseo que se ría de mí, que se burle, que me diga guatón te volviste loco. Deseo decirle que sí, que me otorgo ciertas dosis de locura como una receta para mantener la razón. Deseo decirle que siento mucho que haya muerto solo y que nunca me perdonaré no haber viajado a Argentina con él. Si hubiera ido habría apurado las cosas para que hubiese llegado a Cuba. Morir en Cuba habría sido muy distinto. Deseo hablar de una mujer. Una mujer importante de la que debimos haber hablado y nunca lo hicimos. Deseo hablarle de su hijo. De lo grande que está, de la vez que vino a verme aquí a la cárcel. De lo mucho que se parece a él. Y por último, deseo contarle sobre todos los libros que he podido leer en estos años. Especialmente de los que me sostuvieron, de los que me salvaron la vida. De los autores que nunca conoció y de las novelas que aún no habían sido escritas cuando él vivía.

Deseo leerle algo. Deseo hacerlo despacito, a un volumen bajo, porque deseo que cuando los primeros rayos del sol entren desde el bosque por la ventana, y su cuerpo comience a disolverse con el chillido de los pájaros en el claroscuro, mi lectura lo acune, lo abrace, lo acompañe, le haga más fácil, por lo menos esta vez, el tránsito a la muerte.

N

¿Qué hiciste con todos los libros que tu familia te envió a Brasil?

M

Se armó una biblioteca popular en el Cerro Esperanza.

N

¿Cómo se llama?

M

Comandante Joaquín.

N

Me dices: Entramos a los libros buscando lo que nos falta.

Noveno encuentro

ENCIERROS

N

No sé ordenar este capítulo. En el encierro, a falta de espacio y aire, la historia se pisa la cola, se apelotona y deja de entenderse. Se arma un verdadero taco de sucesos e imágenes e ideas que, de tanto golpearse contra las paredes de tu celda, pierden el orden y arman un nudo. Estoy en medio de ese nudo. Con el pecho apretado y esta sensación de ahogo que no logro sacarme de encima. Mareada por el eco de tus encierros. Los que has padecido y los que has ejecutado. Se espejean unos a otros de manera arbitraria y en ese reflejo infinito me pierdo y ya no distingo cuál es cuál. Los calabozos se repiten, las puertas metálicas se cierran una y otra vez. No puedo dejar de sentir el olor a humedad y desagüe, ese tufo pegajoso a transpiración. Un escalofrío me recorre la espalda, padezco algo que no sé bien qué es, una especie de fiebre de encierro que no me deja narrar con claridad, me quita perspectiva, desordena lo que pasó y me hace desconfiar de lo que pueda escribir. Probablemente somatizo porque yo misma llevo aquí mucho tiempo, cautiva en esta historia, visitándote desde hace años en esta cárcel de alta seguridad.

¿Por dónde empiezo? ¿Por los encierros que has padecido o por los que has ejecutado?

M

La prisión y el secuestro son dos cosas muy distintas.

N

Has caído en prisión dos veces. De la primera te rescataron y saliste colgando de un helicóptero. En la segunda llevas veintitrés años encerrado y te quedan más de veinte de condena.

Los secuestros que ejecutaste son varios. El número lo desconozco y del detalle prefiero no saber. Temo que huiré de esta historia si me entero de todo. Intuyo que esta fiebre que padezco y me marea tiene mucho que ver con ellos. Pero no puedo obviarlos. Estás aquí por uno de esos secuestros. El de Cristián Edwards, hijo de Agustín Edwards, dueño del diario *El Mercurio* y hombre clave en la gestión del golpe militar a través de sus contactos con Kissinger y la CIA.

El patriarca de los Edwards ocupó su diario como un arma de ataque masivo. Primero para derrocar a Allende y luego apoyando incondicionalmente a la dictadura. Su objetivo, incluso después de llegada la democracia, fue moldear la opinión de la gente blanqueando y justificando los horrores. Sin duda, el gestor de las principales *fake news* de aquella época.

A riesgo de seguir somatizando la historia, creo que si hablamos de encierros debiera partir aquí, con el secuestro de Cristián Edwards, hijo del hombre más poderoso de Chile.

M

La revolución no es inocente. Además de llevarse vidas, sale muy cara. Cuando nos volvimos autónomos y dejamos de recibir financiamiento, tuvimos que encontrar la manera de costear nuestros gastos. Así fue que salimos al extranjero para aprender a secuestrar. En Chile no queríamos hacerlo por plata, pero después de lo de Guzmán estábamos en completa bancarrota. Los pocos recursos que nos quedaban los ocupamos en organizar lo de Edwards. Las razones de ese secuestro, pese al calibre del objetivo, nunca fueron políticas. Lo que estaba en juego en ese momento era la sobrevivencia. Necesitábamos el dinero.

N

Cristián Edwards del Río nació meses antes que tú, el mismo 1958. Más tarde, mientras ibas a trabajos voluntarios, limpiabas el barro de poblaciones anegadas y pintabas murales en las calles del puerto, él se trasladaba con toda su familia a Estados Unidos, huyendo de Allende y el gobierno de la Unidad Popular. Allá estudió en un internado. Luego se recibió de Bachelor of Arts, carrera curiosa para la norma masculina de los Edwards. Trabajó, pintó, fue hippie. Dicen que tenía ideas liberales, que era contrario a la permanencia de la dictadura. Vivió cerca de veinte años lejos de Chile hasta que el requerimiento paterno lo trajo de vuelta a tomar su espacio en la empresa familiar. Al parecer esto nunca le hizo mucha gracia. Había evadido su destino todo el tiempo posible y en ese trayecto se había vuelto demasiado gringo para Chile. Todo aquí le parecía retrógrado y asfixiante, partiendo por los exigentes moldes de su padre. Así, mientras en el año 90 tú estabas fuera del país consiguiendo fondos para mantener la revolución chilena, Cristián Edwards regresó a hacerse cargo de los diarios regionales de *El Mercurio* que, entre otras cosas, buscaba precisamente desbaratar la revolución chilena. Discreto, ensimismado, quitadito de bulla, intentó guardar las distancias con su familia y usó una oficina céntrica, lejos de las instalaciones precordilleranas en las que trabajaba el resto de los Edwards. Hasta ahí llegaba todos los días muy temprano y se retiraba bastante tarde, pasando a buscar su auto a un estacionamiento subterráneo. Desde ese estacionamiento, en septiembre del 91, a los treinta y tres años, la misma edad que tú tenías, Cristián Edwards fue secuestrado.

Es curioso que a esta acción la hayan bautizado Operación Alondra. Un pajarito delicado, extranjero, habitante del norte, de canto grácil. La analogía es evidente. Lo que corresponde entonces es hacer el relato de esos cinco meses de encierro. Ciento cuarenta y cinco días, para ser exacta.

Debiera comenzar por la cacería de la alondra. Cómo fue elegida y ubicada. Cómo llegaron al estacionamiento. Cómo la encañonaron, cómo fue trasladada en la maleta de un auto y luego en la maleta de otro auto, para llegar a la casa en la que habían construido la jaula para su encierro. Porque así llamaron al lugar: jaula.

Luego debiera seguir con el detalle de la extraña atmósfera de esa casa retén en la que todos pernoctaban, secuestrado y secuestradores. Una casa de familia, en un barrio de clase media, un espacio mediano, inadecuado para tanto tiempo de convivencia. Los celadores estaban tan cautivos como la alondra, desesperados y locos con el encierro, al punto de que uno se disparó intencionalmente en la pierna para salir de ahí y otro, sencillamente, se fue. Debiera hablar de la familia dueña de casa. Del matrimonio que servía de fachada y del hijo adolescente que poco entendía lo que estaba ocurriendo. El niño intentaba hacer su vida normal, asistiendo al colegio todos los días, guardando silencio sobre los extraños sucesos que ocurrían en su casa.

Con ese solo argumento del hijo podría escribir una novela.

También debiera narrar las duras negociaciones con la familia Edwards. El padre de la alondra, incapaz de doblegarse frente a nadie, desobedeció las instrucciones que ustedes le dieron y alertó inmediatamente al presidente de la república, al ministerio del Interior, a las policías, a las fuerzas armadas, a las fuerzas de inteligencia, a la prensa. Congregó asesores internacionales, se contactó con el FBI, y tenía a todos trabajando para él, como debía ser.

Debiera hablar del informante que tenía la policía. De cómo uno de ustedes iba mencionando en secreto parte de los movimientos que hicieron. Estaban infiltrados y lo sabían, pero nunca imaginaron cuánto. Podría hablar de la intervención de la Iglesia. Del mediador que eligió el padre de la alondra, un ilustre sacerdote jesuita que terminó adjudicándose, por decisión propia, una cuota del rescate a modo de propina. Un cura que en el futuro sería destapado como el protagonista de más de veinte abusos sexuales, incluyendo a menores de edad.

Con ese solo argumento del cura también podría escribir una novela.

Podría hablar de ti, de lo complejo que fue estar a cargo de esa maniobra desesperada. De la falta de recursos que tenían para mantener el secuestro y de los costos vitales que eso tuvo. De la dificultad de saberse infiltrados. De la falta de tiempo para poder pensar en lo que estaban haciendo. De la inercia que gobernaba el día a día. Del duro golpe que fue la muerte de Joaquín en Argentina en medio de este episodio. Duro para ti y para todos.

Debiera contar sobre los policías que vigilaban la casa. Esperaban instrucciones de la familia o de la plana mayor para ingresar, pero nunca las recibieron. Hablar del disfraz de técnicos eléctricos que usaban. Debiera mencionar la incertidumbre que generaba saberlos ahí. Debiera también hablar de la tensión, del desgate, del cansancio, del aburrimiento. Tanto que hay para escribir en esta intriga. Argumentos que sostendrían una serie de acción de varios capítulos, con un par de temporadas y su respectivo *spin off*. Pero nada de lo mencionado me interesa. Mi olfato narrativo se ha vuelto insensible a la acción y la intriga. Por alguna razón, que no logro comprender, lo único que despierta mi interés y levanta mis ganas de escritura es lo que ocurría en esa jaula en la que la alondra permaneció ciento cuarenta y cinco días encerrada.

Me vuelve a faltar el aire. Otra vez siento el pecho apretado.

La historia ha llegado a un extremo en el que me cuesta mirarla desde afuera.

La jaula es un cubículo de dos por tres metros cuadrados construido en uno de los dormitorios de la casa. Ahora mismo creo estar ahí. Caigo en picada al interior como si alguien me arrojara. Supongo que es esta fiebre de encierro, el mareo que enreda y es capaz de disfrazarlo todo. Miro a mi alrededor. Es tan chico y feo este lugar que la sola idea de pasar un rato aquí me deprime. El parqué del piso está cubierto por una superficie de goma negra. Sobre ella pusieron una alfombra verde. ¿Por qué verde? Es horrible, huele a humedad y a orina. No hay ventanas. No hay cómo ver el cielo, ni saber si es de día o de noche. No entra luz natural, el lugar está iluminado por un foco desagradable. En una de las esquinas hay un parlante por el que se escucha música. Es una música de mierda. Sé que nunca la apagan, tú mismo me lo contaste, suena así las veinticuatro horas del día. En un extremo hay un catre plegable. Supongo que en él habrá que dormir. Si lo corro hacia la pared queda un poco más de espacio para estirar las piernas y caminar. En otro extremo, hay un baño químico y una mesa pequeña. Se caga y se come en estos escasos metros cuadrados. La puerta de la jaula es metálica y se encuentra con candado. En una de las paredes cuelga una hoja de papel con un listado de instrucciones para el manejo de la estadía de la alondra. *No hacer ruido. Darse vuelta hacia la pared cada vez que entra un celador. Al terminar de comer dejar la bandeja en el suelo. Comunicarse a través de papeles.*

La alondra es observada a través de pequeñas mirillas que se encuentran en las paredes de la jaula. No las logro identificar, pero sé que están ahí, también me lo has contado. A falta de presupuesto no hay cámaras, esos agujeros son el lente por el que el ojo de cada celador vigila sin ser visto. Ellos se turnan en ese ejercicio mientras dan vueltas por el estrecho pasillo que circunda a la alondra. Escucho sus pasos del otro lado. Su respiración. Están ahí, estoy segura, pero no los veo. Si hablo, no me responderán. Hay apenas un metro entre las paredes de la jaula y las del dormitorio en el que está construida. Un espacio muy reducido en el que permanecen el día entero fiscalizando. A través de las mirillas ellos ven los síntomas del estresado sistema nervioso de la alondra en su encierro.

Yo también puedo hacerlo. De una extraña manera, esta fiebre me lo permite.

Lo veo ahí, tirado en el catre mirando el techo. Luce muy ojeroso y pálido. Tiene el pelo largo, la barba crecida. Con un mínimo espacio para moverse, sin posibilidad de ver ni hablar con nadie, sin luz natural, con música constante, no sólo está desorientado y deprimido, sino que también comienza a somatizar su encierro. Tose, le falta el aire, no quiere comer, le cuesta dormir. Hace unos días comenzó a tirarse el cabello, a sacarse los pelos de la barba. Habla solo. Consigo mismo o con gente que no está. Mantiene diálogos extensos y a ratos cree haberlos tenido realmente. Sueña despierto, inventa sucesos y cree lo que inventa. Dice que escucha pájaros y grillos. Dice que ve insectos repulsivos en las paredes de la jaula. Dice que imagina que es liberado. Dice que lo imagina muchas veces. Tantas que a ratos cree que está afuera. Escucha sirenas policiales y el ruido de las aspas de un helicóptero que viene por él. Dice que imagina estar en otros lugares. Dice que vive otros momentos, siguiendo el flujo de argumentos más placenteros, probablemente en alguna locación de Estados Unidos, lejos de este y de todos los encierros a los que Chile lo ha condenado.

Es curioso cómo actúa el cerebro. No siempre tiene claridad de qué hecho es real y cuál una fantasía. En ese debate nos enredamos y la vivencia del sueño y el delirio se desechan si hay que decretar una experiencia concreta. Imagino que el encierro determina por completo la realidad objetiva. No hay pacto ahí dentro que ayude a definirla. A falta de espacio y aire, lo real se pisa la cola, se apelotona y deja de entenderse. Se arma un verdadero taco de sucesos e imágenes e ideas que, de tanto golpearse contra las paredes de una celda, pierden el orden y arman un nudo. Es un nudo que enreda todo, sueño y vigilia, realidad y ficción. Y si el encierro es tan estricto como el de un secuestro, no me parece extraño que ahí ocurran cosas fuera de la comprensión de quienes nunca hemos experimentado esa circunstancia. Si Cristián Edwards compartió con grillos, escuchó pájaros chillando en su jaula, si estuvo a punto de escaparse en un helicóptero, si lo visitaron amigos o familiares con los que habló días completos, no tenemos cómo decir que eso no fue real.

En el encierro se habla otro lenguaje. Se piensa de otra manera, se sobrevive con estrategias distintas. Y todo eso es real.

M

El presidio y el secuestro son dos cosas muy distintas.

N

En diciembre de 2001 participaste del secuestro del publicista brasilero Washington Olivetto. Las razones fueron las mismas, buscar financiamiento para la revolución, esta vez apoyando al Ejército de Liberación Nacional de Colombia, con quienes trabajabas desde hace unos meses en la selva. Habías huido de una cárcel chilena en un helicóptero, todas las policías te buscaban, anduviste prófugo en Argentina, Cuba, México, Brasil y quién sabe qué otros países, hasta que fuiste a dar a la guerrilla colombiana. ¿Qué hacías allí? Desconozco tus actividades, pero sé que enseñar a secuestrar y monitorear operaciones de ese tipo en el extranjero eran parte de ellas. Así aparece Olivetto en esta historia. El modus operandi y las condiciones de este nuevo secuestro fueron muy parecidas a las ya narradas con Edwards, pero con más recursos y años de experiencia. Todo se había profesionalizado.

Publicista prestigioso y millonario del Brasil, ¿cómo era Washington Oliveto? ¿De dónde venía? Son preguntas que no me he hecho. Imagino que esta fiebre que tengo me quita la curiosidad. He despersonalizado completamente al personaje. En el secuestro los individuos se transforman en objetivos. Y si es un secuestro económico, lo que importa es su patrimonio financiero y las rutinas que harán posible el rapto. Más que eso quizá no vale la pena averiguar.

El secuestro fue en São Paulo, Brasil, específicamente en la Avenida Paulista con Consolación, en pleno centro de la ciudad. Fue el once de diciembre de 2001 a las 19:30 horas. Debiera contar que te encontrabas en tu motocicleta, en medio de un taco, cuando a cierta distancia observaste con disimulo cómo tu equipo, en un vehículo policial, interceptó el auto en el que viajaba Olivetto. Debiera decir que en cerca de cuarenta segundos los falsos policías concretaron lo que sería uno de los secuestros más recordados de la historia del Brasil. Y que tú, tal como estaba planificado, lo vigilabas a unos metros.

Habría que hablar del encierro. Del mes y medio que Olivetto estuvo cautivo en La Fábrica, la casa en la que fue monitoreado día y noche a través de cámaras. Imagino que, siguiendo el protocolo, estaba sometido a luz artificial y a una música infame las veinticuatro horas del día. Imagino que el lugar era pequeño, de dos por tres metros. ¿Le faltaría el aire? ¿Hablaría solo? ¿Vería insectos? Imagino una puerta metálica. Probablemente una lista de instrucciones en una de las paredes de su jaula. Imagino un catre para dormir y un baño químico. Comer y cagar en el mismo espacio. Imagino una mesa plegable.

Debiera hablar también de su frágil estado nervioso. De las cartas que Olivetto escribía a diario para comunicarse con ustedes. De cómo las leían y luego las quemaban para no dejar huella de su contacto.

Debiera seguir con el equipo que dirigía el secuestro. Contar que decidieron instalarse lejos de São Paulo, en una finca de Serra Negra, a coordinar desde allá las negociaciones con la familia. Debiera relatar cómo fue esa relación. Decir que todo iba funcionando bastante bien. Años de manejo en el tema avalaban cada paso que fueron dando. Además, los familiares eran cuidadosos y obedecieron las instrucciones, ni la prensa ni la policía estaban al tanto del secuestro aún. Debiera decir que tú llevabas esas negociaciones. Que andabas con el grupo. Que arrendaron la finca y mantuvieron una rutina de veraneantes por varios días. Paseos, pichangas, aparente relajo.

Debiera detenerme en las sospechas del dueño de la casa. El hombre desconfió del acento extranjero, de lo inusual de un arriendo tan largo y pensó que ustedes no eran turistas, sino un grupo de narcotraficantes. Fue la explicación que él mismo se dio y frente a esa posibilidad decidió llamar a la policía. Debiera entonces contar la llegada de la policía a la casa. Lo hicieron con metralletas. Harían un allanamiento de rutina. Iban con más ánimo de dejar tranquilo al denunciante que de encontrar algo sospechoso. Debiera contar la tranquilidad con la que asumiste la llegada de los pacos. No tenían nada que los inculpara, a lo más un par de pistolas que, en el Brasil de esos años, era algo bastante común en las casas.

Saliste al patio mientras allanaban. Encendiste un cigarrillo y te sentaste a fumar esperando que todo terminara ahí dentro. No había riesgo, no había por qué temer. Operaciones como esta en el pasado reforzaban tu confianza. ¿Cuántas? No lo sé, pero las suficientes para asumir este inconveniente con tranquilidad. Creo que bebieron algo en la espera. Creo que hasta el chofer de los pacos te acompañó conversando. Así de relajados estaban cuando uno de tus compañeros salió de la casa. Venía con una expresión extraña en la cara, lo notaste. Una palidez extrema que delataba su inquietud. Caminaba hacia ti disimulando, sin lograrlo, la urgencia y el nerviosismo.

Una intuición recorrió tu cuerpo como un escalofrío.

El olor de la tragedia que, a esas alturas, conocías muy bien.

A un volumen bajo, tu compañero te mencionó que las últimas cartas de Olivetto, única prueba concreta que andaban trayendo del secuestro, no las había quemado. Debía hacerlo, es cierto, era su responsabilidad, pero no lo hizo. Las cartas estaban ahí dentro, en cualquier momento darían con ellas.

No sé qué le habrás dicho a tu compañero. No sé qué te habrá contestado.

Antes de que pudieras asimilar siquiera semejante negligencia, los pacos salieron apuntándolos con sus metralletas y hablando a los gritos. Tenían las cartas. Habían dado con ellas y estaban más desconcertados que ustedes. Venían a un allanamiento sin mayor importancia y se encontraron con un grupo de secuestradores. Nadie en Brasil lo sabía aún, ni la prensa ni la policía, sólo la familia, pero a partir de ese momento el descubrimiento del secuestro de Washington Olivetto explotó. De ahí en adelante el trato con ustedes fue completamente distinto.

Me vuelve a faltar el aire. Otra vez siento el pecho apretado.

Fueron trasladados al retén del pueblo y al día siguiente a São Paulo. Cuando comenzaron los interrogatorios, la primera estrategia del grupo fue entregar identidades falsas. Sin embargo, una ficha de Interpol arrojaba que tus huellas dactilares coincidían con uno de los diez prófugos más buscados internacionalmente. El secuestrador de Washington Olivetto era Mauricio Hernández Norambuena, alias el comandante Ramiro. Chileno. Fugado en un helicóptero desde la Cárcel de Alta Seguridad de Santiago y condenado por la muerte de un senador de su país y el secuestro de un empresario.

La garganta se me seca, siento deseos de toser.

Supongo que es aquí donde todo se anuda. Los encierros se espejean unos a otros y en ese reflejo infinito me desoriento, ya te lo dije, dejo de distinguir cuál es cuál. Todo pierde sentido, se ahoga a falta de espacio y perspectiva. La revolución cuesta caro, dijiste, y no entiendo bien quiénes tienen que pagar. Tampoco hasta cuándo. Y a estas alturas mucho menos para qué. ¿No hay un modo menos asfixiante de llevarla a cabo? ¿Un camino donde el aire ayude a refrescar las ideas? ¿Donde no ahogue la falta de perspectiva?

Somatizo, lo tengo claro.

En este punto comienza el encierro que enreda todos los encierros, los ejecutados y los padecidos. El encierro en el que cada secuestro te persigue, te pisa la cola, te atrapa y finalmente te condena a representar a perpetuidad la escena de lo que ejecutaste.

Mientras Olivetto fue liberado y recuperó su vida, tú fuiste ubicado en una cárcel de alta seguridad brasilera. Ahí te otorgaron un régimen de aislamiento completo. Incomunicado en una celda de dos por tres, con luz artificial las veinticuatro horas del día. Sin acceso a radio, televisión o prensa de ningún tipo. Una puerta metálica. Un camastro, un wáter, quizá una mesa. Comer, cagar y dormir en el mismo espacio. Con la posibilidad de visitar el patio por quince minutos al día o, en el mejor de los casos, por una hora y en completa soledad. El único contacto humano fue con los gendarmes, con quienes no hablabas. Cada seis meses recibías la visita de un familiar desde Chile. Al comienzo lo hacías engrillado y a través del vidrio del locutorio de turno. Fuiste trasladado de ciudad y de penal en varias oportunidades, sin aviso previo a tu defensa, a tu familia y mucho menos a ti. Y en medio de todo eso las baratas, la gente que no está, el ajedrez imaginario, los libros y el recuerdo.

Esta rutina estricta tiene más detalles que he preferido no narrar.

Esta rutina durará años antes de que seas extraditado a Chile.

Diecisiete años para ser exacta.

El tiempo de una dictadura.

M

Hubo una noche en la selva colombiana donde todo parecía tan lejos y tan cerca al mismo tiempo. Estaba de guardia, recostado en la tierra, y las cosas no eran más que eso, la inmensidad del cielo, las estrellas sobre mi cabeza, el aire caliente movilizando las copas de los árboles y, por primera vez, la convicción de ser sólo una partícula más de ese paisaje. Me sentí chiquitito. Desde entonces me siento así.

Llegué a la selva porque quería estrellarme contra un muro.

Tenía cuarenta años y estaba completamente solo. Después de la fuga no podía volver a Chile. No podía ver a mi familia. Los destacamentos en la selva estaban hechos de jóvenes que no tenían más de veinte años. Todos de la zona, reclutados por la guerrilla. No tenía que hacerlo, nadie me lo pidió, pero me uní a ellos como uno más. No quería un trato especial. Iría a las excursiones, avanzaría contra quien fuera, dispararía. Para eso estaba ahí: para ir hacia adelante y estrellarme contra un muro.

Yo podía hacerlo. Yo sabía.

Pero lo que desconocía completamente era cómo descabezar a una cobra. Cómo identificar a un insecto venenoso o controlar a una bandada de tucanes. No tenía idea de lo que significaba moverse en la espesura. Rápidamente me transformé en un problema. Y lo que pretendía ser un gesto de agradecimiento suicida, terminó siendo un acto patético. Era el viejo que había que esperar porque se demoraba. El que había que buscar cuando se perdía. El que había que cuidar porque era la estrella de una lucha que esos jóvenes desconocían.

Fue entonces cuando ocurrió lo que te contaba.

Lo de la noche y las estrellas. Lo del silencio.

Había estado tantos años clandestino, prófugo, jugando al fantasma, que estar ahí, de cara al cosmos, inmerso en la naturaleza, me provocó algo nuevo, algo nunca antes vivido. Esa noche miré el firmamento y tuve la certeza de ser parte del mecanismo del todo. De latir al ritmo de la selva. Mi cuerpo ya no tenía límites, mis partículas se mezclaban con la humedad y el silencio, flotaba en la inmensidad. Ahí estaba yo. En mí y fuera de mí al mismo tiempo.

Meses después vino lo de Olivetto y caí en Brasil.

Lo que diga sobre esa noche colombiana no traducirá lo que fue, pero me debo a ella. Me sostengo de su recuerdo con un brazo para no caer.

N

Fue como una explosión, como un derrumbe. Así lo traduzco. El reloj se detuvo en cuanto el gendarme cerró la puerta metálica detrás tuyo. Y ahí quedaste, flaco, pálido, de uniforme, tirado en el suelo durante unos minutos o quizá un par de siglos, flotando en el paréntesis del cautiverio, evidenciando como una cachetada la ficción del tiempo y la realidad. La deriva imparable de tus vertiginosos años de historia se detuvo abruptamente entre las paredes de tu celda. Por fin te habías dado de golpe contra un muro. El aire tenía otra densidad ahí dentro, la atmósfera estaba enrarecida, los minutos se estiraban, pesaban distinto. No había noche ni día, todo era un eterno claroscuro. Un crepúsculo infinito como el que inquieta a los pájaros antes del amanecer. Llegar a esas celdas en Brasil fue como aterrizar de golpe en otro planeta.

¿Cómo se sobrevive en ese planeta?

En muchas conversaciones sobre ti me lo han preguntado. ¿Cómo no ha cometido suicidio? ¿Cómo ha sobrevivido?

Con imaginación y voluntad, respondo.

Con memoria y ficción. Mucha memoria y mucha ficción.

Quizá por eso, pese a todo, me mantengo aquí, cautiva en esta historia que no me pertenece y que debe tener tanto de recuerdo como de invento.

Me dices: Me sostengo de su recuerdo con un brazo para no caer.

Décimo encuentro

CORRESPONDENCIA

Presidio Federal Catanduvas,
Paraná, Brasil.
Julio, 2008

Hola, querido Mauricio:

Acabo de recibir tu carta de mayo donde me cuentas de tu vida y de mi amado Colo-Colo. Me emociona que te guste la pelota. Ya tendré noticias de cuando vistas la camiseta del Orompello. Ojalá juegues bonitos partidos y te diviertas. No olvides que los deportes son para pasarlo bien. Lo más importante en el juego es eso. Los contrincantes también son niños que quieren divertirse, entonces no hay para qué pelear. Cuando seas adulto será más difícil porque la competencia ciega a todos y la estupidez también. Pero si desde ahora fortaleces tu carácter en ese sentido, estarás mejor preparado y sabrás ganar y perder.

Cuando tenía tu edad comencé a jugar fútbol en un club que se llamaba Recreo. Los partidos de las divisiones infantiles siempre se postergaban y yo sufría mucho por eso. Éramos el último pelo de la cola del club, nunca había prioridad para organizar los encuentros de los niños. Y a veces, cuando por fin había uno, teníamos tan mala suerte que estábamos listos para jugar y se ponía a llover. No alcanzábamos ni a salir a la cancha y todo se suspendía. Pucha que me daba rabia. Lo que me ayudaba a pasar el mal rato eran nuestras pichangas de barrio en las canchas de la Lord Cochrane. En ese tiempo había tres o cuatro. ¿Todavía existen? ¿Juegas ahí?

Qué alegría me dio saber que te va tan bien en el colegio. Yo tenía buenas notas, como tú, pero era bien desordenado. Matemáticas y Educación Física eran mis ramos favoritos. Tenía facilidad con los números, era el mejor del curso. En Técnicas Especiales y

Artes Plásticas me iba pésimo, eso sí, puros cuatro. Pero es como una tradición de los Hernández ser malos para esas cosas.

Sobre tu pregunta de cómo supe que quería estudiar Educación Física, deduzco que ya estás pensando a qué te quieres dedicar. Pero eres muy chico todavía, tienes harto tiempo para encontrar tu vocación. Y si te apasiona tanto la pelota, ¿cómo sabes si por ahí va el camino? Yo aquí echo de menos las pichangas. A veces logro pelotear un ratito solo. Paso los días leyendo, jugando ajedrez, haciendo toda la actividad física que puedo para mantener mi salud.

Anoche soñé contigo, probablemente porque recién había leído tu carta. En el sueño había un niño que eras tú. O como yo creo que eres tú. Más bien, como te veo en las fotografías que me trae tu mami. Estabas jugando a la pelota y hacías varios goles con unas zapatillas rojas. Fue un sueño extraño y un poco difuso. ¿Será el presagio de que tu camino es el fútbol? Lo que no entendí bien, y tampoco le logro encontrar sentido, es el color de las zapatillas. Eran muy rojas. Raro, ¿no?

Un abrazo para ti y mucho éxito en tus sueños, tocayo.

Con cariño, tu tío que te quiere, Mauri.

P.D. 1: ¿Es cierto que te llaman Mauri chico? Tu mamá dice que no te importa, espero que sea verdad. A los Hernández les gusta eso de bautizar a los niños con los nombres de los adultos. Ahí tienes a tu abuela Laura, tu tía Laura y tu prima Laurita. Laura al cubo en esta familia.

P.D. 2: Los personajes de tu dibujo tienen seis dedos en cada mano. Parece que tu fuerte no son las Artes Plásticas, en eso te pareces a mí. ¿O será que esos personajes son marcianos?

Presidio Federal de Campo Grande,
Mato Grosso do Sul, Brasil.
Octubre, 2011

Querido Mauri:

Es cierto lo que te dicen tus primos. Hace un tiempo me rescataron de una cárcel en un helicóptero. No volé por los aires, pero fue algo parecido. Algún día te contaré detalles de ese momento y de todo lo demás que te interese. Por mientras quisiera que no te engañaras, hay mucha fantasía en relación a mí. Y claramente no estoy a la altura de ella. Sólo soy un hombre común y corriente que en ciertas circunstancias fue capaz de correr riesgos. Eso no quiere decir que todas las personas tuvieran que hacerlo. Fue mi opción en esos tiempos extraños. Para mí fue el camino a seguir. Y por eso lo tomé. No soy un súper hombre. Tampoco un villano.

¿Tú cómo estás? Cuéntame de ti. Supe que participas de los movimientos estudiantiles. Yo a tu edad también tuve la posibilidad de hacerlo. Tenía trece años cuando salí a marchar por primera vez. Era tan estimulante pensar que defendíamos juntos un proyecto que mejoraría las cosas para muchos. En esas marchas siempre aparecían los momios y se armaba una pelea. Nosotros, los más chicos, salíamos corriendo y de lejos tirábamos piedras con una honda. Era como un juego, pero en serio, porque los fachos eran mucho más grandes, tenían entre diecisiete y veinte años, y nos perseguían para darnos pateaduras. Por suerte o pura viveza, nunca me pasó nada grave. Sólo pasé susto. Así es que cuídate, no dejes que te ocurra nada. Manifestarse o protestar son cosas que deben planificarse bien. No se trata de ir a gritar porque sí. Mucho menos de ir a destruir por destruir, como si ese fuera el fin. El ingenio es capaz de encontrar formas adecuados para cada

necesidad. Hay que ser creativos y audaces. Y, sobre todo, hay que saber cuidarse.

Como ya te das cuenta, el mundo de los adultos está cada día más caótico. Parece que ustedes tendrán que intentar mejorarlo. ¿Encontrarán la manera? El problema es que la codicia y la estupidez de unos cuantos no tiene límites. Y eso pasa en todos los tiempos. Es como una peste, ¿sabes? Va creciendo y tomándose el corazón de la gente. Me pregunto si todo ese sueño de un mundo mejor, de una sociedad más humana y más justa, será realmente posible. Aún no se ha logrado una fórmula a la altura de ese sueño. Pero eso no significa que sea irrealizable, sólo significa que no es fácil y que hay que seguir buscando caminos. A ustedes les toca usar la imaginación para encontrarlos.

De mí hay poco que contar. Los días pasan iguales unos a otros. Son tan iguales que a veces me confundo y no sé cuál es cuál. Mi celda es pequeña y tengo en ella lo justo y necesario, entonces no ayuda mucho a salir de la monotonía. Pero es tal como me dices en tu carta, este lugar es una especie de nave donde estoy en tránsito a otra cosa. Un sitio sólo para descansar mientras el viaje se ejecuta. Está resultando demasiado largo este viaje, eso sí, y tampoco es que descanse mucho, pero ya aterrizaré. Por mientras mando señales desde este lugar inamovible. Lo único que varía aquí es el libro que leo cada mañana. Mi cabeza está llena de historias, algunas reales y otras de ficción. Nada se mueve a mi alrededor, pero mi mente se moviliza a mil kilómetros por hora. A veces va a tu ciudad. Caen en mi memoria imágenes como postales que alguien me envía desde el mundo real. Pienso en esos cerros que conozco tanto. En ese mar. Algún día estaré por esas calles paseando contigo, peloteando en alguna cancha del barrio. Espérame.

Me despido con un gran abrazo.

Muchos cariños de tu tío, Mauri.

P.D. 1: ¿Cómo va tu equipito de la Universidad Católica? Todavía no me repongo de esa noticia que me diste. Qué traición más grande. Supongo que debe ir ahí, como siempre, siguiéndole la cola a mi Colo-Cololito.

P.D. 2: Tienes que mejorar la ortografía. Te conté dieciocho faltas en la carta.

P.D. 3: Por favor pásale a tu mami esta lista de libros para que me los consiga.

Las palabras, *de Jean-Paul Sartre.*
Los ojos hacen algo más que ver, *de Isaac Asimov.*
Inteligencias extraterrestres, *de Jean Heidmann.*
La mujer de treinta años, *de Honoré de Balzac.*
La posición del hombre en el cosmos, *de Max Scheler.*
El mito de Sísifo, *de Albert Camus.*
La Cartuja de Parma, *de Stendhal.*
El juguete rabioso, *de Roberto Arlt.*

Presidio Federal Porto Velho,
Rondonia, Brasil.
Noviembre, 2014

Querido Mauri:

Supe que descubrieron un nuevo planeta. Es de un tamaño parecido a la Tierra y se encuentra en la zona habitable de su estrella. Esto quiere decir que está ubicado a una distancia de su sol que le permite que el agua no se evapore ni se congele. Kepler-186F, así se llama y, según los astrónomos, sería un buen candidato para alojar vida justamente por esta posibilidad de mantener el agua en estado líquido. Este nuevo planeta se encuentra a quinientos años luz de distancia del nuestro. Me cuesta entender lo que eso significa, pero es tan inmensa la extensión del cosmos que quinientos años debe traducirse como la distancia que hay entre un cerro y otro en Valparaíso. Seguro que somos un poco vecinos de Kepler-186F.

Creo que es cosa de tiempo para que se encuentre vida en el universo. Imaginarnos solos en este espacio tan grande me resulta imposible. Un verdadero desperdicio. Por supuesto que no creo que se trate de vida tal como la conocemos. No serán humanos, serán otro tipo de seres. Algo inimaginable para nosotros y nuestro cerebro estrecho. Quizá no tengan cuerpo y sean sólo energía. Quizá habiten muchas dimensiones a la vez. Quizá sean un poco jóvenes y viejos al mismo tiempo.

¿Alguna vez te conté del avistamiento que tuve?

Esa experiencia me dejó pensando en estos temas. Ha pasado bastante tiempo desde entonces, pero todavía la recuerdo y siento un escalofrío recorriéndome la espalda.

Estaba en México, en un departamento de la costa que tenía salida directa a una azotea. Era una noche clara de luna, pasado la medianoche. Al día siguiente me operaban la rodilla, que ya estaba bastante mal. Salí a la azotea a tomar aire, a relajarme un rato, a mirar el claro de luna, que estaba precioso. En eso andaba, con los pensamientos dando vueltas en cualquier parte, cuando apareció.

Venía desde el mar. Avanzaba lentamente.

Lo miré con mucha atención intentando entender lo que era.

Percibí una sombra, una presencia en tonos grises que se movilizaba en silencio. Subía, bajaba, se detenía. No se desplazaba con una dirección clara. Daba la impresión de que hacía movimientos de geomensura, estudiando el territorio, midiéndolo, observándolo. Sobrevolaba la ciudad a unos cien metros de altura más o menos. Quizá más. Primero pensé que era un helicóptero. La mente siempre intenta completar con lo que conoce, pero rápidamente me di cuenta de que no tenía una respuesta coherente. Nada de lo conocido calzaba con esa visión.

Era una estructura ovalada. Tendría unos treinta metros de diámetro. No emitía sonido. Tampoco contaba con luces. Si yo podía verla era porque se encontraba bastante cerca. Tanto, que comenzó a avanzar hacia la azotea. Cuando me di cuenta de ese movimiento me paralicé. Por una parte quería observarla, pero por otra sentía un miedo enorme. No tuve la posibilidad de pensar mucho, la estructura sobrevoló el edificio lentamente y en un momento la sentí pasar sobre mí.

Ahí estaba, transitando lentamente sobre mi cuerpo.

Una sombra silenciosa, un fantasma de otro mundo.

Podía sentir su vibración, el peso de su presencia.

Cuando eso ocurrió sólo atiné a lanzarme al suelo y a cubrirme la cabeza. Fueron unos segundos, pero parecieron décadas. Lo que estaba ahí arriba no era de este planeta. Su tecnología no había sido concebida por seres humanos. Imaginé que desde alguna ventana, quienes fueran los que viajaban en esa nave, me miraban.

Me estudiaban. Imaginé que veían mi pequeñez, mi insignificancia. Quizá hasta se reían de mí. Pobre tipo, muerto de miedo, solitario, lejos de su país, de su familia, perseguido por la Interpol, con la rodilla mala, se va a quedar pelado luego. Todo eso imaginé que decían. Quizá conocían mi futuro. Quizá lo vieron ahí. Quizá ellos mismos lo trazaron. Temí que se abriera una compuerta, que alguna luz emergiera de ahí dentro, que una fuerza me abdujera y me llevara. Temí una y mil cosas, pero nada ocurrió.

La estructura pasó sobre la azotea y siguió de largo.

Continuó su camino quién sabe adónde.

La vi alejarse y otra vez tomar rumbo al mar.

No me atreví a observarla mucho más. Repté tan rápido como pude a la salida de la azotea y bajé corriendo al departamento. Nunca, de verdad nunca, con todas las cosas que había experimentado hasta entonces, había sentido tanto horror.

Al día siguiente revisé las noticias. Estábamos en medio de la ciudad, era imposible que sólo yo la hubiera visto. En todos los diarios salió reseñada la extraña aparición. Había varios testigos que relataban el avistamiento nocturno. Los periodistas lo describían como un objeto volador no identificado.

No tengo explicación para eso que viví. Y la única prueba que mantengo es el recuerdo. Lo que mi memoria guarda de esa noche y de ese momento aterrador. Hasta el día de hoy conservo la inquietud. ¿Quiénes eran? ¿Qué querían? ¿Me habrán visto ahí en la azotea? ¿Se habrán reído de mí? ¿Nos volveremos a encontrar?

Demorará para que esas otras inteligencias se presenten o contacten, pero en algún momento lo harán y entraremos en diálogo. Vamos a encontrar la forma de comunicarnos, estoy seguro. Lo hemos logrado tú y yo, que aún no nos conocemos, viviendo en países distintos, con todas las trabas que tengo para escribirte desde aquí, ¿y no lo van a lograr los científicos?

Quizá tú serás testigo de ese momento.

Quizá puedas algún día conversar con ellos.

Te dejo pensando en la inmensidad del cosmos, pequeño Mauricio.

Tu tío, Mauri.

P.D. Por favor, ¿le pasas esta lista de libros a tu mami?

Adán Buenosayres, *de Leopoldo Marechal.*
La patria equivocada, *de Dalmiro Sáenz.*
Segunda enciclopedia de Tlön, *de Sergio Meier.*
El hombre duplicado, *de Saramago.*
Las nieblas de Avalón, *de Marion Zimmer.*
Mejor hoy que mañana, *de Nadine Gordimer.*
Umbral, *de Juan Emar.*

M chico

Tuve que cumplir dieciocho años para conocerlo. Creo que era un requerimiento carcelario tener la mayoría de edad si querías hacer una visita. Aunque parece que mi primo había ido antes. No estoy muy seguro. ¿Mi tío no te ha comentado? Yo había salido recién del colegio. Viajamos con mi prima Laura y mi primo Moisés a Mossoró, en el nordeste del Brasil, donde estaba el penal federal en el que se encontraba en ese momento. No recuerdo cómo lo imaginaba, pero sé que más allá de las fotografías, los murales y los relatos que todo el mundo me hacía sobre él, siempre le inventaba una voz y una cara especial al leer sus cartas.

No, la idea no fue mía, fue de mi mamá.

Cuando aprendí a escribir ella me preguntó si quería mandarle algún mensaje. Quién sabe qué le conté en esa primera carta. Cosas de cabro chico, me imagino, yo tenía apenas ocho años. Lo conocía sólo por fotos. Era el tío ausente, una especie de fantasma, la pieza que faltaba en el rompecabezas que armábamos todos juntos en la familia. Mi mamá y mis tíos siempre se encargaron de mantener su imagen muy presente. Estaba entre nosotros, pero de una manera particular. Hablábamos de él, pensábamos en él, muchas veces la vida se organizaba en torno a él.

Crecí acostumbrado a los viajes que mi mamá y mi tía hacían a Brasil un par de veces al año. Cuando volvían de esas visitas traían noticias y recados. También traían preocupación. Mucha preocupación. Mi mamá no decía nada, pero yo me daba cuenta. Siempre supe que se encontraba preso allá, pero el por qué estaba en la cárcel no lo tuve claro hasta que fui más grande. Tampoco las condiciones de ese presidio. En ese tiempo nos decían que él era una especie de Robin Hood, que lo perseguían por querer ayudar a otros. Para mí, mi tío era lo más parecido a un superhéroe.

Un par de meses después de haberle enviado esa primera carta, llegué del colegio y en el buzón de la casa había un sobre a mi nombre. Estaba entre medio de las cuentas y otros papeles para mis papás. Yo nunca había recibido nada, entonces me dio un tiritón de pura felicidad. Era un sobre de avión y venía directamente desde Brasil. En el remitente estaba escrito su nombre con letras de lápiz pasta azul: Mauricio Hernández Norambuena. Desde ese momento la llegada de esas cartas se transformó en un rito que acompañaría mi vida.

A Mossoró llegamos muy temprano. La cárcel era un lugar gigantesco, así me pareció, y estaba ubicado en medio de la nada. Lo habían construido hace poco, las instalaciones se veían muy nuevas. Los muros altos, las torres, las rejas, los alambres de púa, los portones metálicos. Parecía una verdadera fortaleza moderna, el escenario de una película de ciencia ficción.

Esperamos con el resto de los familiares que iban de visita. La gran mayoría eran mujeres. Vestíamos ropas especiales porque así se solicita para ingresar. Camisas y pantalones anchos, de colores claros, que se diferencien de la vestimenta de los presos y los gendarmes. A las mujeres sólo se les autoriza entrar usando vestidos de tonos pasteles. Parecíamos una delegación religiosa. Después de un rato un gendarme abrió las puertas para comenzar los trámites de ingreso. Era un hombre muy alto. Todos los gendarmes lo eran. Guardias de elite, con físicos desarrollados, vestidos de negro, que llevaban lentes oscuros intimidantes. Más que protegerse del sol, yo imaginaba que ocultaban algo. Quizá un par de cavidades huecas en vez de ojos. Además, hablaban en portugués bastante rápido, costaba entenderles. Nos tomaron los datos, nos hicieron ponernos unas hawaianas del mismo penal y luego fuimos pasando individualmente a una sala pequeña.

Mi mamá ya me había preparado. Estaba al tanto de lo que iba a ocurrir ahí dentro, pero eso no lo hizo más fácil. Solo, frente a un par de gendarmes muy altos, lo primero que me pidieron fue desvestirme por completo. Lo hice lentamente, sacándome la camisa y el pantalón con calma, ordenándolos con cuidado. Pero no había mucha paciencia con el pudor de los visitantes, así es que me hicieron unos gestos y dijeron algo que interpreté como una solicitud de rapidez. Cuando ya me había desnudado, me observaron desde todos los ángulos posibles. Tuve que mostrarles cada una de las cavidades de mi cuerpo. Revisaron mi nariz, mis orejas, mi boca, mis axilas. Sacudieron mi pelo también. Luego me pidieron hacer sentadillas sobre un espejo. Me ubiqué arriba del vidrio y las hice. Finalmente registraron con detalle mi ropa por si escondía algo y luego me pidieron vestirme rápido para salir.

Cuando cada uno de los familiares terminó de ser revisado, otro gendarme nos hizo seguirlo. No entendimos muy bien lo que decía, pero avanzamos con el resto de la delegación color pastel. Caminamos bastante. Se abrían y cerraban puertas metálicas a nuestro paso. Girábamos por una esquina, tomábamos un pasillo, luego otro. Era imposible recordar por dónde habías pasado, estábamos en un verdadero laberinto. En un momento nos detuvieron y nos dejaron esperando ahí.

Lo que siguió fue un sonido que no supe interpretar.

Venía desde lejos y parecía el gruñido de un elefante o un dinosaurio.

Reconocí cierto ritmo en su ejecución. Un chirrido, otro. Uno, otro. Eran sus pasos. O eso parecía. El sonido se acercaba develando un tono metálico y pesado. Algo crujía ahí fuera. El animal avanzaba hacía nosotros por alguno de los pasillos del laberinto. Nos acechaba con lentitud, estirando el suspenso de su aparición con un chirrido y otro más. Traqueteaba cansado y cruzaba puertas metálicas hasta dejarse ver detrás de una reja.

Eran los presos. Venían engrillados. Se movilizaban en una extraña y pesada coreografía. Cruzaron acompañados de un grupo de gendarmes hasta llegar a la sala de visitas. Ahí se alinearon para ser liberados de las cadenas.

Yo busqué a mi tío. Intenté reconocerlo en alguno de los rostros que estaban ahí en frente, pero nadie me calzaba con las fotografías que tenía en la memoria. Los hombres de la fila eran todos iguales. Pelados, delgados, con buzo y camiseta celeste del penal. Cualquiera podía ser Mauricio Hernández Norambuena.

Cuando ya estuvieron libres de los grilletes recibieron la orden para acercarse a sus familiares. Fue entonces que lo vi con claridad. Su cara se iluminó. Rompió la fila y caminó hasta nosotros. En su sonrisa reconocí a mi mamá. Reconocí a mis tíos y a mis primos. Seguro que algo de mí mismo también distinguí. Después de tanta carta, de tanta voz imaginaria que le había puesto durante años, durante mi vida completa, lo tenía ahí, al alcance de mi abrazo.

Nos encontramos y nos saludamos con cierta torpeza. Soy el Mauri chico, le dije. Y yo el Mauri grande, me contestó.

Presidio Federal de Mossoró,
Río Grande do Norte, Brasil.
Febrero, 2017

Querido Mauri:

Acaban de irse y te escribo cortito sólo para poner en palabras lo que significó conocerte. Tener a los tres aquí, riéndose, contándome sus cosas, me emocionó mucho. Tu prima Laura es una mujercita. Y tú y Moisés un par de hombres hechos y derechos. Y qué altos que son. ¿A quién salieron tan grandes? Es increíble que aquí el tiempo no pase y allá fuera corra implacable. La vida sigue su curso veloz y ustedes son la prueba de eso. Me vino la nostalgia de todo lo que no hemos hecho juntos.

Espero ir a compartir un pedazo de vida lo antes posible.

Espérenme, no crezcan tan rápido. Por lo pronto, seguimos con las cartas.

Un abrazo de tu tío, Mauri.

Presidio Federal de Mossoró,
Río Grande do Norte, Brasil.
Agosto, 2017

Querido Mauri:

Tu abuela Laura siempre quiso que alguien de la familia estudiara leyes. Era importante para ella que alguno siguiera sus pasos. Te lo habrán dicho todos, ¿no? Estaría tan orgullosa de ti. Yo también lo estoy. Me alegro que hayas aprobado los ramos y te sientas satisfecho de tu elección.

Como estás comenzando este camino, hay algo que probablemente sepas, pero que no puedo dejar de decirte para evitar frustraciones y malos ratos futuros. Si vas a trabajar como abogado debes tener conciencia de que la justicia es un concepto extraño y relativo. Más que un instrumento ecuánime que busca mediar de manera imparcial, históricamente ha operado como un artilugio que actúa a conveniencia de quien la ejerce. Ejemplos de eso hay en todo el mundo a lo largo de los tiempos. Pero si nos concentramos en Chile, ya sabes cómo funciona el poder judicial. Los magistrados son elegidos por el gobierno de turno, lo que hace que no sean realmente independientes. Ni del gobierno, ni del poder económico, que siempre apretará y dirigirá en las sombras al gobierno de turno, no importa su color político. Ya sabemos quiénes son realmente los dueños del tablero. La justicia no será nunca objetiva si los jueces deben congraciarse con el poder para ser nombrados y mantener sus cargos. Tener claro el funcionamiento del sistema puede evitar frustraciones, como te dije, pero también puede ayudar a elaborar cambios. Estoy seguro de que jóvenes como tú son los que pueden refrescar y modificar la justicia. Ustedes leen la realidad mucho mejor que nosotros.

Para una mejor comprensión del mundo actual, con su loca dinámica tecnológica, que influencia cada día más los procesos sociales, se requiere de una reflexión crítica permanente. No sólo en el ámbito de la justicia, sino que en todas las áreas. La realidad está siendo tragada por una especie de presentismo virtual acelerado y egoísta. Gramsci lo observó lúcidamente cuando desarrolló el concepto de hegemonía como instrumento de dominio y control social. Otro pensador italiano, Giorgio Agamben, viene reflexionando sobre esas mismas ideas. ¿Lo has leído? Él denomina «estado de excepción» al mecanismo usado por los nuevos autoritarismos que restringen la democracia.

Creo que me estoy yendo por las ramas y mezclo peras con manzanas. Me cuesta pensar todo esto desde aquí. La trama de la realidad está resultando muy compleja y de mi parte sólo trato de sembrar inquietudes para que intentes respuestas. Has elegido un camino desafiante y complejo, estarás sometido a reflexiones profundas en cada paso que des en él. Te deseo suerte y una mirada aguda.

Y yo que alguna vez pensé que serías futbolista. Tendré que seguir esperando que algún Hernández dé el paso a las grandes ligas.

Un saludo cariñoso para ti y para todos en la casa.

Tu tío que te quiere, Mauri.

P.D. Búscame estos libros en español y me los mandas cuando puedas, por favor. No quiero otros de estos autores, porque en su mayoría ya los he leído. Quiero específicamente estos libros. Puede que los nombres no estén bien escritos porque los traduzco yo.

Demodiversidad. Imaginar nuevas posibilidades democráticas, *de Boaventura de Sousa Santos.*
Ciencia y alma, *de Richard Hawkins.*
Un extraño orden de cosas, *de Antonio Damasio.*
La sociedad del cansancio, *de Byung-Chul Han.*

Presidio Federal de Mossoró,
Río Grande do Norte, Brasil.
Febrero, 2018

«La ley se interpreta. Dirá lo que ustedes quieran que diga».

Oswald Baudot,
Discurso en graduación de magistrados,
Francia, 1970.

Querido sobrino:

Quiero compartir contigo algunos extractos de la última decisión del juez. En ella se renueva por un año más mi estancia en el presidio federal.

> *«Pese a que la ley 11.671 asevera de forma categórica que el período de permanencia en un presidio federal no puede ser superior a trecientos sesenta días, el mismo dispositivo legal expresa que ese plazo es renovable de manera excepcional».*

Con esta, ya son once las renovaciones que me otorgan. Lo que se traduce en los once años de excepción que llevo en presidio federal. Once años. Por consecuencia, en mi caso la excepción se ha transformado en regla.

> *«Hay que recordar que en los presidios federales los presos se mantienen encerrados en celdas individuales, veintidós horas diarias, en completo aislamiento. Sólo tienen derecho a socializar con otras personas en las dos horas de patio de cada día y en las visitas. Lo estricto de esta situación es lo que vuelve a la prisión federal inutilizable para el cumplimiento de una pena».*

¿Y qué he estado haciendo estos once años en presidio federal? ¿No he estado cumpliendo mi pena? Van a transgredir la ley una vez más con una excepción. Me mantendrán otro año en un régimen que sólo se puede utilizar por trecientos sesenta días. La misma ley considera que no hay ser humano que pueda resistir este régimen por más tiempo. ¿Qué soy entonces que me tienen aquí por más de una década? ¿Un marciano? ¿Por qué no usan esas consideraciones conmigo? Esta decisión judicial dialoga con la frase que encabeza la carta. Como puedes ver, Mauri, el derecho se enchueca.

Abrazos y recuerdos de tu tío en permanente excepción, Mauri.

P.D. Saludos a tu hermanito y a tu polola.

Presidio Federal de Mossoró,
Río Grande do Norte, Brasil.
Septiembre, 2018

Mauri querido:

Encontraron agua líquida en Marte. Según lo que leí, se trataría de un lago subterráneo de una gran extensión. ¿Existirá algún tipo de microorganismo movilizándose en él? ¿Lo hubo? ¿Lo habrá más adelante? Persiste, de forma recurrente en mí, la idea de la existencia de vida inteligente fuera de la Tierra. ¿Cuántas décadas pasarán para que se haga realidad algún tipo de contacto? A pesar de mi pequeño espacio cotidiano, pienso mucho en la inmensidad del cosmos. Cientos de millones de años luz. ¿Qué significa esa cifra? Distancias incomprensibles. Aunque sepamos que un año luz es igual a nueve millones y medio de kilómetros, ¿qué nos dice realmente esa cantidad? ¿Qué secreto guarda? ¿Cómo comprender o poner en palabras todo ese tiempo y ese espacio? Es imposible que estemos tan solos. Cuánta vida debe fluir sin cesar por ahí y lo desconocemos.

Escríbeme. Sé que estás muy ocupado con tus estudios, pero echo de menos tus cartas. Tu tío que te quiere, Mauri.

M chico

No sé si estudié leyes influenciado por él. Nunca lo había pensado así. Estuve toda la vida escuchando a mi familia hablar sobre su situación, pero no creo que eso me haya determinado. O quizá sí. Es que no sé bien por qué hice esta elección. No lo tenía claro desde antes, sencillamente salí del colegio y cuando llegó el momento de escoger me inscribí en la escuela de derecho. Ahora que me titulé y estoy trabajando, no tengo dudas de que esto era lo que quería hacer. Lo que quiero hacer. Y claro, en este camino se fue dando naturalmente que comenzara a colaborar con su defensa.

Lo de la Corte Interamericana fue idea de mi mamá. En esos primeros años de presidio en Brasil, cada vez que ella lo visitaba no podía creer que lo tuvieran en esas condiciones. Él te debe haber contado algunos detalles. Es que pasaban cosas bien rudas. No todo se puede decir, no hay para qué. Pero, por ejemplo, estuvo mucho tiempo recibiendo visitas en un locutorio, a través de un vidrio. Mi mamá y mi tía, que viajaban cada seis meses, no lo podían tocar. No podían darle un abrazo o un beso en la mejilla. Ni siquiera tomarle las manos. Otra cosa eran los traslados. Lo transferían de penal sin avisarle ni a él ni a nosotros. Y no es que hubiera hecho algo para merecer un traslado así, nunca se argumentó razón alguna, era completamente arbitrario. Una vez mi tía llegó a verlo y se enteró en la puerta del penal que él ya no estaba ahí. Pasó períodos en los que tuvo quince minutos de patio diario. Estaba desnutrido, le faltaban vitaminas. En una oportunidad tuvo un problema a la garganta. Determinaron que quizá era un tumor y se negaron a que mi tía, que es médico, pudiera ver los exámenes.

El régimen de aislamiento se prolongaba año tras año y lo que es una excepción para un preso, en él era la norma. Según la regla internacional el aislamiento no puede ser ejercido por más de quince días. En el caso de mi tío, que estuvo desde febrero de 2002 hasta enero de 2019, el aislamiento prolongado se practicó cuatrocientas trece veces. Eso quiere decir que sobrepasó cuatrocientas doce veces lo tolerable para cualquier ser humano. Por eso mi mamá interpuso una denuncia contra el Estado de Brasil.

No esperábamos nada de esa gestión. El tiempo fue pasando y ya pensábamos que sería una de las tantas solicitudes que quedaban sin respuesta. Pero la denuncia fue acogida. La Comisión Interamericana de Derechos Humanos consideró que había fundamentos sólidos para condenar al Estado de Brasil, así es que el caso podía pasar a la Corte.

N

Veinte años después de hecha esa denuncia, la Corte Interamericana de Derechos Humanos realizó la audiencia en Costa Rica.

M chico

Viajamos con mi mamá y mi tía. Nos reunimos con el equipo de abogados brasileros. El objetivo siempre ha sido que el Estado de Brasil reconozca la violación de derechos a mi tío para sentar un precedente. Lo que le hicieron no puede repetirse. Ningún reo merece ese trato. Por supuesto buscamos una reparación para él. Y lo más importante, esperamos que el fallo favorable de la Corte nos ayude a agilizar su pena en Chile.

Con el equipo nos habíamos preparado para la audiencia. La idea era que yo diera el alegato final. Luego de los testimonios que presentáramos, cada abogado alegaría y yo tomaría el cierre. Nunca había hecho un alegato público por él. Era una tremenda responsabilidad, pero el equipo consideró que era lo mejor. Alegaría como su abogado, pero al ser su sobrino mi voz indudablemente tendría un peso distinto.

Lo trabajé con tiempo. En Costa Rica me encerré a ensayar. Estaba muy nervioso. Lo leí en voz alta una y otra vez y mientras lo hacía pensaba en mi tío Mauricio. En todos los años en los que yo había hecho una vida y él se había mantenido preso en esas condiciones inhumanas. Pensaba en la familia. En mis abuelos que no conocí, en mis tíos, en mis primos, en mis sobrinas y sobrinos.

Pensaba en las cartas que intercambiamos durante años, en las visitas a Brasil, en su extradición a Chile, en nuestras reuniones semanales en la Cárcel de Rancagua. Pensaba en esa pichanga que algún día nos vamos a jugar y pensaba, sobre todo, en que tenía que alegar bien. Muy, pero muy bien.

N

Fue un momento especial.

M chico

¿Lo viste?

N

Seguí la transmisión en vivo los dos días de audiencia. El momento de tu alegato fue una especie de clímax.

M chico

Así lo sentí, pero pensé que había sido idea mía.

N

Mientras alegabas en la Corte, la cámara enfocó muchas veces a tu mamá y tu tía. Estaban un par de filas más atrás. Se parecen tanto a su hermano que era como si él mismo hubiera estado ahí contigo. Ellas te escuchaban y miraban con mucha atención.

Cuando te presentaste ante los jueces, las vi nerviosas.

Honorables jueces, para finalizar nuestros alegatos, les hablo en mi condición de representante y familiar de la víctima, Mauricio Hernández Norambuena, mi tío. Mi nombre es Mauricio Menares Hernández y soy abogado. Tengo veintiséis años. De ellos, he pasado veintitrés vivenciando las inhumanidades e injusticias sufridas por mi tío en el encierro y, por lo tanto, también mi familia.

Tienes prácticamente la edad del presidio de Mauricio. Tu cuerpo y tu voz encarnaron ese tiempo ahí en la sala de la Corte.

Tomo la palabra para hacer una petición muy importante para Mauricio, la víctima. Muy respetuosamente solicitamos que el juzgamiento y la redacción de la sentencia del caso, causa que ya lleva veinte años de tramitación ante el sistema interamericano de derechos humanos, sean realizados con celeridad y prioritariamente.

¿Por qué? En atención al sufrimiento constante y revictimización perpetua que Mauricio y su familia tienen al continuar él privado de libertad en Chile. Cada día que pasa continuamos sintiendo las repercusiones de tener a uno de los nuestros condenado a morir en la cárcel. Como si el dolor de mi madre, mi tía, sus hermanos y del mismo Mauricio, cargado por las torturas y humillaciones ocasionadas por Brasil no fuera suficiente, la prisión de Mauricio en Chile sigue agudizándolo a diario. Cuando imaginábamos que el tiempo que estuvo privado de libertad en Brasil para fines de extradición sería suficiente para cumplir su pena chilena, tuvimos la decepción de que Chile no realizó el abono de tiempo acordado y de que Brasil se desentendió totalmente de controlar y fiscalizar los acuerdos de extradición.

Mauricio es un adulto mayor al que le restan aproximadamente veinte años de condena. Sin ánimo de ser alarmista, en las actuales condiciones no sabemos si él podrá volver a disfrutar de la libertad, pues el tiempo corre implacable.

En síntesis, como dice Séneca: nada se parece tanto a la injusticia como la justicia tardía. Bien lo saben ustedes, honorables jueces. Muchas gracias.

Cerraste el alegato y la cámara volvió a enfocar a tu madre y tu tía. Durante décadas han sido el sostén y las caras visibles de la causa de Mauricio. Se han mantenido con él de manera incondicional. Son dos mujeres tan fuertes que, sinceramente, creí que ya nada podía sorprenderlas o quebrarlas. Sin embargo, madre y tía se emocionaron al oír tu alegato, porque creo que más que un alegato, lo que ocurrió en ese momento en la sala de la Corte fue la posta del testimonio y la defensa.

M chico

La Corte Interamericana de Derechos Humanos fallará, con suerte, en un año más.

N

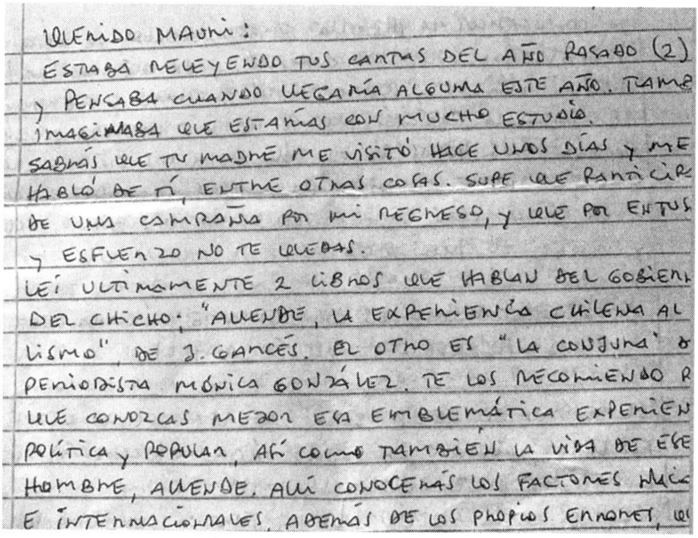

QUERIDO MAURI:
ESTABA RELEYENDO TUS CARTAS DEL AÑO PASADO (2)
Y PENSABA CUANDO LLEGARÍA ALGUNA ESTE AÑO. TAMB
IMAGINABA QUE ESTARÍAS CON MUCHO ESTUDIO.
SABRÁS QUE TU MADRE ME VISITÓ HACE UNOS DÍAS Y ME
HABLÓ DE TÍ, ENTRE OTRAS COSAS. SUPE QUE PARTICIP
DE UNA CAMPAÑA POR MI REGRESO, Y QUE POR ENTUS
Y ESFUERZO NO TE QUEDAS.
LEÍ ULTIMAMENTE 2 LIBROS QUE HABLAN DEL GOBIERN
DEL CHICHO: "ALLENDE, LA EXPERIENCIA CHILENA AL
LISMO", DE J. GARCÉS. EL OTRO ES "LA CONJURA" D
PERIODISTA MÓNICA GONZÁLEZ. TE LOS RECOMIENDO P
QUE CONOZCAS MEJOR ESA EMBLEMÁTICA EXPERIEN
POLÍTICA Y POPULAR, ASÍ COMO TAMBIÉN LA VIDA DE ESE
HOMBRE, ALLENDE. ALLÍ CONOCERÁS LOS FACTORES NAC
E INTERNACIONALES, ADEMÁS DE LOS PROPIOS ERRORES, QU

Dices: Mando señales desde este lugar inamovible.

Último encuentro

ENCUENTROS CERCANOS

N

¿Cómo se inicia un final? Si la historia se gobierna sola, ¿puedo darle un cierre? ¿Dónde se encuentra ese cierre? ¿En cuál de las sesenta y cuatro casillas de este tablero de ajedrez se hospeda? ¿Qué jugada debo hacer para llegar a él?

Hoy manejé hasta acá en medio de la niebla. El paisaje desapareció de un momento a otro, la carretera se cubrió de una bruma espesa y apenas pude ver del otro lado del parabrisas. Me costaba comprender en qué lugar estaba y hacia dónde me dirigía. La luz se transformó. No dejó nunca de iluminar, pero lo hizo de una manera distinta. Tuve que descender la velocidad y conducir con precaución. Nunca me había pasado. He viajado a esta cárcel en todas las estaciones del año, he visto cómo el valle central y la cordillera cambian de piel según el mes y la hora. Los álamos se encumbran verdes y brillantes las mañanas de verano. Hay unas flores amarillas chiquititas que se toman la berma del camino en primavera. Son tan delicadas y crecen expuestas al paso brutal de los autos. El río Maipo se insinúa tímido cada invierno bajo el puente y desaparece casi por completo en épocas de sol. He manejado hasta acá con lluvia, viento, incluso en medio de una tormenta, pero nunca había entrado a esa nube de niebla espesa en la que estuve hoy. Venía dispuesta a encontrar un cierre para esta historia, pero la confusión del paisaje me desorientó.

¿Cómo se escribe un final? ¿Dónde lo encuentro?

Normalmente no hay que darle tantas vueltas. Se teje solo, es la consecuencia del camino recorrido. Se presenta incluso sin que lo llamemos, aparece y se instala con una evidencia inapelable. Pero hoy debo bajar la velocidad y apretar el pedal del embrague para llegar hasta él. Todo está nublado en mi cabeza, la bruma me consume y me despista.

Y no es que la historia no tenga una lógica. Estoy segura de que la hay, pero en descubrirla se me ha ido el libro entero y así, en el momento de buscar el desenlace, que es este, ya no hay orden posible. La historia se desenfoca, pierde sus ángulos y sus líneas, se transforma en partículas de agua que nublan el punto de vista, un todo informe difícil de organizar, un devenir de pedazos sueltos que acumula el recuerdo y, más que nada, el olvido. Hectáreas de olvido. Regiones, países completos, continentes.

Quizá habría que buscar en ese agujero negro el final. Pero me resisto.

Imagino que por eso estoy aquí. Que de eso se ha tratado todo desde el inicio. Desde que tuvimos el primer encuentro y nos sentamos a conversar con la fantasía absurda de hallar una forma para la historia. Cada vez que entré a esta cárcel. Cada vez que presenté permisos y atravesé portones. Cada vez que fui revisada por los gendarmes en veranos, otoños, inviernos y primaveras. Cada vez que caminé por los pasillos subterráneos temprano en la mañana, que subí y bajé escalones a mediodía, que esperé sentada en algún banco por la tarde, que saludé a las cámaras de seguridad, que acaricié a los perros que toman sol en el patio, que hablé con el resto de los presos mientras aparecías. Con el Zanahoria, el Chaucha o el Cariñosito. Cada vez que me senté en esta sala helada y tomé apuntes de nuestros diálogos. Cada vez que llegué ansiosa a grabar al auto lo recién conversado para no perder detalles. Cada vez que escribí una palabra, una frase, un capítulo. Todo, absolutamente todo, ahora lo entiendo, se trató siempre de no insistir en el olvido.

No buscaré el final ahí.

Pero entonces, ¿dónde lo busco?

M

¿Tiene forma un final? ¿Cabe en una ventana?

N

He fantaseado varias posibilidades. Juego mentalmente con ellas, las interrogo, las desarrollo un poco para observarlas y darles la oportunidad, pero ninguna me deja satisfecha. Creo que lo más sensato es que tú me ayudes a elegir. Después de todo, desde el inicio, este libro es un enredo entre tú y yo.

El primer final que propongo ocurre aquí, en esta sala de visitas.

Estamos sentados uno frente al otro, como ahora. Seguramente ya hemos conversado un rato largo. Nos hemos puesto al día sobre lo hecho en la semana, nos hemos tomado un café. En un momento que me parece adecuado, te digo que necesito hacer algunas preguntas para el cierre del libro. He pensado que el final sea justamente eso, una especie de pequeño interrogatorio en el que vamos jugando con preguntas y respuestas. Son preguntas que no he querido hacer antes porque temí espantar el buen diálogo entre nosotros, pero como estoy trabajando el final, debo hacerlas.

Están instaladas en un punto ciego. En ese trayecto del camino donde todo es bruma. Ahí se me dificulta la comprensión. No puedo enredarme contigo porque me faltan herramientas para encarnar y seguir adelante con la historia. Cuando escribo, siempre hago el ejercicio de ponerme en esa piel que no es mía e intento ver de otra forma. Pero hoy amaneció con niebla, el parabrisas se empaña y me cuesta conducir. Preguntarte es un desafío incómodo porque no soy periodista, ni investigadora, ni documentalista, ni abogada. Mucho menos un juez. Las que tengo atravesadas son interrogantes que se levantan de la historia y que de seguro cualquier lectora o lector quisieran confrontar contigo.

¿Adivinas qué preguntas son?

M

Adivino.

N

¿Podrías responderlas?

M

¿Cuál primero?

N

La que quieras.

M

No hay truco para hacer lo que hice. Mi sensibilidad, que crees anulada para embarcarme en todo lo hecho, es la responsable de enfocar objetivos que están por sobre ella misma. Sé que es difícil de comprender ahora. Los contextos son muy distintos. Nadie se plantea la idea de entregarse por completo a un objetivo superior a uno mismo. Mucho menos si los beneficios no son personales.

Estábamos dispuestos a matar.

Y estábamos dispuestos a morir.

Hicimos las dos cosas. Y otras más, lo sabes.

Pero nunca se trató de nosotros. Nunca se trató de mí. Todo lo que hicimos, absolutamente todo, fue en virtud de algo mucho más grande que nuestras sensibilidades personales. Y para hacer panqueques, hay que romper huevos.

N

¿Cuándo comprendiste que la revolución socialista ya no ocurriría?

M

A mediados de los noventa entendí que el mundo había tomado otra dirección. Y que probablemente ya no había vuelta atrás. En ese escenario sólo se podía resistir.

N

¿Por eso entras a la guerrilla colombiana?

M

Podría haberme retirado. Podría haber buscado un escondite en un pueblo mexicano o en alguna playa europea. Algunos lo hicieron y no tengo nada contra eso. Pero yo cargo con una historia, contengo en el cuerpo a toda mi gente que ya no está, me debo a ellos. Con eso encima no tenía opciones. El mundo había hecho un giro, pero yo no podía girar con él. Ya no cambiaría su dirección, pero sí podía resistir en los pocos espacios que quedaban para hacerlo. Por eso llegué a la guerrilla.

N

Leí el capítulo testimonial del Informe final de la Comisión de la Verdad de Colombia publicado el año 2022. Durante meses las y los investigadores de la Comisión recorrieron las zonas de la guerra recopilando más de cien mil testimonios que luego fueron agrupados y publicados. Ahí leí voces de niñas y niños reclutados por la guerrilla. Voces de las madres y los padres de esos niños. Voces de paramilitares, de policías, de hombres del ejército, de guerrilleros y guerrilleras. Leí testimonios de pobladores, de campesinos, de consejeros comunitarios. Leí testimonios de hijos e hijas de los miles de asesinados y desaparecidos. La trama del conflicto armado es difícil de comprender para una extranjera. Comienza de una forma y en el camino se enreda a tal punto que ya es imposible seguir el hilo y entender quién es quién. Pero si hay algo que es evidente en ese relato imposible es que todo terminó transformándose en un infierno. Nadie merece estar ahí. Explícame, por favor, cómo se puede resistir en esa maraña de horror y brutalidad.

M

Yo estuve ahí el 2001, han pasado casi veinticinco años. Ignoro lo que ha ocurrido hasta ahora. Pero no me fui a cualquier guerrilla. Recibí la invitación de varios grupos, y el proyecto que elegí me pareció el adecuado. Primero porque no dialogaba ni se mezclaba con los narcos, eso fue fundamental. Y segundo porque buscaba proteger los territorios autónomos que el campesinado defendía desde hace décadas. Dentro de los postulados del Ejército de Liberación Nacional por supuesto que estaba la revolución, su ideología está marcada por la influencia del Che y de la Teología de la Liberación, pero cuando me uní a ellos lo hice sabiendo que la revolución ya no ocurriría. Mucho menos se ganaría la guerra. Lo que se podía hacer era contribuir defendiendo y trabajando con el campesinado.

N

...

M

Todo lo que te he dicho debe ser reflexionado pensando en los contextos. Contextos de confrontación, en el caso de los años ochenta en plena dictadura. De impunidad en los noventa, época de la transición a la democracia. Y de resistencia, desde el 2000 en adelante. A quienes no conocen ni han estado cerca del trabajo que hicimos les es imposible comprender. Éramos una organización militar. Siempre trabajamos con códigos éticos. No nos enfrentábamos a la población civil. No tocábamos a los uniformados que habían caído heridos. El trato a los secuestrados fue siempre humanitario. Está el testimonio del coronel Carreño, que estuvo tres meses con nosotros. Tuvimos que entregarlo en Brasil y no en Chile, porque él mismo temía que el Ejército lo matara para implicarnos cuando lo hiciéramos.

N

Me cuesta entender el trato humanitario del secuestro.

M

...

N

...

M

¿Hay otro final que quieras desarrollar?

N

El segundo final que propongo también ocurre aquí, en esta sala de visitas. Estamos sentados frente a frente, como ahora. Seguramente ya hemos conversado un rato largo. Nos hemos puesto al día sobre lo hecho en la semana, nos hemos tomado un café. Yo he preguntado por tu familia. Tú has preguntado por la mía. En un momento que me parece adecuado, te digo que es posible que esta sea mi última visita.

Ya lo presentías, estoy segura.

Probablemente por eso te quedas así, callado, sin responderme.

A falta de algún comentario de tu parte yo sigo hablando porque no quiero que el silencio se instale. Te digo que el permiso en tribunales lo hemos extendido muchas veces en estos años y que como el libro está casi listo, ya no tengo manera de justificar un nuevo período de visitas. Tampoco sé si quiero hacerlo.

Esa última frase se me escapa, no debí decirla.

Intento justificarme y sigo hablando. Ya te dije que el silencio no es lo mío. Digo que no es fácil viajar desde Santiago tan seguido, que me falta el tiempo, que manejar me agobia, que los tacos de los viernes son infernales, que ando cansada, que me cuesta sostenerlo. Pero cada frase que digo empeora la situación. Todo suena de una frivolidad demoledora frente a un hombre que vive desde hace veintiséis años aislado en una cárcel de alta seguridad.

M

¿No volverás?

N

No lo sé.

M

Tengo una tercera posibilidad. Y viene de la imaginación, el único lugar del que pueden salir buenos finales. Ocurre el año 2001, en la selva colombiana. Llevo un tiempo allí. Camino de cara al sol, a la lluvia y al viento. No hay mucho peligro porque ya no salgo a combate. He comprendido que por mi edad es mejor no acompañar a los jóvenes de la guerrilla. Mi vida, por primera vez desde hace años, es tranquila y no hay nada a qué temer. Quizá a una cobra o a una bandada de tucanes. Pero eso no se compara con todo lo que pasé antes. Tampoco con lo que podría pasar después. Mi cuerpo lo comprende. Un hemisferio de mi cabeza también. Y así, un día, tomo la decisión y escribo este final.

Bajaré las armas. Me instalaré en algún pueblo del sector. Estaré cerca de la guerrilla por si soy necesario, pero intentaré una vida. Me bautizaré una última vez con algún nombre que la Interpol no pueda rastrear. Me llamaré Moisés, como mi padre. O mejor Gregorio, como Samsa. Seré profesor en la escuela. Haré instrucción a los niños. Organizaré un equipo de fútbol infantil. Tendré una casita como el resto de la gente de La Bogotana, porque todo esto podría ocurrir ahí, en el pueblo La Bogotana. Criaré chanchos y gallinas. Cuidaré a un grupo de perros que serán mis compañeros. Conseguiré libros de alguna manera y leeré mucho. Organizaré una biblioteca. Quizá algún día me llegue un libro tuyo. Tengo cuarenta años en este final, entonces es posible que alguna mujer del pueblo se enamore de mí y yo de ella. Quizá tengamos un hijo. O una hija. Quizá, en esa vida simultánea que corrió desde el 2001 hasta ahora, yo sea feliz. El final que te propongo entonces es así, tranquilo y feliz.

N

Tranquilo y feliz.

M

Sí.

N

Tengo otro final que ofrecer. No es tranquilo, pero puede ser feliz. No lo lanzo para borrar el que has propuesto, sino para sumarlo. Como este también proviene de la imaginación puede transcurrir paralelamente con todos los que deseemos.

En este final estamos aquí, en esta sala de visitas, también. Uno frente al otro, como ahora. Seguramente ya hemos conversado un rato largo. Nos hemos puesto al día sobre lo hecho en la semana, nos hemos tomado un café. Yo he preguntado por tu familia. Tú has preguntado por la mía.

En algún momento del diálogo, un temblor suave nos interrumpe.

Es casi imperceptible.

Las sólidas paredes de este lugar vibran, también el suelo.

Lo perciben nuestros pies, nuestros oídos.

Las tazas de café tiemblan sobre la banca. El lápiz, tus lentes, mi cuaderno rojo. Los tubos fluorescentes parpadean. Un chirrido eléctrico cruje sobre nuestras cabezas. El movimiento se sostiene y comienza a ir en ascenso. El ruido es notorio. Llevamos un minuto así. Ahora dos. Ahora tres. Esto no se detiene. Es probable que recién esté comenzando. Ningún gendarme se asoma. Ningún preso grita o dice algo desde los patios. Ningún perro aúlla. No hay sirenas, no hay llamados de alerta, no hay instrucciones o plan de seguridad a seguir. Ni siquiera los pájaros chillan en este claroscuro que se instala entre nosotros.

La niebla entra a este lugar.

Es como si temblara sólo aquí, en esta sala de visitas que nos hospeda.

Es como si por un momento nos desprendiéramos de la realidad y a través de una grieta, que nosotros mismos dibujamos, habitáramos con desparpajo la historia que vamos a cerrar. La verdadera ficción de este relato. Y en medio de este terremoto, de este derrumbe de lo real, de este desbarajuste de tiempos y espacios, tú y yo nos miramos en silencio, porque sabemos perfectamente lo que se viene.

M

¿Qué se viene?

N

Una luz cegadora entra por algún lugar del techo de esta sala de visitas.

M

¿Por el techo?

N

Sí. Por el techo de esta sala de visitas.

M

No. No entra por el techo porque ya no hay techo. No sé cómo, pero ha desaparecido. La luz cegadora llega directamente desde el cielo. Y por detrás de la luz, ya sabes lo que hay.

N

Una estructura ovalada. Debe tener unos treinta metros de diámetro. No emite sonido. Es una sombra silenciosa, un fantasma de otro mundo. Puedo sentir su vibración, el peso de su presencia. Su tecnología no ha sido concebida por seres humanos. Quizá desde adentro alguien nos estudia. Quizá hasta se ríe de nosotros. Quizá conoce el final. Quizá ella misma lo está escribiendo.

M

La luz cegadora se posa sobre mí. Siento un calor agradable recorriéndome el cuerpo. Me entrego a ella y la sigo como una polilla. O mejor, como una barata.

N

La luz te toma del brazo derecho. Te toma y te eleva.

M

Una fuerza que no es de este mundo me aleja del suelo. Traspaso el techo de la cárcel, sobrevuelo el penal mientras te veo ahí, sentada en la banca de esa sala de visitas, mirándome sorprendida entremedio de la niebla.

N

¿A dónde vas?

M

No lo sé. Quizá a La Bogotana. O al puerto. O a Kepler-186F.

N

¿Me escribirás una carta desde allá?

M

Sólo si me mandas los libros que te pida.

N

Partiré por este cuando lo termine.

M

Veo a la gente chiquitita allá abajo. Los autos trasladándose de un lado a otro por la carretera. Los Andes, enormes y nevados bajo mis pies. Sigo subiendo y de a poco cruzo las capas de la atmósfera. Estoy en el espacio. Me deslizo entre estrellas y cometas, le hago el quite al fugaz recorrido de algunos meteoritos. Escucho voces que creo reconocer. No sé de dónde vienen. Probablemente de mi cuerpo, de mi memoria. Hay planetas a mi alrededor. Me cuesta reconocer cuál es cuál. Sólo Marte se distingue allá a lo lejos. Adivina de qué color es.

N

Ya no te veo.

M

Pierdo peso, me siento liviano, no me duelen las rodillas.

N

No te escucho.

M

¿Tiene forma un final? ¿Cabe en una ventana?

N

¿Estás ahí?

M

Ya no hay ángulos. Tampoco límites.

Mis partículas se mezclan con el silencio, floto en la inmensidad.

Aquí estoy.

Deshecho y entero.

En mí y fuera de mí al mismo tiempo.

Si este no es el desenlace,
entonces
¿qué es?

N

¿Quién pondrá el punto final?

M

Tú
eres
la
escritora.

N

Pero es tu historia.

M

Esto
siempre
fue
un
enredo entre tú y yo.

N

Cárcel de Alta Seguridad de Rancagua,
Chile, junio 2025.

FICHA N° 235730

Título: Marciano
Autor: Nona Fernández S.
Fecha de lectura: Julio, 2025.
Lugar de lectura: Cárcel de Alta Seguridad de Rancagua, Chile.

Reseña: Todo pasa en una cárcel de alta seguridad. En una celda o en una sala de visitas. O en la cabeza de un preso que se parece a mí, pero que no soy yo. O más bien en la cabeza de una escritora que tiene varios encuentros con ese preso que pretende parecerse a mí, pero insisto no soy yo.

Por alguna razón, que nunca se entiende, la escritora quiere contar la vida de ese preso que es un excombatiente. Pero en el intento fracasa porque contar una vida es imposible y porque ella se toma tantas licencias que lo que termina contando es algo parecido a la verdad, pero con harta distancia.

Podría decirse que el libro contiene un poco de realidad y bastante ficción. De hecho, la autora declara que esto es una novela. Yo nunca había leído una novela así. Es un libro bastante raro.

Como el personaje retratado se parece a mí, pero insisto no soy yo, quiero dejar en claro algunos puntos para que la lectura no se preste a confusión.

1. Me decían Marciano, es cierto, pero jamás me hizo gracia.

2. Nunca tuve sexo en una cocina mientras preparaba panqueques.

3. Nunca vi a Manuel Rodríguez en las calles del puerto.

4. Es verdad que me visitó una plaga de baratas gigantes en mi celda de Brasil, pero no me obsesioné con ellas.

5. Para el atentado, abandonamos el Cajón del Maipo sabiendo perfectamente que Pinochet no había muerto. Joaquín estaba en la retaguardia, lo vio vivo antes de que se lo llevaran. Esa manía que tienen de contar la historia de una manera en que no fue. Películas, series, ahora este libro. Lo que sí es cierto es que esa noche, cuando vi al viejo aparecer en la televisión del almacén donde estaba comprando, me sentí solo. Muy solo.

6. Que hable con mis hermanos muertos no quiere decir que esté loco. Además, no hablo en voz alta, es un diálogo interior. Estoy seguro de que muchas y muchos lo hacen también.

Podría seguir aclarando puntos, pero la idea de una ficha de lectura es que sea corta. Si continúo rectificando terminaré escribiendo un libro paralelo. Cuando comenté estas imprecisiones a la autora, ella contestó que para transformar el material en novela había que ajustar detalles. Es bien raro que a uno le ajusten la vida. Pero hay capítulos donde esos ajustes funcionan tan bien que yo mismo me confundo y comienzo a creer que así pasó todo.

Quizá recordar se trate de eso, de ajustar detalles hasta creer que así pasó todo.

Frase a destacar: «El sol se esconde todos los días. Y todos los días vuelve a salir entremedio del griterío apasionado de los pájaros porque se inaugura una nueva oportunidad sobre la tierra. ¿Has escuchado a los pájaros en el claroscuro? Ellos lo saben, por eso celebran cada mañana. La clave del mecanismo del universo es que a diario tenemos la posibilidad de intentarlo. Y eso es lo que nos toca».

AGRADECIMIENTOS

A Laura y Cecilia Hernández, por la confianza y los recuerdos.

A Lalita, Moisés y Mauri chico, por las conversaciones y las cartas.

A Patricio Hernández, por abrirme las puertas de su casa en el Cerro Esperanza.

A Carla Pellegrin, por la nube y su memoria.

A Yanira González, por gestionar mi entrada a la cárcel.

A Vicente Undurraga, por la compañía y el entusiasmo.

A Sebastián Moreno, por la ruta carretera y la retroalimentación.

A Marcelo Leonart, por el diálogo constante y sin complacencia.

A Antonio Tabucchi, Franz Kafka y Sándor Márai, que acompañan este recorrido.

A la gente que no está, por la huella que dejaron.

A Patricia, por todo y más.

A Mauricio Hernández Norambuena, que generosamente me permitió habitar su tiempo y algunos rincones de su hipotálamo.